アララギの
系譜

横山季由一著

Yokoyama Kiyoshi

現代短歌社

目次

凡例……5
序……6
Ⅰ　土屋文明以前
正岡子規……11
伊藤左千夫……28
長塚節……45
岡麓・古泉千樫……55
島木赤彦……63
平福百穂……78
中村憲吉……80
中村憲吉門下……94
大村呉樓……95
鈴江幸太郎……96

岡田眞……96
扇畑忠雄……96
金石淳彦……97
斎藤茂吉……98
斎藤茂吉門下……126
山口茂吉……126
鹿児島壽藏……128
結城哀草果……128

Ⅱ　土屋文明

土屋文明……133

Ⅲ　土屋文明以後

五味保義……207
佐藤佐太郎……210
近藤芳美……213

高安國世……217
吉田正俊……220
落合京太郎……225
柴生田稔……229
小暮政次……233
上村孫作……237
赤井忠男……241
猪股静彌……242
中島榮一……245
清水房雄……249
宮地伸一……254
小市巳世司……258
アララギ終刊……262
小谷稔……269
あとがき……274
参考文献……278

凡例

一、本書は、「現代短歌」に平成二十五（二〇一三）年九月創刊号から令和元（二〇一九）年九月号までの六年一ヶ月、七十三回にわたって連載した「アララギの系譜」を一冊にまとめたものであるが、刊行にあたって加筆、修正を行った。

一、旧字で表記する人名は旧字としたが、書名や引用文中の旧字体は原則として新字に改めた。

一、人名は敬称を略した。

一、他に触れるべき歌人がないではないが、特に女性歌人については、三宅奈緒子著『アララギ女性歌人十人』他に委ね、本書では項目立てをしなかった。

一、アララギは組織名、結社名としてのアララギと誌名としてのアララギを区別し、後者は「アララギ」と表記した。

序

土屋文明は、九十八歳まで月々欠かさず、「東京アララギ歌会」に出席した。私はその頃、努めてその歌会に参加し、その記録をとり、後に『土屋文明の添削』として上梓した。文明は、途中、トイレにも立たず、四、五時間、一人で二百人前後の全ての作品の歌評をし、それは高齢を感じさせない迫力で、実に矍鑠としたものであった。その文明が、昭和六十三年六月の歌会で、歌評が終了しても席を立たず、たいへん厳しい口調で、次のように付言した。

全体について申し上げますと、非常に下手だ。これがアララギの詠草だといって世間に出せますか。これがアララギの会費を納めている歌詠みの歌と申せますか。新聞の投稿歌に随分ひどいのがありますが、それと変りませんよ。皆さんの大多数は、歌はどういうものか知らないのだ。結局、手探りで、いいかげんに作っている。アララギの歌の主張はどういうことを主張し、歌を発表し、人を集めてきたかをてんから知らない。これじゃ困るんじゃないですか。何とか方法はないものですか。まあ、お考えください。

その後一、二回だけの歌会出席だったことを考えると、いつ最後になってもと、意を決して、用意周到に話されたのであろう。ざわついていた会場は静まり、私自身、身の引き締まる思いで聞き入った。

この話は、アララギ会員むけの話で、アララギの将来を考えて、やや厳しめに話されたものに違いなく、その点、少し割り引いて受け止めるべきだとは思うが、以来、この時の「歌はどういうものか」「アララギの歌の主張はどういうことを主張し、歌を発表し、人を集めてきたか」に答えることが、文明から与えられた私への宿題と受け止め、歌に関わることになった。本書は、その宿題に答える機会として、アララギを築き、継承してきた人々の足跡を辿りつつ、考察して行きたい。

アララギといえば、「馬酔木」「アカネ」を経て、明治四十二年に、正岡子規の直系歌人、伊藤左千夫や長塚節らによって発刊されたが、その前身である根岸派の子規を抜きにして考えることは出来ない。その子規も、左千夫も節も、夫々に不朽の名作を残して、歳若く、或いは俄に病没した。その後を左千夫に師事し、節に兄事していた島木赤彦、斎藤茂吉、中村憲吉らが承継した。遅刊、休刊の続く歌誌の発行も、赤彦の尽力によって軌道に乗り、経営的にも安定し、大正二年に、赤彦・憲吉共著の歌集『馬鈴薯の花』、茂吉の歌集『赤光』が「アララギ叢書」第一、第二編として発行されるや、歌壇の脚光をあび、茂吉らの写実の一層の拡充によって、アララギの存在はゆるぎないものとなった。そして、左千夫に師事し、茂吉のあとを継承した土屋文明は、明治、大正、昭和と百年を生き、近代短歌から現代短歌へとアララギを領導した。

文明以後のアララギは、茂吉系統の柴生田稔や佐藤佐太郎、文明系統の五味保義や吉田正俊、落合京太郎、小暮政次、近藤芳美、清水房雄、小市巳世司、宮地伸一等によって継承されてゆくが、これらアララギを築き、継承してきた人々の足跡について整理しつつアララギ終刊までを扱い、土屋文明からの宿題を解いてゆくことにしたい。本書のタイトルを「アララギの系譜」とした所以である。すでに多くの人が、いろいろな角度から取り上げてきたテーマではあるが、現代短歌が行き詰まるなかで、近代短歌の源に立ち戻って考えてみることも意味のあることかもしれない。

Ⅰ　土屋文明以前

正岡子規

正岡子規は、慶応三（一八六七）年九月十七日（陽暦十月十四日）、伊予国温泉郡藤原新町（現・松山市花園町）にて、父隼太、母八重の次男（嫡男とするものもある）として出生、本名を常規、幼名を處之助とし、後に升とあらためた。しかし、明治二十八年頃より病状は悪化、三十五年九月十八日、辞世の三句をしたため、十九日に逝去、田端の大竜寺に葬られた。この通り、子規は満三十五歳に一カ月足りない程の短い人生だったが、俳句や短歌革新の偉業をなしとげた。子規の俳句・短歌の革新は、漢詩文、政治演説、哲学等飽くことを知らぬ好奇心によって熱狂の対象が次々と移動する最終工程で行われた。その契機は、二十二年の喀血に始まる短命の予感と、二十五年、『月の都』が露伴の不評を買い、小説への道を断念した結果であったといえる。

本稿では、子規の直系歌人の伊藤左千夫や長塚節が起したアララギの足跡を辿るにあたって、その前進である根岸派の子規が、短歌の世界で何を主張し、それをその後のアララギの人々がどう受け継ぎ、どう発展させ、現代短歌に繋がっているかを概観しておきたいのである。

子規は、短歌を明治十五年（満十四歳）頃から作り始め、二十年代は俳句の実作と研究に情熱を傾け、その頃までの短歌は取るに足らない。三十年代に入って短歌革新に注力し、万葉調の歌から写生歌に至り、三十四年以降の病状の悪化に伴い、その境遇を生かした実感の歌になり、最後の「しひて筆を取りて」等は、後に茂吉が説く「実相観入」（生を写す）の域まで至ったのではなかろうか。

世の人はさかしらをすと酒飲みぬあれは柿くひて猿にかも似る（明治三十年）
くれなゐの二尺伸びたる薔薇《ばら》の芽の針やはらかに春雨のふる（明治三十三年）
瓶《かめ》にさす藤の花ぶさみじかければたたみの上にとどかざりけり（明治三十四年）
佐保神《さほがみ》の別れかなしも来《こ》ん春にふたたび逢はんわれならなくに（同）

その子規の歌の推移を踏まえて、一首目は万葉調の歌、二首目は幼少、感傷的な主観を排して外界を客観的に正確に写そうとした写生の歌、三首目は、純粋単純となった歌調の歌で、病床での境遇を生かした実感の歌、最後は、子規生涯最高潮の歌、万葉語も駆使し、内面から溢れるような作で、「生を写す」域に至っている歌。私が「東京アララギ歌会」で教わった吉田正俊は、ことあるごとに、行き詰まったら子規を読めと諭した。子規の歌が、アララギの基本であり、基本に帰れということだったのであろう。

ところで、子規は少年時代、絵画の稽古に熱中、明治二十七年初見の画家・中村不折の影響もあり、絵画の上の語である「写生」を文芸の上の標語とした。そして、まず「俳句分類」に没入、「印象明瞭」な実景描写を特質とする蕪村の句を称揚、俳句革新「写生説」を唱えた。

次に、その俳句革新を短歌に引き写し、俳句の蕪村と同じように、短歌では万葉集や源実朝を称賛、擬人的形容、理屈っぽき思想、陳腐なる趣向、類似等を旧思想として否定、短歌「写生説」を唱えた。具体的には、三十一年二月十二日、「歌よみに与ふる書」を日本新聞に公表して以来、矢継ぎ早に短歌革新に猛進した。革新とは言え、子規の意見は古臭い万葉集を持ち出し、地味な古風なもので、まもなく歌壇に台頭した新詩社の浪漫的歌風が甘美な夢を追い、新奇を求める華やかさを持っていたのに対し、一般には容易に受け入れられがたかったものと思われる。

その子規の『歌よみに与ふる書』は、冒頭、「仰《おおせ》の如《ごと》く近来和歌は一向に振ひ不申候《もうさず》。正直に申し候へば万葉以来実朝《さねとも》以来一向に振ひ不申候。」と喝破、万葉集を称賛する。これは、二十七年七月発表の「文学漫言」の万葉集の歌についての「当時の人は質樸にして特別つに優美なる歌を詠み出でんと工夫するにはあらず只思ふ所感ずる所を直に歌となしたる者と思しく何れの歌も真摯質樸一点の俗気を帯びず。固より平々凡々の歌多かれども時には雄壮勁健なる者あり、……後世の功を弄して却て失する者に比すれば夐《はる》かに数等の上に在り」といった所感に始まり、万葉尊重の態度は終生微動だにしなかった。

根岸短歌会の「万葉輪読会」等で、万葉集に親しみを持った伊藤左千夫は、「新歌論」を発表する等万葉を至上のものとして心酔し、その影響で、重厚・豊潤な歌調と荘重な写生の歌を詠んだ。島木赤彦や斎藤茂吉は「万葉集短歌輪講」等をアララギ誌に連載して研究を深め、赤彦は『万葉集の鑑賞及び其の批評』を、茂吉は岩波新書の『万葉秀歌』を執筆した。これらは、歌人の立場から万葉歌に鋭く迫ったもので、それぞれに、それぞれの写生の説と深く結びつき、現在でも光彩を放っている。例えば、赤彦は、山部赤人の「み吉野の象山《きさやま》のまの木末《こぬれ》にはここだも騒ぐ鳥の声かも」（巻六―九二四）の作について、「澄み入る所が自《おのづか》ら天地の寂寥相に合してゐる」と激賞しているが、赤彦の説が色濃く反映され、赤彦の叙景歌には赤人の影響がみられる。更に茂吉は、柿本人麿研究に没頭、実地踏査を重ね、「鴨山考」等の論考をまとめた。茂吉も枕詞や万葉語を駆使した作がみられ、人麿の息を感じさせる歌柄となっている。その茂吉の実地踏査に従った土屋文明は、自らも踏査・研究を重ね、『万葉集私注』全二十巻をまとめ、現在では、学者とは違った実作者の説として貴重な存在となっている。子規の万葉尊重の精神は、アララギの人々に承継され、アララギの旗印の一つとなったのである。

子規はこのように万葉集を尊重、万葉調短歌を唱道し、その良き面を摂取しながら、絶えず新傾向を採用し、外に出ることを求めていた。そして、そこで活路を開いたのが短歌「写生説」である。子規の写生説は、俳句革新の「写生説」と同様、「実際の有のままを写すを仮に写実といふ。又、写生ともいふ。写生は画家の語を借りたるなり。」（「叙事文」）といった単純な写生説であった。少し長くなるが、子規が写生について書いている『病牀六尺』の文を掲げておきたい。

写生といふ事は、画を画くにも、記事文を書く上にも極めて必要なもので、この手段によらなくては、画も記事文も全く出来ないといふてもよい位である。これは早くより西洋では、用ゐられて居つた手段であるが、しかし昔の写生は不完全な写生であつたために、この頃は更に進歩して一層精密な手段を取るやうになつて居る。しかるに日本では昔から写生といふ事を甚だおろそかに見て居つたために、画の発達を妨げ、また文章も歌も総ての事が皆進歩しなかつたのである。それが習慣となつて今日でもまだ写生の味を知らない人が十中の八、九である。画の上にも詩歌の上にも、理想といふ事を称《とな》へる人が少くないが、それらは写生の味を知らない人であつて、写生といふことを非常に浅薄《せんぱく》な事として排斥するのであるが、その実、理想の方がよほど浅薄であつて、とても写生の趣味の変化多きには及ばぬ事である。理想の作が必ず悪いといふわけではないが、普通に理想として顕《あらは》れる作には、悪いのが多いといふのが事実である。理想といふ事は人間の考を表はすのであるから、その人間が非常な奇才でない以上は、到底類似と陳腐を免れぬやうになるのは必然である。固《もと》より子供に見せる時、無学なる人に見せる時、初心なる人に見せる時などには、理想といふ事がその人を感ぜしめる事がない事はないが、ほぼ学問あり見識ある以上の人に見せる時には非常なる偉人の変つた理想でなければ、到底その人を満足せしめる事は出来ないであらう。これは今日以後の如く教育の普及した時世には免れない事である。これに反して写生といふ事は、天然を写すのであるから、天然の趣味が変化して居るだけそれだけ、写生文写生画の趣味も変化し得るのである。写生の作を見ると、ちよつと浅薄のやうに見えても、深く味はへば味はふほど変化が多く趣味が深い。写生の弊害を言へば、勿論いろいろの弊害もあるであらうけれど、今日実際に当てはめて見ても、理想の弊害ほど甚だしくないやうに思ふ。理想といふやつは一呼吸に屋根の上に飛び上らうとしてかへつて池の中に落ち込むやうな事が多い。写生は平淡である代りに、さる仕損ひはないのである。さうして平淡の中に至味を寓するものに至つては、その妙実に言ふべからざるものがある。

（六月二十六日）

高度で精緻な理論を標榜した文ではないが、飾らずに自分の考えを書いて、却って真意を伝えている。文中、写生とは「天然を写す」と記している通り、単純に、実景を写すという意味で唱えていると解される。ここでは「理想」（初期の「俳諧大要」では「空想」）と対比して論じているが、三十三年に創刊された「明星」等を意識してのことと思われる。それにしても、「天然の趣味が変化して居るだけ」「写生文写生画の趣味も変化し得る」、「深く味はへば味はふほど変化が多く趣味が深い」、「写生は平淡である代りに、さる仕損ひはな」く「平淡の中に至味を寓する」等、実に的確である。このように子規は、方法論としての写生を力説し、実行し、短歌に生命を吹き込んだと言える。

子規の写生の代表歌は、前に四首ほどをあげたが、次に、明治三十三年の「五月廿一日朝雨中庭前の松を見て作る」十首から抄出する。

松の葉の細き葉毎《はごと》に置く露の千露《ちつゆ》もゆらに玉もこぼれず
松の葉の葉毎に結ぶ白露の置きてはこぼれこぼれては置く
緑立つ小松が枝にふる雨の雫《しづく》こぼれて下草に落つ
松の葉の葉さきを細み置く露のたまりもあへず白玉散るも
もろ繁る松葉の針のとがり葉のとがりし処白玉結ぶ
庭中《にはなか》の松の葉におく白露の今か落ちんと見れども落ちず

実に丹念に見て、「天然を写」しているではないか。

この子規の写生説は、茂吉が「もともと『写生』の語は絵画のうへの語であるのを、移して文芸のうへの標語としたのは正岡子規である。その血脈相承で以てなほ徹底したのは予等である」

(「写生といふ事」)と記している通り、根岸派の基本的な態度としてアララギに引き継がれた。しかし、それは、茂吉が「なほ徹底した」と記す通り、必ずしも子規が唱えた単純な実景描写といった意味だけではなく、又、方法論だけの写生でもなかった。

ところで、俳句の世界では、子規の後を継いだ高浜虚子が、子規の写生説を承継、「花鳥諷詠」と呼んで「客観写生」を唱え、徹底して主観を排除した。しかし、短歌の世界では必ずしもそうでなかった。確かに、子規の写生説は、万葉尊重との狭間で、主観的感情移入を巡って統合し難い面もあり、異論を差し挟む余地はないではなかった。そこを子規は、連作を実行することで、単純な写生の作に終わらず、人生に触れてその「生」を写した深い作を残すことになった。その点は後に触れることにして、ここでは、左千夫以降のアララギの人々が、子規の写生説をどう受け継いだかを見ていきたい。

子規の直系歌人である左千夫は、「新歌論」で、「事実を主とすとは即写生を以て勝さるの云ひなり」と触れた程度で、すぐさま、「然れども誤ること勿れ調子を主とすると云ふも即事実に基づきて其上に己の趣味的調子を発揮するの云ひなれば写実と云ふことも自然其内に含み居る……」等と記し、子規の写生説を表面的になぞる程度で、早々に放棄したに近く、子規の万葉尊重の側面を徹底、主情的短歌を深め、「叫び」論をたてるに至った。それでも、すでに子規から体得した写生の手法の妙味と、左千夫の内面的情感が合致し、「ほろびの光」等の秀作を詠んだのであった。
一方、島木赤彦は、客観的叙法を通じて感動や主観を歌に現すことにつとめ、『歌道小見』において、写実の目的や意味といったことに触れて次のように記している。

私どもの心は、多く、具体的事象との接触によつて感動を起します。感動の対象となつて心に触れて来る事象は、その相触るる状態が、事象の姿であると共に、感動の姿でもあるのであります。左様な接触の状態を、そのままに歌に現すことは、同時に感動の状態をそのままに歌に現すことにもなるのでありまして、この表現の道を写生と呼んで居ります。私の前に直接表現と言うたのも、多くこの写生道と相伴ひます。感動の直接表現といへば、嬉しいとか、悲しいとか、寂しいとか、懐しいとか、所謂主観的言語を以て現すことであると思ふ人が多いのでありますが、実際は多くさうでないのであります。一体、悲しいとか、嬉しいとかいふ種類の詞は、各人個々の感情生活から抽象された詞でありまして、所謂感情の概念であります。概念は一般に通じて特殊なる個々に当て嵌まりません。我々の現したいものは、個々の特殊なる感情生活でありますから、概念的言語を以て緊密に表現することはむづかしいのであります。

子規が方法論として唱えた写生を、「写生道」と称して、その意味を整理したもので、子規が言いたかったことか。

しかし、斎藤茂吉は、子規の写生説を変形し、「写生」を「生を写す」と理解したのか、「写生とは実相観入《じつさうくわんにふ》に縁《よ》つて生《せい》を写すの謂である」（「写生といふ事」）等と説いて、主観的契機を大きく包摂するとともに、「写生」は方法論であるとともに芸術目標であると主張するに至った。それを子規と同じ「写生」の用語で現したために、「写生」ということが、子規が主張したほど明瞭でなくなってしまった。

> 実相に観入して自然・自己一元の生を写す。これが短歌上の写生である。（略）写生は決して単なる記述などではないのである。（略）感情の自然流露を表はすことも亦自己の生を写すことになり、実相観入になり、写生になるのである。
>
> 「短歌に於ける写生の説」

これが、茂吉の写生説であるが、「写生」は短歌の芸術目標である「生」を写すもので、感情等主観も「写生」のうちだと言われると、子規の写生説とはかなり違う。

そこで、土屋文明は「私の短歌の作り方はただ写生するだけなのだ。それも奥底も背景もないただの写生だ。支える思想も信仰も無い唯の写生だ。一町の間を一町にするだけの写生だ」（『羊歯の芽』）と記し、方法論としての子規の単純な写生説に回帰し、散文的、即物的な歌を詠み、次のように、短歌の在り方として「現実主義《リアリズム》」「生活即文学」を唱えた。

今後の短歌といふものがどうあるべきかといふことになりますと、それは私は現実主義(realism) といふことに尽きる、それ以外のものはあり得ないと信じてをります。(略) 私は今後の短歌の行くべき道としては、その現実に直面して……この現実の生活といふものを声に現はさずにをれない少数者がお互に取り交はす叫びの声、さういふもの以外にはあり得ないんぢやないかと思ひます。

『新編短歌入門』

大島史洋は『近藤芳美論』で、近藤がインタビューに応えて「正岡子規がおり、長塚節がおり、斎藤茂吉がおり、島木赤彦がおり、土屋文明がおりというなかで考えられ、相互作用として共同作業として深められ、継がれてきた文学の考え方、あるいは短歌というもの自体の考え方をぼくは受け継いできたと思っているし、それを誰かに継いでもらいたいとは思うね」と述べたのを紹介しているが、子規の唱えた「写生」ひとつをとっても、アララギでの承継者の態度も考え方もそれぞれで、紆余曲折を経て、文明によって再整理されたといえるのではなかろうか。

そして、今日はというと、現代を代表する歌人岡井隆は、小高賢との対談『私の戦後短歌史』で、「僕が前衛短歌から受けたものはかなり方法的なものです。……塚本さんのあの超絶技巧に相対するとすれば、自分なりにデフォルメして来ているけれども、「アララギ」で学んだ生活、あるいは事実に立脚したリアリズムしかないわけですよ。（略）例えば『明星』系の人たちも、ロマン主義、それから自然主義だって生活的なものが入っている。……残ったものは何だということになる。生活とか、ごく当たり前な事実ではないですか」と触れ、文明の延長線上で歌作がなされていることを認めている。

思うに、「写生」は「生を写す」という茂吉説は結果論であって、私達が個々の作品を作るに当たっては、赤彦の説くように、その時の感動や気持ちにそぐう事象や事実を切り取り、写しているに過ぎない。そして、その結果として、その作品や作品群に、経験や考え方、生きざまの違うそれぞれの詠み人の生が写されているということではなかろうか。

ところで、子規は連作で歌作をなし、単純な「写生」の作一首では詠めない複雑な内容の歌を詠むに至った。最初は単なる「題詠」から始まり、「題詠」の課題を単に様々な角度から写すといった程度の意識で始め、後に「短き時間を一秒一分の小部分に切つて細く写し、秒々分々に変化する有様を連続せしむるが利なるべし」と「叙事文」で説いていることを短歌でも展開し、時間的、空間的に繋がる対象や感動を写生の歌の連作で表すことを意識して詠んだものと思われる。そして時には、連作としての作品を補完すべく長い題詞を付したりもした。

子規自身の連作論は見当たらないが、左千夫が子規の直話として、「続新歌論」に、子規の考えを要約している。

曰、俳句は十七字にして極めて短き詩形なれども、性質綜合的なり、漢詩と其趣を同うせり、一句の内に幾個にも切れる他故に種々の配合物を一句の中に入れ得らるる、従て一句能く一光景を画きて、不足なきを得るなり、一句一光景を為す毫も連作の必要なきにあらずや、歌は是に反し連続的のものなれば、即竿の如く紐の如く、中にて幾個にも切れては物にならぬ性質の物なり、縦令《たとい》一首の中に種々なる材料を詠み入るるにしても、必ず其材料をつぎ合せて、一本の竿一筋の紐の如くにせざるを得ず、個々の材料を並べることは、決して歌に於て為す能はぬにあらずや、……俳句は綜合的、歌は連接的、故に歌は三十一文字にして長いけれども俳句よりも単純なり……極めて単純なる物、それ一つにてはさびしく物足らぬ感じの起るは当前ならずや……物それ自身が非常に単純である故に、他の物に依らねばさびしき理屈である、短歌が、歌と歌と相依りて連作となるか、文章に依るかの必要あるが如く思はるるは、単純であるからと云ふの外ない。

そして、左千夫は、前に掲げた子規の「庭前の松」の作を、「是則所謂連作の始にして、今より之を見る多少完全せざる点なきにあらずと雖も、或題目の趣味ある個所を見出して、之を四方八方より、詠み盡し、長短相補ひ出入相扶けて……」と評価し、次に掲げる「しひて筆を取りて」の作を、「完璧なる連作の歌」と絶賛する。

佐保神《さほがみ》の別れかなしも来《こ》ん春にふたたび逢はんわれならなくに
いちはつの花咲きいでて我が目には今年《ことし》ばかりの春行かんとす
病む我をなぐさめがほに開きたる牡丹《ぼたん》の花を見れば悲しも
世の中は常なきものと我が愛《め》づる山吹の花散りにけるかも
別れゆく春のかたみと藤波の花の長ふさ絵にかけるかも
夕顔の棚《たな》つくらんと思へども秋待ちがてぬ我がいのちかも
くれなゐの薔薇《うばら》ふふみぬ我《わ》が病《やまひ》いやまさるべき時のしるしに
薩摩下駄《さつまげた》足にとりはき杖つきて萩の芽摘みし昔おもほゆ
若松の芽だちの緑長き日を夕かたまけて熱いでにけり
いたつきの癒《い》ゆる日知らにさ庭べに秋草花の種《たね》を蒔《ま》かしむ
心弱くとこそ人の見るらめ

子規の連作の試みに共鳴し、強く影響を受けたのは左千夫で、その論を後の世に伝え、発展させ、体系づけた。例えば、「連作は写実の上に非常な力あるものである、連作でなければ少しく複雑な詩境を歌で写し出すことは出来ない」（「歌譚抄」）、「連作的趣味、三十一音でつめられぬ想を無理に詰め込んで作らなくともよい。連作の必要は其処に起る。扨《さて》連作は縦から見横から見て詠むでも良いので有るがどうも其方は言ひ方を変へてみたと言ふやうに成りやすい。其よりはやはり其物のつぎつぎ変化していく処を詠んだ方が面白く出来る。……扨て連作は材料を続ぎ続ぎ変へて行かねば成らぬが、しかし終始一貫した観念が無くてはならぬ。之は大に注意して置かねばならぬ」（伊藤左千夫大人談片）等と記し、「再び歌之連作趣味を論ず」で、「連作の歌に要する条件」として次の六箇条をあげている。

一、連作は必ず二個以上の材料（或は主観或は客観）を配合せる連関を有すること。
二、連作は必ず位置と時間と共にまとまつて居て余り散漫ならざること。
三、純客観の連作はあるとも純主観の連作は成立しがたきこと。
四、連作は必ず数首を連関すべき趣向あること。
五、連作は必ず現在的なること（往事を追懐し後事を想像するとも必ず現在の事実に基づける感想ならざるべからざること）。
六、陳列的ならずして必ず組織的ならざるべからざること。

これらは、現在からいえば、言い足らない所や、あまり必要でないところもあろうが、大体は連作の性質を言い尽くしていると、土屋文明は記している。
また、島木赤彦は『歌道小見』で、次のように連作について整理している。

連作は明治三十年以後正岡子規によってなされたものであって、それに連作といふ名をつけて、積極的に連作の唱道をした人は伊藤左千夫であります。左千夫の言によれば、子規以前にも多少連作的の歌はあるが、自覚的にこれを作《な》したのは子規であって、その後の徒が、その心を受け継いで連作を発表成長させたといふのでありまして、それが正しいと思ひます。（アララギ十二巻七月伊藤左千夫号所載斎藤茂吉「短歌連作論の由来」参照）つまり、子規の歌は、いつも真実感に根ざしましたから、自然に写生を重んずるやうになり、写生の道に即けば、その対象から受ける感動が、時間的にも空間的にも相継起して聯《つらな》り合ふ場合が生じて来るので、それを継起するままに、聯り合ふまま如実に現すから連作的になつてくるのであります。

しかし、赤彦は同じ文で「近頃では、連作の綜合的効果の方を主なる目的に置いて、その目的の下に個々の歌をあらしめるやうに連作して行くべきであるといふ議論まで現れて、それを実行してゐる作家もあるのであります。それまでに入れば、連作といふものは、短歌本来の性質から離れはじめるのであつて、連作に深入りしてその余弊に踏み入るものではないかと思ひます。

（略）歌の価値は何所までも一首の上にあります。それが何首も相連つて綜合的に或る心持の現れるのは、偶然若くは自然の開展であつて、予定的若くは意図的になさるべきものでありません。意図的になされたために、一首存在の意義が希薄になり不確かになつたら、歌本来の性質から離れたものであると思ひます」と記し、警告を発している。

子規に始まり左千夫によって唱道された連作は、写生と相俟ってアララギの人々に承継された。例えば、茂吉の「おひろ」「死にたまふ母」「悲報来」等連作で編んだ『赤光』は、不朽の名作となった。また文明も、「城東区」「横須賀」「鶴見臨港鉄道」といった連作で、即物的、散文的な「文明調」と呼ばれる独自の作風を確立、連作によって「やまとの国」百三十二首の大作も生まれた。そして、現代はというと、今やアララギのみならずどの結社も総合紙誌も、連作は当たり前のこととして歌作がなされている。

以上、子規の唱えた万葉調、写生説、連作論について、子規はどう主張し、その後のアララギの人々がどう受け継ぎ、発展させ、それらが現代短歌にどう繋がってきたかを概観してきた。ここからは、「アララギ」を発刊した左千夫や長塚節、そしてそれを継承した人々の、アララギの歴史のなかで果たした役割に注目しつつ、その人と作品について触れてゆきたい。

伊藤左千夫

短歌革新を起こし、根岸派の歌人として、「写生」などアララギの基礎を築いたのは子規とすれば、その子規を、歌誌「アララギ」として承継し、発展させたのは左千夫といってよい。

左千夫は、明治維新へ向かって大きく時代が動き始めていた元治元（一八六四）年八月十五日、上総国《かずさのくに》武射《むさ》郡《ぐん》殿台村《とのだいむら》十八番屋敷（現・千葉県成東町）に、伊藤良作・なつの四男として生を受け、幸次郎と命名された。私は、『土屋文明の跡を巡る』旅で左千夫の跡も幾つか訪ねており、生家跡も訪ねたことがある。成東駅から町を出て、東金線の鳴浜街道踏切を渡ると、右手に田が広がり、花や野菜を植えた農家が点在する向うの森に左千夫の生家が見えてくる。その生家は、茅葺きで、間口九間半、奥行き四間半で、江戸時代以降の代表的な農家の姿を伝えている。庭には左千夫の愛した茶室「唯真閣」も移築され、生家の隣りに、左千夫の原稿や日常使用した道具などが保存・展示されている歴史民俗資料館がある。

私はこの時、九十九里浜にも行った。左千夫が小説『春の潮』で、「遥かに聞こゆる九十九里の波の音、夜から昼から間断なく、………九十九里の波はいつでも鳴つてる」と描いていることから、生家からそう遠くないと思って歩いて行ったが、一時間以上かかる距離で、歩き疲れて、雄大な九十九里の海の広がり、白波が幾重もその浜に打ち寄せているさまを見た時の感激は、えも言われぬものだった。左千夫は、この浜に幾度となく足を運び、歌に詠み、小説に書いた。

人の住む国辺を出でて白波が大地両分けしはてに来にけり
天雲の覆へる下の陸広ろら海広ろらなる涯に立つ吾れは
天地の四方の寄合を垣にせる九十九里の浜に玉拾ひ居り
白波やいや遠白に天雲に末辺こもれり日もかすみつつ
高山も低山もなき地の果ては見る目の前に天し垂れたり
春の海の西日にきらふ遥かにし虎見が崎は雲となびけり
砂原と空と寄合ふ九十九里の磯ゆく人等蟻の如しも

明治四十二(一九〇九)年、「一月二十八日九十九里浜に遊びて」と題する連作である。実に雄大で、歌の調子というか、気合いが違う。以後この地は、アララギの人々の歌枕の地となったが、左千夫を越える作は誰も詠みえていないのではなかろうか。
左千夫は、若い頃から議論を好み、政治家を志して上京したが、眼を病み、一旦帰郷した。しかし、心落ち着かず、改めて実業家を志して上京、明治二十二年、本所茅場町三丁目十八番地に牛乳搾取業を開業した（四十五年、牛舎を大島町に移設）。当初、毎日十八時間の労働に耐え、苦労を重ね、何とか軌道にのせ、

牛飼が歌詠む時に世の中のあらたしき歌大いに起る

といった自信に満ちた歌を詠むまでになった。そして左千夫は、この地に唯真閣を建て、茶に親しみ、歌を作り、七人の子供が走り回る平和な家庭を築いた。

たて川の茅場《かやば》の庵《いほ》を訪《と》ひ来《く》れば留守の門辺《かどべ》に柳垂れたり

つつみある身のさかしらに遠く来てそぞろに寒き藤の下風《したかぜ》

茶博士《ちやはかせ》が住みける庭の松の木に棒をくくりて押しかたむけあり

これらの歌は、子規が三十三年、左千夫の家を訪ねて「亀戸まで」と題して詠んだもので、その家の様子が活写されている。

しかし、この地は、毎年のように近くの竪川が氾濫し、家も牛舎も何回か水害にみまわれ、四十二年には、八女鈴子が生れて十日もたたず、七女の一歳と六カ月、かわいい盛りの奈々枝が、庭の池に落ちて死んだりした。それら詠んだ左千夫の次のような歌がある。

ゆかの上水こえたれば夜もすがら屋根のうらべにこほろぎの鳴く　（明治三十三年）

水やなほ増すやいなやと軒の戸に目印しつつ胸安からず　（明治四十年）
数へ年の三つにありしを飯の席身を片よせて姉にゆづりき　（明治四十二年）
闇ながら夜はふけにつつ水の上にたすけ呼ぶこゑ牛叫ぶこゑ　（明治四十三年）

この地は、現在、錦糸町駅前にあり、私は、大島町の牛舎跡とともに何回も足を運んだ。ある時は、宮地伸一の案内で、吉村睦人らとアララギの吟行会として行ったこともある。その跡はビルや商店が立ち並ぶ一角で、大島町の方も団地の一角、竪川も暗渠となり、見るべくもなかった。

ところで、話は前後するが、左千夫は明治二十六年、同業の伊藤並根から茶の湯を学び、彼の手引きで和歌に触れるようになる。それは桂園派の影響を受けた伝統的な和歌で、左千夫の歌論は、子規の「三たび歌よみに与ふる書」などで批評の対象となった。

子規の批判に対し左千夫は応酬を経て、最終的には子規の短歌募集（課題「新年雑詠」）に応募し、入選、それが三十三年一月一日の「日本」紙上に「伊藤さちを」の名で発表された。その歌は、

葺きかへし藁の檐端の鍬鎌にしめ縄かけて年ほぎにけり
天近き富士のねに居て新玉の年迎へんとわれ思ひにき
ゆたゆたと日かげかづらの長かづら柱に掛けて年ほぐわれは

の三首であり、翌日の一月二日には、根岸に子規を訪ね、七日の一月短歌会に出席している。この年、左千夫は三十七歳、子規三十四歳で、左千夫のほうが年上であったが、これ以降、左千夫は子規を師と仰いで敬慕することになる。そして、子規庵での歌会や「万葉集」の輪読会、写生文の会「山会」など、月に三、四回子規を訪問、長塚節らと出会うことになる。しかし、三十五年九月、出会ってわずか二年九カ月で子規が亡くなる。

その後、左千夫は子規の忠実な後継者として、その文学精神を受け継ぎ、三十六年には「馬酔木」を、四十一年には「アカネ」を創刊、同年、千葉県山武郡から蕨真によって創刊された「阿羅々木」が、四十二年九月、信州の「比牟呂」と合併するにあたって、発行所も東京の左千夫宅に移し、「アララギ」とあらため歩み出すことになった。

一方、四十年には森鷗外を訪ね、この年から開催された鷗外邸での観潮楼歌会にも出席、島木赤彦や斎藤茂吉らとともに、根岸派の代表として他派と論争、他派の良いところも摂取することになった。この動きは茂吉にも受け継がれ、北原白秋や佐佐木信綱らの参加する「歌人の集い」に参加、歌壇に広く接し、良いところを摂取しつつ、アララギ批判の中心となった石榑（五島）茂等と激しく論争した。しかし、それも茂吉までで、赤彦はアララギの作風を「鍛錬道」と唱え、中村憲吉も自らの作歌を「拙修の道」と称し、アララギの内に籠ってしまい、それは、土屋文明にもひきつがれ、アララギは歌壇と一線を画していったと言える。このことは、岡井隆の「僕が前衛短歌から受けたものはかなり方法的なもので」、（残ったものは）「「アララギ」で学んだ生活、あるいは事実に立脚したリアリズムしかない」（『私の戦後短歌史』）という言など聞くと、そのお陰で、アララギは前衛短歌などに関わらなくて良かったと言えようが、失ったものも多いのではなかろうか。

ところで、左千夫は子規の写生を進め、連作論を整理・展開した。例えば、文明は、左千夫の「秋海棠」の作から次の一連を選び、

出入りの背戸川橋の両側《ふたかは》に秋海棠はは多く持てり
をみなども朝夕出でて米洗ふ背戸川岸の秋海棠の花
朝川にうがひに立ちて水際なる秋海棠をうつくしと見し
雨晴れて空青き日の朝川に花きらきらし秋海棠の花
朝川の秋海棠における露おびただしきが見る快さ
米洗ふ白きにごりは咲きたれし秋海棠の下流れ過ぐ

「この一連は左千夫歌集中でも行き届いた写生の歌で、その清々しい情景と共に心を惹かれるものである」（『新編短歌入門』）と記している。しかも、子規の歌を思わせる連作となっている。左千夫はその連作に特に熱心で、子規の連作論を後の世に伝え、発展させ、連作の要件として「六箇条」をまとめるなど、体系づけたことはすでに子規のところでふれた。

又、子規の万葉尊重を受け継ぎ、「万葉論」を発表、「主調子即形式派」の代表として柿本人麿をあげ、「主意味即写実派」の代表として山上憶良と山部赤人をあげ、憶良赤人の歌は人麿に比すべくもないが、憶良赤人をとり、その写実的趣味を受け継ぐことを宣言、根岸派の意向を明らかにしている。この万葉尊重が赤彦や茂吉、文明に受け継がれていったことも、すでに子規のところで述べた。左千夫の取り組んだ「万葉集短歌私考」など、題も含めて文明の『万葉集私注』に引き継がれたといってよい。

そして注目すべきは、四十年に新聞「日本」で、良寛の歌の本質に触れて「生活即ち歌」、「吾詩は即我なり」と記していることである。それが、「写生とは実相観入に縁つて生を写すの謂である」（「写生といふ事」）と説いた茂吉の説や、文明の「生活即短歌」の主張に繋がり、アララギの歌の根幹を築くことになったと思うからである。それは「田安宗武の歌と僧良寛の歌」と題する文のなかにあり、まず、良寛の歌の本質に触れて、「良寛禅師は其人即ち総て詩なり、其心即ち詩なり其詞即ち詩なり」と記し、更に「禅師の生活と禅師の心事とありて始めて此の如く自然なる詩章を得べし…詩章の平凡ならざる陳腐ならざる所以のものは、作者の生活即ち歌なるが故なり」と触れている。その上で、左千夫自身の考え方を「吾詩は即我なり、吾詩は吾が思想を叙したるにあらずして、直ちにわれ其物を現したるものならざるべからず、故に其歌を見れば直ちに其作者を想見し得るの域に達するを要とす」等とまとめている。

左千夫の「生活即ち歌」、「吾詩は即我なり」は、作者の生活が歌に詠まれれば、その人そのものが歌となり、その歌を見ればその作者を想見出来るというものである。そしてそれは、嘘のない現実の写生を基本に、連作も駆使しつつ詠むアララギの歌にこそ適する論で、左千夫はそれを実践した。そこで、初期の左千夫と長塚節の歌を取り上げ、比較しつつ考えてみたい。

夕されば青きむらさき色をなみただ白くのみ菖蒲《あやめ》は見ゆる　左千夫
むらさきの菖蒲《あやめ》の花は黒くして白きあやめの目にたつ夕べ　節

この二首は、三十三年六月二十日、相携えて吉野園に行って詠んだもので、前が左千夫、後が節の歌である。左千夫が、根岸庵に子規を訪ねたのが、同年一月二日、節が子規を訪ねたのが三月末であるから、二人が根岸派の歌人としてスタートして間もなき時といえる。この二首について土屋文明は、「「白きあやめの目にたつ夕べ」といふ句は、洗練されたこの作者らしいすつきりとした表現であるが、「むらさきの菖蒲の花は黒くして」の方は、どこかたどたどしい垢抜けのしないところが見える。「青きむらさき色をなみ」といふのは写しきれない句であるが、気魄ある調子はこの作者らしい」と、その著『新編短歌入門』で触れているが、初期のこの二首を比較するだけでも、それぞれの人を写し出した短歌で、左千夫の作風の大きさ、節の細やかな観察と洗練された作風を読みとることが出来る。

そして、左千夫の歌には、髭をはやし、袴姿で唯真閣に腰をかけている、厳つい写真の左千夫を彷彿とさせ、かの「牛飼いの歌」や、「九十九里浜の歌」等にみられる骨太で、雄大で、気合いのこもった歌に発展していく萌芽がみられる。一方、節の歌も、中学の時から首席を占め、健康がすぐれず、療養につとめた線の細い人間を感じさせ、後に触れる「馬追虫の歌」や「白埴の瓶の歌」等にみられる、切実な思いを抑え、静かに自然を見、自己を省みた繊細な歌に発展していく萌芽がみられる。このように、ほぼ同時期に、子規を敬慕して入門、子規の歌を継承し、アララギをつくりあげていった同行の士、二人を比較するだけでも、それぞれの人の違いが想見される歌になっていると言えまいか。つまり、「吾が詩は即我なり」である。

ところで、穂村弘は、『短歌という爆弾』の「文庫版スペシャル・インタビュー」で、このような短歌について、それを最初に試みた人は正岡子規で、「短歌というのは一首一首を積み重ねることによって、一生をかけてひとりの人がひとつの人生の物語を書くジャンルなんだ、ということ。そうすると、その物語を最後まで読み切れる読者というのは、作者より長生きした人だけってことになる。とんでもないよね（笑）」と批判している。しかし、ここには、幾つかの誤解がある。まず、「歌即人」と言い始めたのは左千夫で、その考えは、茂吉や文明等によって深められた。また、氏の触れている例は、作者と読者が同時代を生きている場合に言えることだが、短歌は時代や世代を超えて詠み継がれるわけで、現に私達は、三十五歳に満たず生涯を終えた子規の歌も、百歳まで生きた文明の作品も読める。また、「歌即人」は、穂村の言うように、一生の作品にも言えるが、一首一首にも、連作や一歌集の作品群にも言えることだ。「人生だけじゃないだろう、もっと言葉そのものの美しさを、幻の私を」という立場で歌を作っている人がいることは承知しているが、人に誤解を与えることはいかがなものか。

なお、文明は、「いつもこうして歌うんだ」という、一貫した考えはと聞かれて、「それはやっぱし左千夫先生から言われたとおりね、「人間中心」ということでしょうね。……「人間を離れないで」ということでしょう」（片山貞美編『歌あり人あり――土屋文明座談』）と答えている。そして左千夫の考えを「生活即短歌」として承継、発展させる。文明は、「実際短歌は生活の表現といふのでは私共はもう足りないと思つてゐる。生活そのものであるといふのが短歌の特色であり、吾々の目指してゐる道であるやうに私は感じます」（『新編短歌入門』）と記すが、ここでの「生活」は多義につかわれ、「生活の表現」は、短歌表現の手段としての「生活」であり、「生活そのもの」は短歌の目的としての「生活」、つまり「生そのもの」と同義であると思う。そして、文明は更に進めて、短歌を詠むことによって、生活や生活態度、人生まで変えるのだと考えていたふしがある。前掲の座談で、添削ひとつとっても、「ことばを直してもらっただけでね、それがことばだけにとどまらず心にまで、生活態度にまでね、ぴんとくる」と述べ、「文明選歌欄」

や「選歌後記」、歌会評等でそれを求めたといえる。現に、晩年の「東京アララギ歌会」でも、「こんな歌を詠んで、何の意味があるのか」等と厳しく詰問していた。このようにして、左千夫の考えは、平成まで生きた文明の考えとして承継、発展され、現在まで生きることになった。

ところで、左千夫は、「韻文の生命は主として言語のひびきによりて多く伝へられるものである。言語にひびきがあるから、離れて居る言語も相鳴響応して言語の有する意味以外の感情を伝へ得るのである」(「短歌研究　九」)、「短歌に生命の附与せらるるは、必ず言語の声化に待たねばならぬ」、「言語の声化は殆ど叫びの作用に外ならぬ」、「叫びは感情の純表現であるが、話は説明報告が多い」(「叫びと話　上」)等と記し、実作者として行きついたものが、主情的で行動的な叫びの説であった。その上で、その晩年、大正元年十一月の「アララギ」に発表した「ほろびの光」は、

おりたちて今朝の寒さを驚きぬ露しとしとと柿の落葉深く
鶏頭のやや立乱れ今朝や露のつめたきまでに園さびにけり
秋草のしどろが端にものものしく生きを栄ゆるつはぶきの花
鶏頭の紅《べに》古りて来し秋の末や我れ四十九の年行かんとす
今朝のあさの露ひやびやと秋草や総べて幽けき寂滅《ほろび》の光

の五首である。この一連は、晩秋の庭に降り立って、目にした光景を詠んだ連作で、その光景

に、自らの深い人生の寂しさを重ねた、左千夫屈指の諸作だ。

尚、左千夫には生前、歌集はなく、九年に春陽堂刊『左千夫全集』第一巻として、島木赤彦らがまとめた『左千夫歌集』によってはじめて一冊に収録され、いまでは岩波書店刊『伊藤左千夫全短歌』等によって、その全貌が見られる。

一方、左千夫は小説も書き、明治三十九年「ホトトギス」に発表した『野菊の墓』は、美しくも悲しい恋物語で、夏目漱石が左千夫宛の手紙で、「自然で、淡白で、可哀想で、美しくて、野趣があって結構です。あんな小説なら何篇よんでもよろしい」と、感想をしたため、川端康成も、その随筆集（川西政明編）の「「伊豆の踊子」の作者」で、「歌人の伊藤左千夫が「野菊の墓」一つで、今日の若い読者にも知られつづける……」と記しているほどである。私は中学生の頃、何回も読んだ。そして、「僕の家というのは、松戸から二里ばかり下って、矢切《やぎり》の渡《わたし》を東へ渡り、小高い岡の上で……」と、小説の最初の方で記す、矢切の渡しを渡り、東の小高い岡の上にも行った。その岡の上、西蓮寺の庭の梅の木の下に、「門人土屋文明識」と刻まれた「野菊の墓文学碑」が据えられていた。

その文明は高崎中学卒業後、左千夫の家に寄宿、アララギでの短歌を歩み出した。文明の処女歌集『ふゆくさ』には、このみずみずしい生命に満ちている『野菊の墓』を書いた左千夫の手が入っており、実に抒情的な歌集となっている。このことは、文明自身が『ふゆくさ』の「巻末雑記」に、「巻初の数聯は四十二三年頃即左千夫先生在世中の作で、所所先生の手のあともあるのであるし……」としたためており、又、小谷稔は『土屋文明短歌の展開』で、「今朝ははや咲く力なき睡蓮やふたたび水にかげはうつらず」の作の「や」について、「あんなにうまく使うことはあの頃の自分には出来ない、と文明が上村孫作に語った」と紹介し、「そうすればこの「や」は左千夫の手ということになる」と述べている。

左千夫は大正二年七月三十日、五十年の生涯を閉じた。明治四十五年頃から、斎藤茂吉や島木赤彦らの若手が新傾向の歌を発表、作歌の上での意見の相違を来たしている中での孤独の死で、人生五十年と言われた時代ではあったが、あまりにも早い、突然の死であった。前日、甥の家で夕食を済ませて、大島の自宅へ帰ってしばらくして倒れた。脳溢血だった。茂吉は上諏訪布半の湯槽の中で、古泉千樫からの「サチヲセンセイシンダ」の電報を受け取り、夜半過ぎ、高木村の赤彦宅へ走り、その動顚した様子を、

ひた走るわが道暗ししんしんと怺《こら》へかねたるわが道くらし

等十首、「悲報来」と題し詠んだ。茂吉は、左千夫から教えを受けた頃よりの作品をもって、歌集『赤光』を編纂途上で、その初版本（大正二年）の跋で、「近ごろの予の作が先生から褒められるやうな事は殆ど無かつたゆゑに、大正二年二月以降の作は雑誌に発表せずに此歌集に収めてから是非先生の批評をあふがうと思つて居た。ところが…突如として先生に死なれて仕舞つた。

それ以来気が落つかず、清書するさへものうくなつて……」と記し、改選版（大正十年）においても、「悲報来」と「先師墓前」を歌集の巻末に編み、晩年の左千夫と対立、すげなかった自分の態度を悔んだ。それほど、その死は痛手であった。

左千夫の遺骸は本所の唯真閣に移され、八月二日葬儀、亀戸普門院に葬られた。その墓所も私は度々訪ねたが、本堂の前左手、楠の大樹の下に、「うたよむ時に世の中のあたらしき歌おほひに起る　左」の歌碑が立ち、その墓地に「伊藤左千夫墓」と書かれ、鏄割れた墓石が建っている。

子規の没後、その文学態度や人格に触れていた左千夫は、子規の忠実な後継者としてその文学精神を受け継ぎ、アララギを起こした。そして、子規の万葉尊重を踏襲、写生に主観を包摂させつつ、連作の手法を発展させた。更に、良寛の歌の本質に「生活即ち短歌」「吾詩は即我なり」を読みとり、生活や家族を基盤に生そのものを詠み進め、晩年には若き門人達との葛藤を経て、新しいものの影響も受け、深い寂寥感のある歌境に至っていた。そのような左千夫の死は、茂吉のみならず、アララギにとっても大きな衝撃であった。大正に入って、アララギの歌風が歌壇から注目され、赤彦・憲吉共著の『馬鈴薯の花』が刊行され、茂吉も処女歌集『赤光』を編纂中、いよいよ明星に代って歌壇的基盤の充実を図ろうとした矢先のことだったからである。

しかし、結果的には左千夫の死をバネにして、残された同人達は切磋琢磨、結束し、アララギ全盛時代を迎えることになった。左千夫が茂吉らの若き同人達と対立、孤立したことは、晩年の左千夫にとっては不幸であったが、ある面では、左千夫も新しい動きの影響を受け、同人達も自由に新しい世界へ踏み出していける環境にあったともいえる。その後のアララギにおいて、茂吉や文明が、若手の台頭によって、葛藤、孤立するようなことがあったであろうか。

ここまで、子規と左千夫について書き進めてきて、アララギの基調は、ほぼこの二人によって築かれたことが分かった。その上、左千夫は、対立もしつつ多くの若い門人達を育て、アララギ全盛時代を築き、何より幸運だったことは、自ら望んで左千夫宅に寄宿し師事した文明が、左千夫の文学態度や人格に触れて、その忠実な後継者として左千夫の精神や考えを承継、発展させたことである。その文明が、明治、大正、昭和、平成の時代を百歳まで生き、アララギや現代短歌を領導することによって、左千夫の考えや偉業は、明治の世の近代短歌から平成の世の現代短歌まで生き続け、残り続けたといえる。

左千夫の何を、どう文明が承継・発展させたか、すでに多くは触れたが、ここでまとめて整理しておきたい。文明の歌集『ふゆくさ』の初期作品に左千夫の手が入り、左千夫の影響を受けていることはすでに触れたが、文明は、『野菊の墓』等の小説をなした左千夫に倣って、菊池寛や芥川龍之介らと第三次「新思潮」に同人として参加、井出説太郎の筆名で小説を書いた。短歌の世界では、左千夫の万葉尊重の精神は文明に引き継がれ、左千夫が『万葉集短歌私考』と題して始めた万葉集の研究は、文明の『万葉集私注』に引き継がれた。子規の写生説は、左千夫によって主観に傾いたが、文明は子規の単純な写生説に回帰する一方、左千夫が良寛の歌に触れて記した「生活即ち短歌」「吾詩は即我なり」を「生活即短歌」としてよみがえらせ、発展させた。それは、「実際短歌は生活の表現といふのでは私共はもう足りない……生活そのものである」（新編短歌入門）と説くもので、それはアララギのみならず、現在の短歌の根幹をなすものとなっている。そして、その中で、短歌は「現実の生活といふものを声に現はさずにをれない少数者がお互に取り交はす叫びの声」と触れる件では、左千夫の「叫びの説」すら感じさせる。文明は、左千夫から学んだ「人間中心」「人間を離れない」を基本に歌を詠み、左千夫が茶室に「唯真閣」とまで名づけて重んじた教えを、「唯真がつひのよりどとなる教いのちの限り吾はまねばむ」（『山の間の霧』）と詠み、終生、人生と作歌の指針とした。

晩年、茂吉ら若手と対立した左千夫は、子規に同時期に師事した長塚節とも「馬酔木」時代、主観と客観を巡って対立していた。主観と客観の問題は子規以来の課題で、子規の万葉尊重と絵画的な写生とは、ある意味で矛盾し、万葉尊重に傾斜した左千夫は主観を重んじ、写生に主観的契機を入れ、その矛盾を解消しようとし、その歌調は豊潤、重厚、情趣、声調といった主情性を具備し、作品に生活感情や生をこめていった。主観に傾くと、抽象化・一般化しやすく、客観に傾いて描写の精密を期し印象の鮮明を求め過ぎると、煩瑣な説明に流れ、全体を弱めるきらいがあり、この問題は、その後のアララギでもすっきりしていない。

節は、万葉を研究しつつ、作品においては左千夫の万葉調の主観的な歌風を否定、子規の実景をありのままに表すという写生から出直そうと努めた。そして節は、「殆ど主観のないもの、又は純客観のもの」(「写生の歌に就いて」)が写生の歌の根本的特色で、「余は天然を酷愛す。故に余が製作は常に天然と相離るること能はず」(「写生断片」)等と主張し、自然に親しみ、自然の微細なものに目をつけ、こまかく写す傾向を示した。それに対して左千夫は、明治三十七年の節宛書簡で「主観の勝っている二三首は稍取れるが他は悉くいかぬ」「歌の上では客観趣味の成功甚だ六つかしひ」と記し、「長塚節の「炭焼くひま」草稿書入」で、「君の本領の歌ハ僕にハ一々評に堪へぬ面白くもないことを只明瞭に叙してもつまらぬではないか」と酷評し、「馬酔木」紙上で論争の形で表面化した。

長塚節

高橋睦郎は、『歳時記百話』に「正岡子規には、その死後も全人的信従の心を献《ささ》げつづけた二人の歌の弟子があった。子規より三歳年長の伊藤左千夫と十二歳年少の長塚節である。二人の年齢差は十五歳、しかし年の開きを超えて敬愛しあった。総じて左千夫の歌が荘重なのに対して、節のそれは繊細。その違いもお互いを尊重しあった理由かもしれない」と記しているが、左千夫と節は、敬愛しあったと言うより、人柄も考え方も生き方も異なり、初期作品からその人の違いを反映して作風も異なり、写生の面でも客観と主観を巡って対立、論争した。しかし結果は、過激な左千夫に節が妥協する形でその関係を維持し、アララギで同行したと言える。その節は、誰にも「先生」と呼ばさず、呼ばれなかったが、藤沢周平の小説『白き瓶』に取り上げられ、高橋も前掲書で二章も割いて、節作品、とりわけ「白」の頻出する作品の魅力について触れている。『白き瓶』は、時代・歴史小説の作家周平によって、小説では初めて節を取り上げた異色な小説で、幾多の全集を含む膨大な資料を駆使して成した大作、節について語り尽くしている。特に、多くの章で左千夫を登場させ、「左千夫のひき起すトラブルにまきこまれて困りぬく」節や、「左千夫の意地悪い作品評を浴びて、歌離れする時期の節の姿」（清水房雄「解説」）等、余すところなく活写されている。近藤芳美が、アララギで受け継がれてきた短歌に触れて、「近くてわかりやすいのが長塚節だと、いま思っています」（大島史洋著『近藤芳美論』）と述べているように、とても魅力的で、もっと読まれてもよいアララギ歌人だ。

長塚節は明治十二（一八七九）年四月三日、長塚源次郎・たかの長男として、下総国岡田郡国生村（現・茨城県常総市国生一一四七）に生れた。国生は、関東平野を北から南へ流れる鬼怒川の西岸に位置し、東北の方角に遠く筑波山を望む農村で、私も一度、節の生家を訪ねたことがある。長塚家は「山久」として知られた豪農で、肥料・小間物・衣服等を扱い、かたわら質屋も営んでいた。常磐線、関東鉄道常総線と乗り継ぎ、石下駅で下車、鬼怒川を石下橋で渡り、車で十五分、国生の村道に入り、六百メートル程行くと、豪農の面影を留めた節の生家があった。立派な長屋門をくぐると、江戸末期、慶応二年建築の百坪の茅葺きの母屋と書院がある。書院には、菅笠や節の原稿などが所狭しと並べられ、節常用の机と椅子が廊下に置かれ、書院の前には、奥日光の景観を形どった枯山水の庭が設えてあった。

節は三歳の時、百人一首を暗誦するなど神童振りを発揮し、学齢に満たない五歳の時、国生小学校に入学、下妻高等小学校を経て、二十六年、茨城尋常中学校（現・水戸一高）に入学、常に首席を占めていた。中学の時、小説のたぐいを読みふけり、二年の時から、級友と和歌を作りはじめたが、それは型にはまった生気に乏しいものであった。しかし健康がすぐれず、四年の時退学、以来家郷にあって、気の趣くまま旅を志し、自然の美を探勝しながら、療養につとめた。節の歌人としての道を決定したのは、子規に接したことである。明治三十一年から短歌革新に乗り出した子規の歌論や作品を「日本」に読み、やがて敬慕の念を深め、三十三年三月下旬に子規を訪ねた。この時、

歌人の竹の里人おとなへばやまひの牀に絵をかきてあり
生垣の杉の木低みとなり屋の庭の植木の青芽ふく見ゆ
ガラス戸のそとに飼ひ置く鳥の影のガラス戸透きて畳にうつりぬ

など十首ばかり、子規に、あたりの実景を詠むように言われて作ったが、子規が力説している「写生」の要領をのみ込んで、実際のありのままを詠んだ諸作で、子規は喜んだ。そして、四月には、子規庵での月例歌会に出席、左千夫らに会っている。その後、左千夫と節は根岸派の歌人として、子規の考えをアララギに承継していくことになるが、子規が節を溺愛したこともあって、子規への絶対信従を示したのは節とも言え、その自然の精緻な写生歌などは、子規の写生に忠実に回帰しようとした証しとも言える。

節は、三十五年の子規没後、その翌年には、根岸短歌会の機関誌「馬酔木」の編集同人として活躍、四十年前後には、家運の挽回をはかるべく炭焼きの研究、竹林の栽培に情熱を傾けた。更

に、子規の死のひと月ほど前にもらっていた「一家の私事だけでなく、一村の経営に任ずる志を持たねばならぬ」との手紙を受けて、岡田村青年会を創設、初代会長となって、作物の品種改良や、青年達の啓蒙や農村振興に努めた。四十一年には左千夫たちと「阿羅々木」を創刊、短歌、写生文、小説など意欲的で、四十三年には、不朽の名作『土』を、夏目漱石の推挙で朝日新聞に連載した。『土』は、節の郷里の農村を舞台に、節の家近くに住む長塚家の小作人をモデルとして、土に生きる農民の姿を、自然の環境とともに描いたものであるが、重苦しい内容で、読みづらく、私はあまり親しめなかった。

小夜深にさきて散るとふ稗草のひそやかにして秋さりぬらむ
馬追虫《うまおひ》の髭のそよろに来る秋はまなこを閉ぢて想ひ見るべし
芋の葉にこぼるる玉のこぼれこぼれ子芋は白く凝りつつあらむ

四十一年の「初秋の歌」から三首を引く。節の主張の客観写生の作として完成度の高いもので、二首目の歌などよく知られ、節の代表作の一つと言ってよい。斎藤茂吉をして、「そのこまかい観察と、象徴的と、主観的譬喩的ともいふべき表現におどろいた」(「長塚節の歌」)と言わしめたが、いずれも、節の歌の特徴のよく出た作で、想念を凝らして作り、細やかな自然観察に基づき、神経が行き届き、微妙で、透徹した秋の気配を感じさせる作だ。
四十四年に節は、黒田てる子と縁談が成立、「われ生れて卅三年はじめて婦人の情味を解したるを覚えぬ」と喜んだが、それも束の間、当時不治の難病とされていた喉頭結核の病名を宣告され、婚約を解消、療養生活に追い込まれた。

生きも死にも天のまにまにと平らけく思ひたりしは常の時なりき
往きかひのしげき街《ちまた》の人皆を冬木のごともさびしらに見つ
かくのみに心はいたく思へれや目さめて見れば汗あえにけり
四十雀なにさはいそぐここにある松が枝にはしばしだに居よ
我が病いえなばうれし癒えて去なばいづべの方にあが人を待たむ
さきはひを人は復た獲よさもあらばあれ我が泣く心拭ひあへなくに
山茶花のわびしき花よ人われも生きの限りは思ひ嘆かむ
いささかのゆがめる障子引き立ててなに見ておはす母が目に見ゆ
山茶花のあけの空しく散る花を血にかも散ると思ひ我が見る
ゆくりなく拗切《ちぎ》りてみつる蚕豆の青臭くして懐しきかも
日に干せば日向臭しと母のいひし衾《ふすま》はうれし軟かにして

四十五年の「病中雑詠」六十五首から。三首目までは「其一」、四首目から「其二」。一首目に、「喉頭結核といふ恐しき病ひにかかりしに知らでありければ心にも止めざりしを打ち捨ておかば余命は僅かに一年を保つに過ぎざるべしといへばさすがに心はいたくうち騒がれて」と詞書があり、四首目にも、「……其の人一たびは我と手を携ふべかりつるに悪性の病生じたれば我に引き止めむ力もなく、斯くて離れたるものの合ふべき機会は永久に失はれ果てぬ、……夜もすがら思は掻乱れて、明くれば痛き頭を抑へつつ庭の寒き梢に目を放ちて」等と詞書があり、歌の背景が分かる。病と別れの動揺をあらわに表に出すことなく、静かに自己を省み、切実な思いを抑えた調子で表し、いかにも節らしい詠みぶりである。土屋文明が『新編短歌入門』で「節は明晰平静の態度を失はない作者であるが、その『病中雑詠』を見ると、やはり心の底からの叫びを上げて居るやうに思はれる」と記しているが、深く心に触れてくる諸作だ。

藤沢周平は、小説『白き瓶』で「病中雑詠」の作に触れて、こう記している。

左千夫は歌は感動の表出だと言い、形としては内的告白を重んじて、節の客観写生の歌を容易に認めなかった。そして節は節で、感動一点張りの左千夫の歌論を泥くさいもののように思い、洗練された客観写生の歌の完成に力をそそいで来たと言える。

だが長い休止期を経て、突然に奔流の勢いで制作されはじめた節の歌は、客観写生歌とは似ても似つかない内的告白の歌だった。自然は歌われていても、それは節の心を託すための物であり現象であるに過ぎなかった。そして一群の節のそれらの歌は、死と愛を凝視しながらつくられたために、中に若干の感傷に流された作品を含むとはいえ、概ねその感動は重く、悲傷は鋭くて、読むひとの胸をうつ作品となったのだった。

文中、「長い休止期を経て」とは、左千夫との仲がよじれ、節が歌作より小説等の執筆に意欲を燃やし、四十二、三年頃は一首も歌はつくっていなかった、その時期である。それにしても、「厖大な資料を綿密に検討し尽くした」上に、「節短歌そのものを取りあげている際の、味解・鑑賞の行きとどいてねんごろなさまにも注目すべき」（清水房雄「解説」）文である。作句経験はあるが、短歌について素人のはずの氏が、どうしてこのように深く読みとることが出来たのであろうか、驚きである。

四十五年四月、節は当時、耳鼻咽喉科の権威として知られた九州大学の久保猪之吉博士の診察を受けたが、たいしたことはないとのことで、西国の長旅をして九月に帰郷した。その後病気は一進一退、入退院を繰り返し、そのさなかで詠まれたのが、畢竟の名作と言われている「鍼の如く」で、「其一」から「其五」まで二百三十一首にのぼる。

その「鍼の如く」より幾首か引く。

白埴の瓶こそよけれ霧ながら朝はつめたき水くみにけり
唐黍の花の梢にひとつづつ蜻蛉《あきつ》をとめて夕さりにけり
洗ひ米かわきて白きさ筵に砌に棕櫚の花こぼれ居り
春雨にぬれてとどけば見すまじき手紙の糊もはげて居にけり
朝ごとに一つ二つと減り行くに何が残らむ矢車の花
垂乳根の母が釣りたる青蚊帳をすがしといねつたるみたれども
朝顔のかきねに立てばひそやかに睫にほそき雨かかりけり
霧島は馬の蹄にたててゆく埃のなかに遠ぞきにけり
とこしへに慰もる人もあらなくに枕に潮のをらぶ夜は憂し
鶏頭は冷たき秋の日にはえていよいよ赤く冴えにけるかも
手を当てて鐘はたふとき冷たさに爪叩き聴く其のかそけきを

冒頭の歌には、「秋海棠の画に」と詞書があり、子規門の歌仲間でもあった平福百穂の描いた絵を、久保博士の診断を仰ぐに際して、より江夫人への手土産として、それの賛として書いた作で、気品が高く、澄み透り、節自らも会心の作とした。よく知られた節の代表歌とも言え、藤沢周平も、この歌から節の伝記小説を『白き瓶』と題している。

この一連、節一流の的確な見方と細やかな感受性によって、清新な気分や味わい深い情趣をたたえた諸作によって構成されている。文明が『新編短歌入門』で、「節は神経の細かい作者であり、形式美にも特に敏感な作者であり、従つて趣向を重んずる作者と言ふことが出来る。「鍼の如く」などは全体が一貫したる趣向を持つた作とも見得るくらゐである」と書き、「節は連作といふよりも、一首一首に力を傾け、一首一首がいつも独立して強く感銘するやうにと心がけた作者のやうに思はれる」と書いている点、注意してよい。言われれば節の歌は、「病中雑詠」「鍼の如く」などの題で連作を思わせるが、一首一首の独立性が強く、子規や左千夫のような連作ではない。子規や左千夫が連作に求めたものを、節は、詞書と歌の組み合わせに求めたように思える。又、節の歌は、趣向を重んじている分、私たちが「意識してこれを目指せば、浅薄な嫌味に堕しさう」だと、文明が記す通りに思われる。

大正二(一九一四)年には左千夫が死去、残された節も病気は一進一退、三年六月、九大病院に入院、八月退院後、宮崎等に旅行したりしたが、十二月、病状が悪化、四年一月、「鍼の如く其五」を「アララギ」に発表、同月、九大病院隔離病棟に収容され、重体となり、二月八日午前十時、三十六年の短い生涯を閉じた。

左千夫の死後わずか二年であったが、節は優れた歌を次々に作ってみせて力量を発揮、赤彦や茂吉らに与えた影響は大きい。その節が友人として最も敬愛した子規の直弟子で、穏やかな人柄の岡麓を茂吉ら若手に紹介した。麓も節の「鍼の如く」に感激し、遠離っていた歌心が甦っていたところで、大正五年、憲吉のすすめもあって、再び作歌、茂吉らも麓を快く迎え入れ、「アララギ」の巻頭作者となった。行動力もあったが、アクが強く、何かと物議をかもす左千夫亡きあと、若手の反動が蠢くなかで、麓が加わることによって、アララギも落ち着きを取り戻すことになり、このことは、あまり目立たぬが節の功績で、適切な措置であった。

節の遺骨は、大正四年二月十一日、東京小石川の小布施宅に着き通夜、十二日に郷里着、三月十四日、仏式により国生の共同墓地に埋葬された。

私は、生家を訪ねた際、その墓地も訪ねた。県道に出て、少し北に向かい、神社や民家の間の道を辿ると、青桐の下にその墓地はあり、その正面奥の長塚家代々の墓の中に、「長塚節之墓」と、節自身の筆跡から集字し刻まれた墓石が建っていた。これは、昭和三十年に、没後四十年忌を記念して建てられたものである。

尚、節は生前歌集を上梓せず、大正六年六月、古泉千樫によって編まれた『長塚節歌集』が最初の歌集である。

岡麓・古泉千樫

この節では、節が紹介し、茂吉らに迎えられて作歌を再開、「アララギ」の巻頭作者になった岡麓と、節没後『長塚節歌集』を編んだ古泉千樫について触れることにする。

「岡麓　通稱三郎　明治十年三月三日生　三谷ともいへり　はじめ傘谷といふ　歌を詠み書を教へて一生を　をはる」とは、岡麓が、その晩年の写真の裏に自身で書きつけた自伝だと、杉田嘉次が『岡麓全歌集』に記しているが、麓は徳川幕府奥医師の家に生れ、幼少から文学の素養があり、書道の腕を生かして、聖心女子学院の習字教師を勤めた。歌の道では、佐佐木信綱に添削も受け、二十歳前後の年少にして、旧派ではあったが、既に一家をなしていた。

岡麓は、三十二（一八九九）年、香取秀眞と同道、正岡子規に入門、歌は一変、古今調を捨て、万葉集以外に歌はないと言い切るまでになった。学識があり、その穏やかな人柄は、子規や子規の母八重、妹律にかわいがられたが、翌年入門した左千夫とは関係がぎすぎすし、翻弄されたりした。その辺のことは、麓の教え子、秋山加代の手になる『山々の雨―歌人・岡麓』に活写されていて、興味深い。

子規没後、麓は作歌から遠ざかり、出版など「いろいろな事に手を出して」（歌集『庭苔』巻末記）失敗、家産を傾けたが、長塚節とは生涯の友として親しみ、左千夫没後、節の晩年、節の紹介によって茂吉や赤彦、憲吉などと相知り、再び作歌の機縁に合い、憲吉の誘いで大正五年よりアララギに加わり、「アララギ」巻頭作者になった。

昭和十九年、六十七歳で聖心女子学院を退職、二十年には、戦火を避けて初めて東京を離れ、信州安曇野内鎌の畑のなかの農家の納屋に住み、新鮮な大自然に融和して、旺盛な作歌欲を示し、茂吉も「なんともいへぬ味ひである」などと賛嘆する歌を詠んだ。そして、妻子を短時日に失った二十六年、尿毒症の発作で忽然として逝き、信州で荼毘に附され、遺骨は、岡家の菩提寺である東京本郷の高林寺に埋葬された。享年七十五歳。

歌集は、『庭苔』『小笹生』『朝雲』『宿墨詠草』『涌井』『冬空』『雪間草』で、土門拳撮影の口絵写真とともに『岡麓全歌集』に収められているが、子規門の時代を含め、大正五年前の作はない。

秋山の本によると、「主観の歌は残りませんよ、客観ですよ、写生が大切ですよ」とよく言ったとのこと。その麓の作品から幾首か掲げる。

何事かさだかならねど人中にほめられ居りし夢さめにけり

よの中のおもてに立ちし事もなく過ごし来ぬるもやすけし今は
霜柱箒《ははき》のさきにくづれては乾ける土にまみれ入るなり
赤き林檎青き林檎と口ずさみ信濃林檎を供《そな》へまつりぬ
わが後《あと》の家族はいかになるらむと思ひつめてはねむられがたし
ふりかへることもなくして別々に逝けるおや子の骨つぼならぶ

写生の行き届いた自然詠、作者そのものを写し出した生の写生、ともに味わいがあり、心ひかれる。

古泉千樫は、明治十九（一八八六）年、千葉県の安房鴨川から約十二キロの山峡の地の中位の自作農の長男に生まれ、高等小学校卒業後は代用教員となり、準訓導の資格を得て、通勤しながら独自で文学を志し、やがて、四十一年に上京、左千夫の家の手伝いをしたり、節、赤彦、茂吉らと相知り、「アララギ」創刊後は、左千夫の編集を手伝い、観潮楼歌会にも出席した。

赤彦、茂吉らが新歌風で動揺している中、後年の茂吉をして「一番整っており佳作が多い」と言わしめる程で、大正二年三月号以降、「アララギ」の編集担当を茂吉から受け継ぎ、発行名義人となった。しかし、千樫の怠慢等で遅刊がひどく、翌年三月、茂吉に戻った。七年頃が作歌のピークで、松倉米吉や三ヶ島葭子らが千樫に入門したが、茂吉の模倣が目立つと節らに指摘され、十一年頃からアララギと関係が疎遠となり、十二年二月号の「アララギ」を最後に、十三年四月、北原白秋らと雑誌「日光」を創刊、赤彦の怒りをかい、アララギと絶縁することとなった。

昭和二年、病床につき、茂吉の見舞いを受けたりもしたが、八月に逝去、享年四十二歳。十月、遺骨は郷里の古泉家の墓地に葬られ、八年、東京小石川の伝通院に、釋迢空の書で墓碑が建ち、分骨、三十四年には歌碑が建てられた。

歌集は、アララギを離れて後、自選歌集『川のほとり』を上梓、没後門人たちによって『屋上の土』『青牛集』がまとめられた。それらは、『川のほとり』を他と重複しない『草の若葉』部分のみとし、「遺稿」や「書簡歌」とともに『定本 古泉千樫全歌集』（石川書房刊）に収められたが、平成三十年には初期作品と各句索引を加えて再刊（現代短歌社刊）され、参考になる。その作品から幾首か掲げる。

みんなみの嶺岡山《みねをかやま》の焼くる火のこよひも赤く見えにけるかも
椎わか葉にほひ光れりかにかくに吾れ故郷《ふるさと》を去るべかりけり
宵くらき砂丘のかげに一人居り海のひびきのはるけくよしも
満ち潮に筏は入り来《く》あたらしき木の香は匂ふ満ち潮の上を
茱萸《ぐみ》の葉の白くひかれる渚《なぎさ》みち牛ひとつゐて海に向き立つ

み墓べの今朝の静けさひとりゐるわれの心は定まりにけり

いずれも丁寧で、柔軟な写生で、隙のない諸作だ。

私は以前、東京湯島の無縁坂の旧岩崎邸に面するマンションに住んでいた時、自転車で本郷・高林寺にある墓を何度か訪ね、麓の歌に親しんだ。又、マンションの近くに千樫の歌碑板があり、『川のほとり』を幾度となく読み、その大らかな牛の歌等に心ひかれた。更に『土屋文明の跡を巡る』の取材で都内を巡るとき、伝通院にある墓や歌碑をよく訪ねた。すでに触れたように、麓は子規に、千樫は左千夫に入門し、その精神を受け継ぎ、左千夫没後、麓は「アララギ」巻頭作者として迎えられ、その穏やかな人柄の支えもあって、アララギが落ち着きを取り戻し、千樫は一時、「アララギ」の編集兼発行名義人になる等、それぞれアララギに貢献した。しかし麓は、子規没後十四年間も歌を離れ、千樫は後年、雑誌「日光」創刊に参加、アララギを離れた。このことは、私にとっては大変残念なことで、若干敷衍しておきたい。

まず麓は、子規没後歌を離れ、『岡麓全歌集』も、アララギで歌を再開した大正五年以降の歌しか収められていない。この経緯について、「アララギ」の岡麓追悼号（昭和二十七年五月号）で、五味保義が「岡先生の日記・書簡より」と題する文で触れていて、興味深い。そこには、「左千夫の性向にしつくりしないものを感じ」「岡先生はアララギ発刊に就いて賛成をして居ない。

積極的に参加することをしなかつたのは言ふ迄もなく、むしろ不賛成で」と記し、「左千夫中心の馬酔木にも初期アララギにも先生が身を入れなかったのは、彩雲閣経営の困難等々の身辺事情と共に、対左千夫感情も作歌に打込むに至らなかつた重要な原因と思ふ」と記されている。そしてその上で、「アカネもやがて廃刊となり、左千夫も節も没して、これら対人感情も過去になった時、即ち大正七年（筆者・五年の誤りか）にアララギに加はつて居られる。茂吉、赤彦特に憲吉の温く懇篤な情誼が之をむかへたのだが、アカネ対アララギ、甲之対左千夫、左千夫対節の問題が解決ずみでもあつて、これら後進ときはめて自然に歩を合せることが出来たのであつたらう」と記され、麓が歌を離れ、また歌に戻ってきた経緯がはっきりする。しかし、それでも私は、身辺にいろいろあった時期だからこそ歌から離れずにいてほしかったと思い、残念に思うのである。

ところで、アララギ歌人は、左千夫も節も、茂吉も赤彦も憲吉も農村の出身で、都会に育った青年にありがちな軽薄や小器用な作風ではなく、落ち着いた写生に徹するアララギ歌風を育てたといえる。そのような中にあって、麓一人が東京湯島の傘谷《からかさだに》生れで、晩年信州に移るまで東京を離れたことがなかった。それでも子規に入門、その人柄もあって、落ち着いたアララギの歌を詠み得たと言え、「都会そだちは気がきいてゐるやうでじつにまぬけであります」（太田正文氏宛書簡）と、実に味のある言葉を残している。

次に、後年「日光」に参加、アララギを離れた千樫について、敷衍しておきたい。「日光」は大正十三年に創刊され、北原白秋や前田夕暮といったフリーの立場にいた歌人と、「珊瑚礁」や「心の花」など既成結社にあきたらぬ歌人達約三十名が参加、アララギからは千樫と石原純、釋迢空が参加した。結果的に、アララギに対抗すべき主要な歌人がほとんど集まり、反アララギ的色彩は濃厚で、赤彦は「アララギ」誌上で、「三氏を中心として『アララギ』にゐた会員諸氏は、この際矢張り『日光』に行くのが本当であると思ふ。遠慮なく御決めを願ふ」と、きっぱりと表明した。「日光」は、口語歌や自由律形式の歌などを試作したりして、終末期には白秋編集を謳い、会員数八十余名を誇ったが、瓦解した。茂吉は、明治末の千樫を、

あが友の古泉千樫は貧しけれさみだれの中をあゆみゐたりき　『赤光』

と詠んでいるが、千樫の貧乏の生活は長く続き、その晩年、病床で編んだ自選歌集『川のほとり』の「巻末小記」（大正十四年四月八日記）には、左千夫に師事したことや茂吉や赤彦等とのことを長々綴り、「『日光』の同人となつたことが、『アララギ』に対する交誼を絶つたのでもなく、手を分つたのでもないことをわたくしは思つて居た。…わたくしは多年アララギ同人から多くの刺戟を受け影響を蒙つて居る。自分は『アララギ』及び其同人に対する敬愛と感謝との心を失ひたくないと思ふ。しかし、歌の道は結局は一人の道である。わたくしは病体を護りつつ静かに歩いて行かう」と寂しい文を綴っている。一方茂吉は、その死に至るまで千樫を見舞い、診察

をし、意を尽くしている。

最後に、千樫に師事した松倉米吉と三ヶ島葭子について触れておきたい。

新潟県の田舎から上京した米吉は、十三歳でメッキ工場の職工となり、胸を病んで、大正八年、二十五歳の若さで逝き、「わが握る槌の柄減りて光りけり職工やめんといくたび思ひし」等の作を残した。

葭子は新詩社から原阿佐緒と共に移り、貧苦と病弱の中で「必ずいつか我の心にかへりこん君と思ひつつ涙とどまらず」等の作をなしたが、阿佐緒と石原純の恋愛事件にからみアララギを破門され、千樫と同年の昭和二年、四十二歳で没した。

島木赤彦

左千夫の没後、一時、編集に携わり、発行名義人にもなった千樫の怠慢等で「アララギ」が遅刊に陥ったり、休刊したりしたことはすでに記したが、そのアララギを運営面・経営面で立て直したのが赤彦で、作品の面で牽引したのが茂吉である。二人は子規や左千夫によって唱えられ、継がれてきた写生説等を整理・発展させ、万葉集の研究を深め、そのお陰でアララギは全盛時代を迎えることになった。

赤彦は「アララギ」の遅刊・休刊の状況を見かねて単身上京、「アララギ」の編集発行人となり、その事業を基礎づけ、「鍛錬道」を唱え、やがてアララギの一時期を領導するに至った。その赤彦は明治九（一八七六）年十二月、塚原浅茅・さいの四男として、長野県諏訪郡上諏訪村角間（現・諏訪市元町四二九六）に生れ、俊彦と命名された。十五歳で高等小学校を卒業、小学校の傭教員となったが、二十七年、日清戦争開戦の年、十九歳で、長野師範に入学、万葉集に親しみ、その研究をし、伏龍、二水などの号を用いて「少年文庫」「文庫」「青年文」「早稲田文学」などの熱心な投稿家となり、新体詩に熱中した。師範学校在学中の三十年、下諏訪町の久保田家の養嗣子となり、その長女うたと結婚したが、六年後にうたは早逝、妹のふじの（後の歌人久保田不二子）を二度目の妻とした。三十一年、二十三歳で師範を卒業、直ちに小学校の訓導を命じられ、紆余曲折はあったが、生涯、教育に身をささげた。

赤彦は三十三年、新聞「日本」の短歌募集（課題「森」）に応募し、十四首を投じ、子規によってやっと一首、

藍毘尼の林の中に光満ちてありたまひし釈迦牟尼ほとけ

の作が採られた。しかし、この一首は別として、旧態依然とした月並調の諸作で、長塚節などとは違って、一投稿者としてその日の子規に関わっただけで、子規が三十五年に死去してしまい、生前、子規に会うことはなかった。

三十六年には同好の士と相計って、諏訪における同人誌「比牟呂」を創刊、自ら編集の任に当たったが、この年、東京の根岸短歌会の機関誌「馬酔木」が左千夫らによって発刊、赤彦も作品を寄せ、三十七年、信州に旅した左千夫を出迎え、以降左千夫に師事する。赤彦二十九歳、左千夫四十一歳であった。

四十一年に左千夫は、「馬酔木」「アカネ」に続く子規の写実主義を受け継ぐ「アララギ」を発刊、赤彦も「比牟呂」を合流させ、「アララギ」に参加する。そこには、東京の茂吉、千樫、憲吉、文明などの年少の同人が加わり、新しい潮流をなしてゆき、赤彦も意気込んで、「アララギ」

創刊号に力作「分水荘の歌」を発表した。それは、

垣ぬちの花野をひろみ甲斐の水信濃の水とわかれ湧くかも
秋草の花のひろはらおのづから水湧きいでて庭をめぐれり

など十首で、根岸派の万葉調に近い歌。茂吉が、「発表当時、すでに群を抜いてゐた」と推奨したただけの歌であったが、赤彦は、「柿の村人」の号を用いた憲吉と共著の第一歌集『馬鈴薯の花』にはそれらの作は収めず、四十二年作の、

森深く鳥鳴きやみてたそがるる木の間の水のほの明りかも
げんげんの花原めぐるいくすぢの水遠くあふ夕映も見ゆ

といった、当時模索していた新しい傾向の作を巻頭に置く。それは、後年の厳格主義的な歌風に較べれば、情感の籠った抒情歌と言え、赤彦は万葉調の「ますらをぶり」の歌風を捨て、ほのかな弱弱しい「たをやめぶり」の歌に変ってゆくことになる。

四十五年、東京では、茂吉や文明らが、盛んに新傾向の歌を発表、左千夫との間に、作歌の上で甚だしい意見の相違を来し、その最中の大正二（一九一二）年、赤彦にとってかけがえのない唯一人の師匠、左千夫が急逝する。そのような中で歌集『切火』の世界が始まる。それは、

夕焼空焦げきはまれる下にして氷らんとする湖の静けさ
人に告ぐる悲しみならず秋草に息を白じろと吐《つ》きにけるかも

など、感情がこもり、単純率直で、声調の充実した歌である。しかし、『切火』の時代は赤彦にとって、乱調と動揺の時代であり、清澄端厳な、所謂赤彦調を確立、鬱然たる歌壇の大家と目されるに至るのは、歌集『氷魚』を待たねばならない。
そして、三年三月、諏訪郡視学を退職、四月には遅刊・休刊の続く「アララギ」を立て直すべく単身上京、女学校で自活の道を立てつつ「いろは館」に下宿、赤彦の住所に発行所を移し、翌四年二月号からは、編集兼発行人となるのである。

日の下に妻が立つとき咽喉《のど》長く家のくだかけは鳴きゐたりけり
この朝け道のくぼみに光りたる春べの霜を踏みて別れし

歌集『切火』の中では白眉とも言える「家を出づ」一連の作である。赤彦は、齢四十に至らんとしてアララギを立て直すべく、悲愴な覚悟をもって家を出、単身上京した。そんな沈痛な感じの歌だ。そして、『切火』(四年三月刊)を出した以後、赤彦の詠む世界は次第に自身の生きる生活、ないし人生ともいうべきものに沈潜、同時にその周囲の自然凝視に集中され、それらの上に現実感を濃くしていった。

枯芝原よべ降りし雪のとけしかば辛夷《こぶし》の花は雫してあり
夜おそくわが手を洗ふ縁のうへに匂ひ来《きた》るは胡桃《くるみ》の花か
踏みのぼる冬木の坂は霜ながら幾日雨降らぬ土乾きをり
はるばるに家さかり来て寂しきか子どもは坐《すわ》る畳の上に
うつり来て未《いま》だ解かざる荷の前に夕飯《ゆふいひ》たべぬ子どもと並びて
落葉松の萌黄の林雉子《きぎす》立ち時の間《ま》山を寂しく思ほゆ
眼のうへの櫟の山のふくらみに焚かぬ炭竈の口二つ見ゆ
国遠く来つるわが子を埃あがる日ぐれの坂に歩ましめ居り

歌集『氷魚』の四、五、六年の作である。一首目は『氷魚』巻頭の作、『切火』の乱調と動揺を経て、写生の本義に還り、赤彦調の成立を告げる作である。四、五首目は六年、一年だけ東京の「亀原の家」に、家族を呼び寄せ、住んだ時の作である。八首目は、長男政彦が鼻の治療で上京、手術して一カ月後に急逝した時の作である。どの作も、自分の生活から滲み出てくる切実さの加わった重厚な作で、次の『太虚集』『林蔭集』に深化、成熟していく世界である。

上京後の七年間は、赤彦にとって、生涯の中で最も繁忙を極めた期間で、六年以降、東京にあっては、「アララギ」の編集者として、長野にあっては、「信濃教育」の編集主任として、郷里にあっては、家長として力を尽くし、ほとんど居住定まりなき時日を過ごすことになる。

そして、丁度この四、五年頃、アララギの作歌理論が確立されていく。『歌道小見』において赤彦が、「私どもは、歌に於ける写生道を以って、感情活動の直接表現をなす殆ど唯一なる道として、この道を究極せしめて行きたい」と記している短歌写生の説である。

茂吉は、写生とは「生を写す」という「生きのあらはれ」であるという論を掲げ、「実相に観入して自然・自己一元の生を写す。これが短歌上の写生である」と独自の写生論を展開する。一方、赤彦は、五年三月発行の「アララギ」に写生についての見解を述べ、『歌道小見』で「物心相触れた状態の核心を歌ひ現すのが、最も的確に自己の主観を表現する道と思ふのでありまして、これを写生道と称してゐるのであります」と自らの「写生道」を説く。我々の主観は、具体的事象に接触して動くのがつねで、その具体的事象を写し現せば「感動の状態をそのまま歌に現すことにもなる」と説くのである。

すでに「正岡子規」のところでも触れたので重複は避けるが、赤彦の独自論として注目すべきは、「一心集中する事益々尖鋭微細にして、相触るる事象の中核は益々尖鋭微細を来すべし」（「アララギ」五年三月号「編集所便二」）と書き、「一心の道」「全心の集中」などと唱え、「鍛錬道」として自らを律していくことだ。そして、「一心を集中して写生してゐれば、入るべき時に自らにして象徴に入りませう」（『歌道小見』「象徴」）と記し、写生に徹し、人生の「寂寥所」をめざす歌を作り、自ら限定する自然詠ともいうべき一つの作品世界にひたすら深化と透徹をもとめ、前人未到とも言える『太虚集』『柿蔭集』の世界を築きあげていく。まずは、『太虚集』より八首。

山のべに家居しをれば時雨のあめたはやすく来て音立つるなり
光さへ身に沁むころとなりにけり時雨にぬれしわが庭の土
湖べ田の稲は刈られてうちよする波の秀《ほ》だちの目に立つこのごろ
天《あめ》とほく下《お》りゐしづめる雲のむれにまじはる山や雪降れるらし
空澄みて寒きひと日《ひ》やみづうみの氷の裂くる音ひびくなり
高槻《たかつき》のこずゑにありて頰白のさへづる春となりにけるかも
いくばくもあらぬ松葉を掃きにけり凍りて久しわが庭の土
みづうみの氷は解けてなほ寒し三日月の影波にうつろふ

続いて、『柿蔭集』より七首。

岩が根に小指《をよび》もて引く龍膽《りんだう》は根さへもろくて土をこぼせり

岩あひにたたへ静もる青淀《あをよど》のおもむろにして瀬に移るなり
みづうみの氷をわりて獲《え》し魚を日ごとに食らふ命生《い》きむため
或る日わが庭のくるみに囀りし小雀《こがら》来らず冴え返りつつ
信濃路《しなのぢ》はいつ春にならん夕づく日入りてしまらく黄なる空のいろ
魂《たましひ》はいづれの空に行くならん我に用なきことを思ひ居《も》り
我が家の犬はいづこにゆきぬらむ今宵も思ひいでて眠れる

以上『太虚集』『柹蔭集』の諸作は、「鍛練道」に徹して、万葉集を宗とし、ひたすら純一な歌境に没入しようとした赤彦の面目が窺われる諸作だ。特に最後の四首は、死の一カ月ほど前（最後の一首は死の六日前）に病の床にあって詠んだもので、人間や物事の本質と深部をぎりぎりまで追い求めた赤彦の、厳しく、格調高く、深く澄み入る諸作で、心ひかれてならない。

ところで、すでに引用をしてきたが、赤彦には歌論集『歌道小見』（大正十三年刊）がある。自ら、「歌に入りはじめた人にも、久しく歌の道に居る人にも、或は単に歌を鑑賞する人にも通ずるやうな歌論をなしたいと思つて、稿を起した」（はしがき）と記している通り、短歌について分かりやすく自らの考えを説いたものである。小題に「万葉集」「写生」「歌の調子」「単純化」「連作」等とあるように、歌を詠み、味わうにあたって、子規や左千夫以来のアララギの主張をまとめたものだが、「概念的傾向」「比喩歌」「思想的傾向」等の小題でも分かるように、明星派の傾向も取り上げつつ、アララギの主張をより明確にしているところに特色がある。

「歌を作す第一義」として、赤彦は「自己の歌をなすは、全心の集中から出ねばなりません」と断言、「歌はれる事象は、歌ふ主観が全心的に集中されれば、されるほど単一化され」、「写生が事象の核心を捉へようとする」のはその単一化をめざすことに他ならないと説く。そして、「歌の道は、決して、面白をかしく歩むべきものでは」なく、「人麿赤人の通つた道も、……子規らの通つた道も粛《つつ》ましく寂しい一筋の道であります」と自説を展開している。

尚、「用語」と題して、「我々の心に生き得る詞であるならば、それが万葉語であらうとも、近代語であらうとも、或は又口語であらうとも、……之を我々の感情表出の具に用ふるに何の妨げがありませう」と記して、子規や左千夫の口語や口語的発想を取り入れている作をあげているが、この考えは、後に文明に引き継がれていく。

更に、親しむべき歌集について、「私は躊躇するところなく、万葉集を挙げます」（『歌道小見』「万葉集」）と断言、翌十四年には『万葉集の鑑賞及び其批評』を上梓する。「本書は、又、大体に於て前著『歌道小見』の主要部を廓大したものと言ひ得る。両書を併せて見て頂けば最も幸である」（はしがき）と記し、「万葉集作者の傑れた歌は、それが芸術として最高所と思はれる所まで澄み入つてゐると共に、原始的な素樸さや素直さや無邪気さから離れず、更にそれらの根底をなすべき真実性に徹して」いると評価し、「主観句を用ひずして、却つて、主観の深く沁み出てゐるを覚ゆるのは、これを写生の心理に通じて考へることが出来る」、「一点の単純所に澄み入るといふことは、全心の集中より来るものであり、全心の集中は切実なる実感より来り、切実なる実感は具体的事象との接触より来る。そこが写生の道の生れる所である」等と、自らの写生論によって解読していく。そして、「歌の姿は単純率直且つ素直」「譬喩を以てして、何等の情趣をも伴ひ得ない」「平坦であつて、写生から生れてゐるから生きてゐる」「秀れた歌は結句が全体に反響する」等々、どの歌に対しても赤彦の思いを率直に綴り、いかにも伸び伸びと、ほれぼれと、無邪気に、「人生の寂寥」に浸り切って、万葉集に立ち向かっている。

特に、人麿・赤人に向う気持は熱く、「あしびきの山川の瀬の鳴るなべに弓月《ゆづき》が嶽《たけ》に雲立ちわたる」「み吉野の象山《きさやま》のまの木《こ》ぬれにはここだもさわぐ鳥の声かも」等二人の歌をあげ、「人麿赤人その他集中の傑作を検すれば、それが如何に現実に即しつつ、人生悠久の命に参してゐるかが窺はれる」と触れ、「人麿の雄渾な性格に徹して」、「赤人の沈潜した静粛な性格に徹して」ともに「人生の寂寥所に入つて居ります」と、激賞している。

一方、家持は、「作物が多過ぎて心が希薄になり、往々にして文字の遊戯を交じへるという所があ」り、憶良は、「入唐して学問した知識が祟りをなして、観念的になり、道学的になりして、純粋な歌の道が歩けなかつたといふ観がある」と貶めている。さすが五年三月に「万葉会」を興し、八年、生涯の仕事として万葉集研究を発念して以来進めてきた労作で、余命の少ないことを自覚して、その後篇の完成等を期したが、間に合わなかった。

赤彦には、その他に、新体詩、漢詩、今様、俳句、民謡の研究、写実文、教育に関する論文などがあり、後年には、童謡をも作って、『赤彦童謡集』の著がある。

ところで、不自由を自由と感じる修業が赤彦の「一心の道」であり、「鍛錬道」で、刻苦主義、厳格主義で貫かれていた。そこで、それに伴う赤彦のアララギでの足跡について、二、三追加して触れておきたい。

まず、十三年七月末、長野県上諏訪の阿弥陀寺で、第一回アララギ安居会が開かれた。これは、赤彦の発案によって開かれ、赤彦の厳しい「鍛錬道」の思想の下、三日間、午前四時起床、酒類禁止の厳しい作歌修業の集いで、赤彦は、柿本人麿の歌、東歌の講義をした。翌十四年七月末には、比叡山延暦寺で第二回安居会が開かれ、この年は、麓、茂吉、憲吉、文明らも加わって、古典を講じた。この時、左千夫の十三回忌と節ほか会員三人の追悼会も、山上講堂で行われたが、古い法華懺法によって行われ、「夏山のふるき大寺にこもらひて一百《いっぴゃく》余人《よにん》の歌安居《うたあんご》あはれ」と憲吉が詠んでいる程であった。この安居会は、赤彦没後も続けられており、現在のアララギ後継誌や多くの結社の夏の大会の淵源を成すものと言える。

尚、十四年末には『アララギ年刊歌集』第一集（十三年度の三百十四人の出詠）が赤彦の編集で、「アララギ叢書」第二十三編として刊行された。第二集（十四年度）は昭和二年に出、アララギ同人編となって、以降逐次刊行され、アララギ歌風を展望するのに便利であったが、これは途絶えた。

次に、アララギ会員の原阿佐緒と石原純の恋愛事件だが、二人はもちろん、その恋愛を擁護したとして、三ヶ島葭子もアララギを破門された。これは、赤彦や茂吉の意向で、赤彦の厳格主義に基づいた措置といってよい。

事件は大正十年七月、朝日新聞の夕刊が素っ破抜いて公になった。奇しくもこの年の十月には、美貌の歌人・柳原白蓮が、九州の炭鉱王の夫のもとから、年下の青年弁護士のもとに出奔、絶縁状を新聞紙上に公開する等、はなばなしく新聞が報じる事件が起こった年でもあり、姦通罪に問われる時代であった。当時、純は、東北帝大の教授で、相対性理論の当代有数の物理学者であり、アララギの左千夫門では赤彦の先輩にあたる重鎮で、赤彦は尊敬し、慕い、その前年には共に金華山に遊び、歌を詠んだりしているほどであった。一方の阿佐緒は、「スバル」「青鞜」を経て、千樫の勧めによりアララギに入会、茂吉に師事した。一目でとりこになる程の美貌で、二度も結婚等の破綻を経た歌人であった。本件では、阿佐緒は終始受け身で、妻子のある純の激しい恋情に、強引に引き込まれた結果で、二人は千葉県の海岸・保田で同棲、世の激しい糾弾をあび、純は大学の職を退き、二人はアララギを離れ、「日光」創刊に参加した。

しかし、考えてみると、赤彦は妻子ある身で、門下の中原静子と交情を結んでいる。赤彦は、明治四十二年三十四歳で、長野県下の広丘小学校の校長として、諏訪に妻子を残し、単身赴任する。丁度その年に、十四歳年下の静子が新任で着任、二人はともに屋号「牛屋」という旧家に寄宿し、「毎晩先生の御座敷にお邪魔しては、万葉の講義や作歌の添削をお願いした」（後に川井静子の名で出した『桔梗ヶ原の赤彦』）と記す程となり、静子は赤彦に師事、アララギ会員として、広丘時代からの作品のある遺歌集『丹の花』を残している。

赤彦の『馬鈴薯の花』から『切火』にかけての恋の歌は、静子との恋の歌で、

　草の日のいきれの中にわぎもこの丈はかくろふわが腕のへに　『馬鈴薯の花』

等の作がある。赤彦は四十四年、玉川小学校の校長に転任するが、その後も上諏訪の「布半」で、毎土曜日逢瀬を重ね、「富士五湖めぐり」を楽しむなど、二人の仲は続いた。当時は秘めた恋であったのか、丸山静・上田三四二共著の『島木赤彦』（桜楓社・昭和五十六年刊）では、この頃の恋愛歌を指摘しながら、その相手には言及せず、「アララギの考証学で如何に解釈されているのか教示を仰ぎたい」として、終わっている。しかし、その後の上田三四二著『島木赤彦』（角川書店・昭和六十二年刊）では詳しく取り上げられており、今ではあからさまになっている（ちなみに、茂吉と永井ふさ子との恋も今では明らかになっている）。この恋は、純と阿佐緒の恋と何ら変わりはなく、赤彦が「鍛錬道」を唱える前のこととは言え、赤彦の厳格な生きざまとは

矛盾し、純と阿佐緒の破門についても違和感を感じる。

一方で、赤彦は多くの後継者を育て、赤彦の歌風は、それらの人を通じてもアララギに浸透した。例えば、『歌人赤彦の鑑賞』の著書のある高田浪吉の第一歌集『川波』（昭和四年）は赤彦の選を経たものだ。更に歌集『青杉』の作者、土田耕平も赤彦の高弟の一人で、「桜葉の散る日となればさはやかに海の向山見えわたるなり」等、自然観照に徹した、清新な調べの作をなし、赤彦の歌風の良さをよく伝えた。又、青年期を赤彦に師事した藤澤古實には『赤彦遺言』の著書があり、それぞれに、アララギで活躍した。

赤彦は、大正十四年頃より胃に異常を覚え、十五年には胃癌と診断され、帰郷、病臥した。同年三月二十五日午後より昏睡状態に陥り、二十七日午前九時四十五分に死去、その最期が、茂吉の『赤彦臨終記』に生々しく描かれている。二十九日、仏式でもって葬儀が行われ、その年、大正は昭和と改元、激動の時代に入る。

文明は、昭和四十一年一月二十四日の朝日新聞の「折り折りの人」に、「島木赤彦」という題で「私は、その赤彦のおかげで、食ひつめた東京から信州に職に就くことが出来たのであつた。そして六年といふ、思へば短い期間であつたが、どうにか教員としてすごし、もしかすると一生を教員で終へようかとさへ考へたのも、赤彦の常識にあやかつたためのやうだ。赤彦は晩年自ら鍛練の道などといふことを、唱へたのであるが、本性はひどく抒情的で、人づきのよい、また人間相互に誠実な人柄であつたと私には印象された」と述懐し、それを敷衍するように、『羊歯の芽』の「信濃の六年」に記し、片山貞美編『歌あり人あり―土屋文明座談』で語っている。

私は、下諏訪町高木の赤彦の住居「柿蔭山房」と、その墓を訪ねたことがある。住居については、赤彦の次男久保田健次著『柿蔭山房―島木赤彦の家とその周辺』や四男夏樹著『父赤彦の俤―幼時の追想』（上・下）の「柿蔭山房での生活」等に詳しいが、諏訪湖の北の丘陵上にあり、建坪五十八坪の茅葺き、間口八間半、奥行き五間半の士族作りの家で、敷地には倉と味噌蔵もあり、裏庭に稲荷が祀られていた。また、門口には樹齢百三十年余りの胡桃の木が立ち、庭には樹齢三百年の赤松が四方に枝を張り、こんもりと佇んでいた。ともに赤彦の愛惜した老木である。またその墓は、住居の上方、津島神社の脇を登って、畑中の道を辿った、諏訪湖を見下ろす山の中腹にあった。三十基ほどの墓石の立ち並ぶ中に、夭折した長男政彦の墓が建ち、赤彦の墓は、その墓群の奥の石垣の上、石段を登って、二本立つ馬酔木の奥に、不二子夫人の墓と並んで建っていた。平福百穂が墓碑銘を書き、アララギの援助によって、昭和六年十一月に建立されたものである。この訪問記は前述の文明のことを含めて、拙書『続　土屋文明の跡を巡る』に詳細を記している。

平福百穂

ここで少し、赤彦の墓碑銘を書いた百穂について触れておきたい。百穂は、明治十年十二月二十八日、秋田県角館町横町で、祖父以来続く画家一家の平福穂庵の四男として生れ、二十六年十二月、二十七歳で上京、東京美術学校に学び、近代日本画の巨匠として幾多の名画を残した。一方、三十五年には左千夫を、その夏には、左千夫に連れられて子規を訪ね、絵と基調を一にする写生派の「馬酔木」で短歌を始め、以降同人としてアララギに熱意を傾け、

甲斐《かひ》が峯《ね》に星はかたむき天《あま》の原《はら》かへりみすれば夜は明けむとす　（富嶽の歌）

うつし栽ゑてふたとせへたる苦竹《まだけ》やぶ幹の色さむく節《ふし》立ちにけり　（庭上）

香《かう》たきてつぶさに写《うつ》すみ仏の顔の色黄いろくひげのびにけり　（島木赤彦君を憶ふ）

等をおさめた歌集『寒竹』を上梓した。

赤彦との関係は、赤彦の次男久保田健次著『晩年の赤彦と百穂』の後篇「平福百穂先生と赤彦」に詳しいが、三十九年に百穂が信州に遊び、相知り、大正三年の赤彦の上京後は、アララギの経営に腐心する赤彦を助け、畏友となった。四年に節が逝去、五年に憲吉が関西に帰住、六年

に茂吉が長崎に赴任、七年に文明が信濃に赴任等した後は、「アララギ同人が東京在住の方がなくなるので実に寂しい思ひをします」（七年七月二十八日付赤彦宛書簡）と記し、アララギも百穂も赤彦頼みとなった。そのような中で、百穂はアララギの貧窮時、金を用立てたり、絵を揮毫し、アララギに頒ったりして、その経営を資金面から助けた。又、赤彦と憲吉の合著歌集『馬鈴薯の花』の装丁をし、二人のそれぞれの歌集の前に仏像画を揮毫、更に、アララギの表紙絵も終生に亘って描いた。そんな縁もあって、赤彦は死の五カ月前、角館を訪ね、百穂が創立に尽力した角館中学校の校歌を作詞（茂吉が補綴）した。

十三年には、親しくしていた千樫や石原純がアララギを去り、頼みの赤彦も十五年に亡くなり、百穂自身も昭和八年十月三十日に逝去、平福家の菩提寺の学法寺に葬られた。健次が六年、赤彦の墓碑銘をいただきに訪ねた時、「赤彦の死は早過ぎた。惜しいことをした」と嘆き、力を落していたとの由だが、それから二年後の逝去だった。

私は、角館の平福記念美術館や、二度も火災に遭った百穂の生誕の地とともに、学法寺にある墓地に行ったことがある。美術館入口に百穂の胸像を彫った歌碑が建ち、赤彦作詞の校歌稿の碑も建っていた。生誕の地には、入口に「二穂誕生の地」との碑が建ち、学法寺の桜の木の下には、祖父、父と並んで、「平福百穂の墓」と刻まれ、その墓はあった。

中村憲吉

島木赤彦との合著歌集『馬鈴薯の花』を出し、近畿在住の大村呉樓や鈴江幸太郎、広島在住の扇畑忠雄や近藤芳美などを指導し、茂吉や文明らと交流、経済的にもアララギを何かと支えた歌人に中村憲吉がいた。

憲吉は、明治二十二（一八八九）年一月二十五日、広島県双三郡布野村大字上布野（現・三次市布野町）に、中村修一とセキの次男として生れた。その生家は、島根県境の赤名峠を下って、布野川に沿った出雲街道筋にあり、田畑五十町歩、山林五百五十町歩を保有し、酒造業などを営む、県北屈指の素封家であった。現在残っている旧居は、大正初期に父が建て、昭和五年に憲吉が増築した家で、憲吉が「客殿」と記し、茂吉や文明が幾度も訪れ、宿泊した所である。その後、生家も山林等も布野村に寄付され、今では、三次市布野支所が管理している。

私が訪ねた時には、酒蔵や米蔵や土蔵などはなかったが、長い塀の中央の大きな門を入ると、二階建ての細長い広壮な家があり、昔のさまが偲ばれた。玄関の手前に多羅葉の大樹があり、玄関の右手、部屋の廊下から憲吉手植えのアララギが見え、広縁には、憲吉が愛した父の籐椅子が置かれ、その奥に「客殿」と呼ぶにふさわしい書院があった。憲吉の書斎には、床の間や本棚があり、裸電球の下に小さな文机が置かれていた。西側の廊下に立つと、国道と布野川が沿う向うに、稲田が広がり、その西に憲吉の檜山、俗称向山（裏山）が見える。憲吉が数多く詠んだ世界である。

憲吉は布野尋常小学校を卒業後、三次の祖母の養子になり、三次高等小学校に転校、翌年、三次中学校に入学、香川姓を名乗った。しかし、鹿児島第七高等学校に入学した翌年、病弱であった長兄の死去に伴い、中村姓に復籍した。

歌人憲吉が誕生する機縁は三次中学校の頃、級友たちと、「白帆」という回覧雑誌を作ったりしたこと、その三級下に倉田百三がいて、相互に刺激しあったことなどもあったが、何といっても、明治三十九年九月、鹿児島第七高等学校に入学して間もなく、堀内卓造を知ったことである。四十一年には、卓造のすすめにより、新聞「日本」の伊藤左千夫の選歌、課題「竹」に応募し、

山の根のけむり立つ家の棟のうへに孟宗《まうそう》の藪しだれかかれり
月の夜を霧にぬれたる竹垣のひかるが上に吾が影行けり
新酒桶《にひをけ》を伏せしかたへに割る竹の竹紙かろく春風にとぶ

など五首が採られ、「素朴なる写生の趣味に、一種云ひ難き味あるを覚ゆ、一見淡然として然かも作者の用意底にこもれり、予は平生写生歌の容易に成功し難きを云へるもの、今此作を得て

前言の浅きを悔ゆ」と、過賞とも言える批評を受けた。憲吉は、自らの歌を「稚拙」と反省しつつ、「嬉しかった」と後に回想し、『馬鈴薯の花』の巻頭に置いた。この「稚拙」こそ憲吉の持論で、「稚拙」から脱却すべく努力した道程を「拙修の道」と称し、ひたすら努力し写生を実行、後年、力みのない平明淡如な境地で、独自の光彩を放つ世界を築くもとになった。このことは後で、まとめて記すこととしたい。

四十一年、左千夫を中心にアララギが創刊され、憲吉は、四十二年初めにはアララギに入会、その秋上京、左千夫を訪ねて入門、四十三年九月、東京帝国大学に入学、盟友卓造が亡くなるが、長塚節をはじめ、赤彦や千樫、茂吉、文明らと相知り、作歌に熱が入るようになる。

大正二（一九一三）年七月、歌集『馬鈴薯の花』を赤彦との合著で上梓したが、まだまだ発想、表現とも未熟なものが多く、これを引き継いで磨きをかけてゆくには次の歌集を待たねばならない。四年七月に大学を卒業した憲吉は、十一月に帰郷して、倉田静子と結婚、翌五年一月、新妻を伴って上京、東京に職を求めたが決まらず、父から帰郷して家業を継ぐようにしきりに促されて、十月、ついに帰郷、十二月に第二歌集『林泉集』が出される。

『林泉集』の作は、青春性や都会的感覚、外国文学の影響の強い作風で、その頂点は、五年の「磯の光」三十四首である。

身はすでに私《わたくし》ならずとおもひつつ涙おちたりまさに愛《かな》しく
もの思《おも》ひおもひ敢《あ》へなく現《うつ》つなり磯岩かげのうしほの光
岩かげの光る潮より風は吹き幽《かす》かに聞けば新妻《にひづま》のこゑ

新妻と母と三人で鞆の浦に旅した時の作で、その自然観照の態度や対象把握の確かさ等、後の憲吉作品に繋がっていく佳作だ。

六年、帰郷後初めての作、「雨蛙」は、

土間《どま》のうへに燕《つばめ》くだれり梅雨《つゆ》ぐもり用《よう》もちて今日《けふ》は人《ひと》の来《きた》らず
筆《ふで》おきて我《わ》がしづまれり店《みせ》の間《ま》に雨《あめ》くらくなりて蛙《かはづ》きこゆ

などで、ここから第三歌集『しがらみ』の世界が始まる。

五年の帰郷は、憲吉の意に反するものであったが、歌集『しがらみ』は、憲吉歌風確立期の歌集と言え、感情の内面化と素材の広がり、郷土色の濃い生活詠を特色とし、憲吉独自の写生の歌風が確立されていく。以後、引き続き布野にあり、家業に従事する傍ら、山村や土地の整理・検査などをしたりして、在郷の人として生活した。

日《ひ》の暮《く》れて我家《わぎへ》につけば家《いへ》うらよりさみしき川《かは》の音《おと》のきこゆる

峡《かひ》の家《いへ》に古《ふ》りし洋燈《らんぷ》をいまも釣れり久《ひさ》びさに父《ちち》と膳《ぜん》を並《なら》ぶる
家族《うから》おほき家《いへ》に起《お》きふしこの頃《ごろ》の我《わ》がかかはりの重《おも》きをおぼゆ
こと細《こま》く山《やま》のぬすみを言《い》ひてくるこの山守《やまもり》もまた物をぬすめり
山《やま》もとへ人をゆるして去《さ》らせたり黄葉《もみぢ》の間《あひ》を下《お》り隠《かく》るみゆ
裏山《うらやま》の裸木《はだかぎ》ぬらすこの雨《あめ》に下田《しただ》鋤《す》きいそぐ人《ひと》と牛《うし》ひとつ
乏《とも》しらに井堰《ゐぜき》がうへの茱萸《ぐみ》樹のはな河鹿《かじか》鳴《な》くべき時《とき》にいたりぬ
この雪《ゆき》に草鞋《わらぢ》のあとをのこしつつ酒蔵《さかぐら》の男《をとこ》みづ汲《く》みてとほる
この家《いへ》に酒《さけ》をつくりて年古《としふ》りぬ寒夜《かんや》は蔵《くら》に酒《さけ》の滴《た》るおと

「帰住」「山守」「茱萸樹」「初雪」「搾酒場」と題するなかから抜いたが、山村での生活が、抒情豊かに活写されている。憲吉は論より作の人で、その「写生」の考え方などを、『しがらみ』のこの一連に読みとることが出来る。尚、『しがらみ』には、自らの歌と人生を振り返り、歌集を編むに至った経緯について、長い「編輯雑記」が附されている。

九年、「今の若さのうちに、もう一度繁劇な広い社会へ出て働いて」と、大阪に出、西宮に居住、翌年十一月より大阪毎日新聞社の経済部記者として勤務する。その間に詠んだ「比叡山」の大作六十一首には、

比叡山《ひえやま》の白河村《しらかはむら》は軒《のき》につむ柴高《しばたか》きしたを川《かは》くぐりたり
日《ひ》の暮《く》れの雨《あめ》ふかくなりし比叡寺《ひえいでら》四方《よも》結界《けつかい》に鐘を鳴らさぬ
大杉《おほすぎ》に雨《あま》ぎりの湧《わ》きゆゆしけれ伽藍《がらん》の檐《のき》を直《ひた》にかすめつ

などが詠まれ、これらは、『しがらみ』の中で完成された作品と言え、次期の歌の発端をなしている。

そして、第四歌集『軽雷集』の世界が始まる。新聞社勤務時代から、再び布野に帰郷し、昭和三（一九二八）年前半までの作品である。そこには、新聞社で仕事中に起った、大正十二年九月の関東大震災が、

ただならぬ都にかあらむ天《あめ》にかよふ無線電話も言《こと》かよはなく
みんなみのグアーム島より呼ばしめし海底線《かいていせん》も伊豆に断《き》れおり
横浜が焼けほろぶ云《ち》ふ声きこゆ夜《よる》ふかくして潮岬《しほのみさき》より

など、実にリアルに、迫力のある作品として詠まれる。そして、十三年の「桂離宮の歌」は、

あわただしき今の世に作《な》す物ならずいにしへの林泉《しま》の大き寂しさ
天然《てんねん》の深処《ふかど》のこゑを聞くごとし人のつくりし大林泉《おほしま》の宮に
林泉《しま》のうちは広くしづけし翡翠《かはせみ》が水ぎはの石に下《お》りて啼けども

など十五首で、憲吉自身が『軽雷集』の「巻末記」に、「大正十三年はじめの「桂離宮の歌」

「関東大震災」あたりから、少しづつ作歌に安楽な道が開けて来た気がする」と記している通り、桂離宮を前に湧いた感動をよく形象化し、手の高い作品である。

十五年三月の家督相続を機に、新聞社を退き、六月に帰郷、憲吉は再び布野の人になった。

うら山にしぐれ降りつぎ燃えゆける炭竈《かま》のけぶりの青くもぞ澄む
秋の空に雲おほくなりて池の魚影にしばしばおどろきて散る

昭和三、四年の作で、没後、文明の編集によって刊行された歌集『軽雷集以後』に収める。一首一首円熟しきった作で、最初の不如意の帰郷と違って、自然とともに生きながら、静かな生活に身を置く憲吉をかいまみる諸作で、憲吉にとって、円熟期の最高所とすべき作ではなかろうか。

病室をかく囲《かこひ》して臥《ふ》すことの吾がしづかさのいく年ぶりなる
ふるさとに病癒えねどかへりきて寒きあめにも日々《ひび》をおちつく
ふるさとに病む身かへりて心《うら》やすしあを田夏山臥《ね》てゐても見ゆ

晩年の沈痛にして、しかも深く澄んだ作である。

五年の初めの頃に兆し始めた憲吉の病気は、一旦回復したようであったが、身体の調子は遂に復さなかった。七年二月、静養のため広島市五日市古浜の仮寓に移り、その後一時帰村したり、仮寓したりしつつ病を養っていたが、八年十二月、尾道市の千光寺公園に近い眺望絶佳の仮寓に移り静養、翌九年、若葉きらめく五月五日の午後七時四十分、遂に帰らぬ人となった。享年四十六、短い人生だった。五月といえば、『林泉集』大正三年の作、

篠懸樹《ぷらたぬす》かげ行く女《こ》らが眼蓋《まなぶた》に血しほいろさし夏さりにけり

を思い出す。地方出身の憲吉の快い驚きを伴った都会の嘱目詠で、憲吉の代表作の一首に挙げておきたい。

五月七日、憲吉の柩は布野村に移され、八日、仏式で葬儀を執行、旧居から東に村道を辿り、坂を登った岡の上にある中村家の墓に葬られた。私は、憲吉旧居を訪ねた時、その墓にも行った。中村家の墓域の大きな欅の木陰の、ブロックで積んだ崖を背景に、憲吉ら四人の墓はあり、左から、昭和四十六年三月六日歿の静子夫人の墓、憲吉の墓の順で建っていた。憲吉の墓石は茂吉の書で、静子夫人の墓石は文明の書である。

ところで憲吉は、『中村憲吉集』（改造社版現代短歌全集第九巻）の「巻末記」に、「要するに私の歌の道程は、痼疾の「拙」から脱却するに努力した道程であつて、いはゆる「拙修」の道を不才の私は踏んで来たのである」と記しているが、ここにその件を敷衍しつつ、触れておきたい。

憲吉は、この「巻末記」の冒頭近く、こう述懐する。

私の過去の歌を顧ると、今更ながら自分の歌の稚拙なるに驚かざるを得ない。諳《そら》では直ちに五音、七音の句を為しかね、指折つて語音を数へ、漸く三十一文字をつらね得たのである。その後三年四年と年月を経ても、私の歌の技力は何ほども進歩してゐない。恐らく「稚拙」は永久に私の歌に添ふ影であらう。

その憲吉が、堀内卓造の感化を受けて作歌を開始した明治三十九年の暮れから翌年にかけての時のことを、胡桃澤勘内は「アララギ」の憲吉追悼号で、卓造の話として、「僕のところへ遊びに来るうちに歌を作ることを教へろと言ひ出した。子規が何だかも知らなかつた男だ。さうして歌は三十一字のものだと言つたらば、一生懸命に指を折りながら一句づつ言葉をかぞへて苦しんでまとめて居る。かういふと鈍い男とだけしか想へないであらうが、その気のきかないところが信州あたりの利口の奴の及ばないところだ。今にきつといい歌を作つて人を驚かすだらうといふのであつた」と述べている。

また茂吉も、少し時経て四十三年に上京した憲吉のことを、「歌を作るとき、中村君は難渋して作るやうに見えるので、僕などは何となく優越感を感じ一日の長があるごとくに思つたものである。併しこの難渋するといふことは、中村君の本質で、そのために歌調がしつかりと落着き軽薄に汔つて行かない特徴を持つのである。僕の如きは、そのあたり常に中村君に対して優越感を持ちつつ結果に於て敗北してゐる点が幾つあつたか知れない」と述べている。

左千夫が新聞「日本」の「竹」の課題で、憲吉の作を過賞とも言える評価をしたことは前述したが、憲吉自身は、「激励的の過褒とは知りながらも嬉しかつたが、しかし今見ても依然として稚拙は稚拙である。「山の根の煙たつ家の棟の」とつづく調子の遅鈍間《のろま》さ加減は、当時友人から「君の歌は文章のやうだ」と冷嘲されたのも無理でない。従つて私の長い間の作歌の道程と努力とは、この如何とも為難き自分の稚拙を、他の口真似せずどうにかして人並みの熟練した技力に導く所にあつたのである」と記している（『中村憲吉集』「巻末記」。特記しないかぎり以下同）。布野の風土で謙抑な性格に育った憲吉は、自らの性格並びに短歌創作技術上の「稚拙」を自認し、それを努力して克服していったのである。

憲吉は、その努力の過程を振り返り触れているが、歌集『馬鈴薯の花』について、

つばき垣に立てかけ乾《ほ》せる畳にし花ころび落ちて前にたまれり

桜島すその松山松まじり咲けるつばきにうぐひす啼くも

山ずそに松の林《はやし》のとほくひらけ霞《かす》める海がかたむきてみゆ

砂をかの裾をめぐりて川ひくく夕映のいろを海にそそげり

等の歌を掲げ、特に○印の部分について、「未熟な歌が多いが、……子規左千夫の教に則つて、対象の機微にふれその核心を摑む、といふ作歌の骨法を、いかに初心者の私が一生懸命に実行せむとしてゐるかが、最も露骨に現れてゐて面白い」と記している。

また、『林泉集』の大正三年の「蒼き渚」や「眉間の光」等「官能と心の交錯した歌風」について「私の一転機に当つてゐる」とし、五年の「磯の光」で「技巧が完成した感がある」と述べている。

島木赤彦は、この頃の憲吉の作品（三年から五年頃の『林泉集』の作品）を高く評価し、信濃の伊藤寿一宛書簡で「中村憲吉の物の観察は微妙な所に深入りしてゐることをよく気をつけて御覧下さい。さうして表現にどれ丈けの用意を持つてゐるか注意して下さい」と称賛している。

更に五年、東京より布野に引きあげた憲吉は、

眼《め》にとめて吾も寂しき日暮れがた刈田《かりた》のうへに穂《ほ》をひろふ見ゆ

等、山深い寒村でのうら寂しい実生活を詠み、「これ等は些細な事件景物を詠んだ歌で、表面の形に現れたものは平静で地味であるが、……内に息を詰めて歌はむとしてゐる所があり、実人生の生活感情と何等かの交渉を暗示してゐるものがある」と、『林泉集』から『しがらみ』への歌の変化について自ら、その特色を捉えて述べている。

そして、十年の「比叡山」の歌について、「大正十三年の『しがらみ』出版ごろまで、未定稿

を持ちあぐんだのを新しい元気で完成したものである」と言っているが、このようなことは何も『しがらみ』に限ったものでなく、「私の歌は元来が拙修の道を踏んで居る歌であつて、『馬鈴薯の花』然り、『林泉集』『しがらみ』然りである。歌の草稿などは人に見られて恥しい程に真黒の改刪を加へて居る」と『軽雷集』の「巻末記」にも記している通り、未発表や未定稿の作品を後に改作し、完成させ、或いは原形に復したりして、苦心して歌集を編んでいる。これも、自らの稚拙を認識して故の、そこから脱却する努力の跡と言える。

山根巴著『中村憲吉・歌と人』には、憲吉の歌の推敲例が幾首か載せられているが、例えば『中村憲吉集』の「山の青葉日にけに黝《くろ》み雨ふらぬ曇りつづきて峡のもの憂《う》さ」は、「曇りつづく心もの懶さ」(「アララギ」九年三月号)「曇りをつづく谷川のおと」(草稿①)「曇《くも》りつづくに懶《もの》しわれは」(『しがらみ』)を経ての改作であり、何回も執拗に推敲し、その努力している跡を窺い知ることが出来る。

ところで、先の「比叡山」での大きな景色や感情と懐古の二つの境地を歌う歌風は以後の歌に続き、「然しこの苦吟遅作になやむ私にも、大正十三年はじめの「桂離宮の歌」「関東大震火災」あたりから、少しづつ作歌に安楽な道が開けて来た気がする」(『軽雷集』巻末記)と記すに至っている。

このように、憲吉の「稚拙」からの脱却は、写生の大道に立脚して、難渋しつつも、自らの目でものを見、一作品一作品、改作に改作を加え、推敲し、技術を磨くことによって成し遂げられたと言える。そして、その内部生活の深化に従って、初期の感傷性から中期の諦観性を経て後期の平静性へと、その「寂」の歌風も展開していき、重厚で潤沢と香気を放つ憲吉歌風が形成されていったと言える。

以上、やや長々となったが、憲吉の「稚拙」からの脱却、その努力の過程を敷衍した。このような憲吉の作歌姿勢を垣間見てきた文明は、後に「歌を作るに適せざる人々」（『新編短歌入門』）として、まず「嫌ひな人は詠むべからず」をあげ、併せて「多芸多能の士は詠むべからず」「自ら恃む処ある者は詠む可からず」として、「手先の器用な者」「自らたのみ、自ら負ふ処のある者」は適せず、「ただ謙虚の心を以て人の世に処し、自然に対し得る辛抱づよい少数の者だけがこの道に入る可きであらう」と記している。この件を読む時、私はいつも憲吉のことに思いが至る。

アララギやアララギ同人を資金面から支えた人に平福百穂がいたことを前に記したが、憲吉もまたその一人であった。アララギ同人達の家族意識や結束の強さは相当なもので、かつて文明が左千夫のもとに身を寄せ、酒造家でアララギの有力な援助者であった寺田憲の援助（現在の三万円相当の五円を月々無条件で補助）で旧制第一高等学校に学んだように、資金を無心したり融通しあったりしていた。そのような中で、地方屈指の素封家の憲吉が金の面で頼りにされたことは想像に難くない。その全貌は捉えきれないが、関口昌男著『中村憲吉とその周辺』等から拾ってみると、大正八（一九一九）年、憲吉はアララギの借金の支払いに百五十円を赤彦に送付、更に、普門院の左千夫歌碑建立に当たっても、茂吉と同じ三十円を割り当てられたのに対して、百五十円もの大金を赤彦のもとへ寄付している。又、十二年の関東大震災の義捐金として大口の二十円の他に五十円を寄せている。以下、十三年、ドイツ留学中の茂吉が経済的に逼迫を来し、百穂は千円出しているが、茂吉は憲吉にも三百円を無心している。昭和三年、中原しづ子への月々五十円の補助のうち十円の援助を茂吉から要請されている。四年には、茂吉は病院の鉄筋工事に一万円の借用を申し出、七年の茂吉の実家の相続税には五百円の借用を申し出ている。更に、九年、憲吉が死亡する年にも、百穂遺族の経済的支援五千円の内三千円を茂吉から無心されている。いずれにあっても、その当時にあっては相当な高額であったはずだ。こんなこともあって、茂吉や文明は、憲吉の死後も中村家に懇切に接している。

中村憲吉門下

憲吉は、大正五年に布野に帰住したが、途中西宮に居住、大阪毎日新聞社に勤務したこともあって、広島や京阪神を中心に、多くのアララギ会員が師事した。

例えば京阪神では、大村呉楼（明治二十八年生）や鈴江幸太郎（明治三十三年生）、岡田眞（明治三十四年生）等が、アララギ入会当時の若き日に師事し、関西アララギ歌会や鉾池庵と称した西宮香櫨園の自宅での面会日等で指導を受けた。大正末に憲吉が再び布野に帰住した後も、憲吉は関西アララギ歌会に出席、昭和五年頃からは憲吉との縁もあって茂吉や文明も出席し、「戦前には一年に一度くらゐは大阪で、中村、斎藤両先生も出席して、アララギの歌会としては東京より寧ろ花々しいやうに見えたこともあつた」と大村の遺歌集に文明が記す程であった。

一方、広島では、憲吉が布野に帰住して後、当時広島に居住した扇畑忠雄（明治四十四年生）や金石淳彦（同年生）、近藤芳美（大正二年生）等が、これまたアララギ入会の頃の若き日に、晩年の憲吉に師事し、広島アララギ歌会や布野の自宅で指導を受けた。

その初期に、誰に師事し、誰の指導を受けるかは、その人の短歌人生を左右するとも言えるが、これらの人々が、憲吉を師としてアララギでスタートを切ったことは、「アララギの系譜」を考える上でも忘れてはならない。実際これらの人々は憲吉の歌風を受け継ぎ、昭和九年の憲吉没後、茂吉の指導も受けつつ、それぞれ文明に師事、憲吉、茂吉、文明の流れを汲む歌人として、アララギの歌風を継承・発展させた。更に、戦後の紙不足対策として文明が呼びかけたアララギ系地方誌（近藤は「未来」を独立）の創刊に尽力し、アララギの歌風を地域に浸透させたのである。

もちろん、この面では、例えば関西について言えば、これらの人々に、土田耕平に師事し、後に文明に師事した上村孫作（明治二十八年生）、文明に直接師事した中島榮一（明治四十二年生）、高安國世（大正二年生）等を加えねばならない。

戦後にも関わる人々で、ここで扱うにはやや早い感もあるが、後に取り上げることになろう近藤を除く憲吉に師事した人々について、以下記しとめておきたい。

大村呉樓は、大阪毎日新聞社に勤務、新聞人として生涯を終えたが、途中入社してきた憲吉に私淑、アララギに入会、西宮の憲吉宅近くに住み、月二回の面会日や歌会に欠かさず通い、憲吉帰郷後も憲吉生家等をよく訪ねた。憲吉の没後すぐ、茂吉・文明監修の『中村憲吉全集』（岩波書店・全四巻）の遺稿整理、筆写、編集、校正全てに携わり、四年余りの歳月を費やし、完成させた。「しづかに病やしなへる君を見てそのゆふべには国境こゆ」「面むかひ呼吸《いき》きくごとき君が日記心に沁みて夜ごとに写す」等と、歌集『花藪』に憲吉のことを詠んでいるが、五冊の歌集があり、その歌風は、歌集『花藪』の「序」に茂吉が「憲吉歌風の血脈を承けて……」と記す通りに風格があった。憲吉没後は文明に師事、戦後は文明の要請で、関西の地方誌「高槻」(後に「関西アララギ」)を立ち上げ、その代表となった。

鈴江幸太郎も、西宮の憲吉宅に通った一人で、「鴨山より布野《ふの》にしたがひ布野の夜半《よは》に亢《たかぶ》りたまひ告らし給ひき」と、歌集『雅歌』に詠んでいるように、憲吉の生前・没後、何回も布野を訪ね、茂吉の最後の鴨山行にも随行、『茂吉憲吉その他』の著書をまとめた。大村らと「高槻」創刊に関わり、後に「林泉」を分派、独立し、十五冊の歌集は『鈴江幸太郎全歌集』にまとめられている。

岡田眞は、後に師事した文明が、遺歌集『岡田眞歌集』の「序」で、「早くから、中村憲吉先生に師事し、……勤勉なる努力家」と記す通り、一本気の気性の激しい人であった。「韮の音にカイあることを益軒よりさがしてくれぬわが岡田君」と文明に詠まれているように、「古典籍の鑑識ある愛蔵家としても著名」(同前)で、文明を『万葉集私注』の下調べ等で助けた。又、大村らと「高槻」を立ち上げ、後に上村、中島らと「佐紀」を分派、独立させた。

扇畑忠雄は、広島在住時、広島アララギ歌会で憲吉に師事し、布野を訪ねて指導を受けた。その後、京都帝国大学に進み、高安國世等と共に京大アララギ会の主なメンバーとなり、京阪神のアララギ歌会に出席したりした。憲吉没後は文明に師事、旧制第二高等学校(後に東北大学)教授に就任、戦後は文明の要請で、東北アララギ会を結成、地方誌「群山」を創刊した。『中村憲吉』の著書の他、『扇畑忠雄著作集』（全八巻）等があり、没後、『扇畑忠雄遺歌集』が編まれた。

金石淳彦も、広島アララギ歌会で、憲吉にまみえ、その指導を受け、二年後にアララギに入会、文明の選歌を受けた。しかし、その年に喀血、以降療養を繰り返し、一生の大半を病牀に過ごす身となった。その後、京都大学に入学、扇畑や高安らと京大アララギ会のメンバーとなり、やがて、別府の叔父のもとに身を寄せ、戦後は九州アララギ会の結成に参加、「にぎたま」（後に「九州アララギ」）、廃刊後「リゲル」）の創刊に加わった。四十七歳で早逝、没後、文明の「序」を附し、「遠きことの如く死を思ふ時あれど中村先生の齢も過ぎつ」等の歌を収め、『金石淳彦歌集』が編まれた。

斎藤茂吉

一、人と作品

正岡子規、伊藤左千夫の根岸派の写生論を承継し、実相観入の歌論に発展させ、万葉集研究に独自の足跡を残したアララギ歌人に、斎藤茂吉がいる。

土屋文明が、昭和四十一年一月二十四日の朝日新聞の「折り折りの人」に、アララギの「作風は茂吉によって打立てられ、その事業は赤彦によって基礎づけられた」と記している通り、『赤光』に始まる歌風は、真の意味での近代性をうちたて、膨大な作品となり、歌壇にアララギ時代を築いた。よく知られたところだが、まずは私なりに整理し、俯瞰しておきたい。

茂吉は、明治十五（一八八二）年五月十四日、山形県南村山郡堀田村大字金瓶字北一六二番地（現・上山市金瓶北一六二番地）の守谷家に、熊次郎（後に伝右衛門）・いくの三男として生れた。幼少の頃より、腺病質で眼病を患い、夜尿症のたちであったが、近くの佐原窿応和尚に精神的感化を受け、絵心があり、習字も得意で、成績は良かった。金瓶尋常小学校、上山小学校高等科等を経て、二十九年九月、東京開成尋常中学に入学した。窪応和尚の仲立ちで、東京の浅草で医師を開業していた斎藤紀一の招きに応じ、そこに身を寄せたのである。

この頃から茂吉は、学友の手ほどきで短歌を作り始めた。三十五年九月に旧制第一高等学校に入学すると、子規の歌に出合い、根岸派の機関誌「馬酔木」の存在を知り、歌の世界をめざすようになった。三十六年に青山脳病院を開業した紀一の婿養子として三十八年七月に籍を移し、斎藤姓になるとともに、九月、東京帝国大学医科大学に入学した。

そうしていた頃、茂吉は、意を決して左千夫宛に手紙を書き、すぐ来た返事に感激、自作十首を送り、

来て見れば雪げの川べ白がねの柳ふふめり蕗の薹も咲けり
あづさ弓春は寒けど日あたりのよろしき処つくづくし萌ゆ

など五首が、邪気がなくて面白いと評して、三十九年二月の「馬酔木」に掲載された。三月には、誘いに応じて左千夫の無一塵庵を訪ね、入門を果たした。左千夫四十二歳、茂吉二十四歳であった。その後、「アカネ」「阿羅々木」「アララギ」と歌を寄せ、四十一年の「塩原行」の、

おり上《のぼ》り通《とほ》り過《す》がひしうま二つ遥かになりて尾を振るが見ゆ
とうとうと喇叭《らつぱ》を吹けば塩はらの深染《こぞめ》の山に馬車入りにけり

など四十四首は、茂吉独自の個性があらわれ、『赤光』歌風の先駆とも言える作品である。

茂吉は、四十二年には、森鷗外の観潮楼歌会にも参加、憲吉や文明を知り、十二月には、東京帝国大学医科大学を卒業、四十四年から副手として、呉秀三の下で精神病学を専攻、附属病院（東京巣鴨病院）に勤務するとともに、

うつせみのいのちを愛《を》しみ世に生《い》くと狂人守《きやうじんも》りとなりてゆくかも

などの作を発表、歌作に励み、「アララギ」の編集にも骨を折った。

やがて、歌論や短歌作品で左千夫と衝突、対立する中で大正二（一九一三）年七月末、左千夫が悲運の内に死亡、その十月、茂吉は第一歌集『赤光』を刊行する。『赤光』は、「おくに」「おひろ」「悲報来」等子規や左千夫の唱えた連作が大部分で、近代短歌の絶唱「死にたまふ母」には、

死に近き母に添寝《そひね》のしんしんと遠田《とほだ》のかはづ天《てん》に聞《きこ》ゆる
のど赤き玄鳥《つばくらめ》ふたつ屋梁《はり》にゐて足乳根《たらちね》の母は死にたまふなり
灰のなかに母をひろへり朝日子《あさひこ》ののぼるがなかに母をひろへり

など五十九首の大作を収め、歌壇に新風をもたらしたばかりか、当時の文学界にも驚異の目をもって迎えられた。

左千夫没後、赤彦が上京、三年には「アララギ」の編集発行人となり、その経営は着々とゆるぎない地歩を確立していく。一方、『赤光』で輝かしい業績を示した茂吉は、五年前後、「写生」

を「生を写す」の意に解し、「いのちのあはれ」として主観的契機を大きく包摂していく。そして前後して、茂吉は『赤光』の歌風を更に発展させる。

ふり灑《そそ》ぐあまつひかりに目《め》の見《み》えぬ黒《くろ》き蛼《いとど》を追《お》ひつめにけり
あかあかと一本《いっぽん》の道《みち》とほりたりたまきはる我《わ》が命《いのち》なりけり
かがやけるひとすぢの道遥《みちはる》けくてかうかうと風《かぜ》は吹《ふ》きゆきにけり
草《くさ》づたふ朝《あさ》の蛍《ほたる》よみじかかるわれのいのちを死《し》なしむなゆめ

『赤光』の主情的悲歎の叫びは奥に潜んで、対自然の態度は敬虔になり、次第に内面的な深さと落ち着きを加えていった。歌集『あらたま』の世界である。

ところで、三年四月には幼妻輝子と結婚生活に入っていた茂吉は、五年三月に長男茂太が生れ、六年十二月には、長崎医専教授として長崎に赴く。又、十年十月にはウィーンに向かい、十二年にはドイツのミュンヘンに移り、研究生活を送る。そして、ヨーロッパ各国を旅して、十三年十一月末、榛名丸に乗船し帰国の途につく。この茂吉の外遊時代の作をまとめたのが歌集『遠遊』『遍歴』である。十二月末、香港を発って日本も近くなりつつあった頃、青山脳病院全焼の無線電報を受け、茂吉は帰国後、後始末に奔走することになる。

焼あとにわれは立ちたり日は暮れていのりも絶えし空《むな》しさのはて
家いでてわれは来《こ》しとき渋谷川《しぶやがは》に卵のからがながれ居にけり

歌集『ともしび』には、その深い悲しみが詠まれる。

さ夜ふけて慈悲心鳥のこゑ聞けば光にむかふこゑならなくに
しづかなる峠をのぼり来《こ》しときに月のひかりは八谷《やたに》をてらす

このように、留学時代の作品とは質を異にした、万葉の格調をふまえて、生命の衝迫が沈潜した叫びとなってあらわれてくる作風の歌が詠まれる。
十五年には赤彦が死亡、「島木赤彦臨終記」を「改造」に発表した茂吉は、再び「アララギ」の編集発行人となった。昭和二（一九二七）年には、養父紀一のあとを受け青山脳病院の院長となり、次男宗吉（作家の北杜夫）が生れる。四年には『短歌写生の説』を出版、この頃より多くの執筆や出版をなした。五年には、文明に「アララギ」編集発行人を譲り、四、五年の作品を収めた歌集『たかはら』、五年の満州旅行吟を収めた歌集『連山』、六、七年の歌を収めた歌集『石泉』など、自然観照の歌が多く詠まれることになる。

八年、「アララギ」は創刊以来満二十五年に達し、一月号に八〇四頁にも及ぶ「二十五周年記念号」を編み、茂吉は一五〇頁を費やし「アララギ二十五巻回顧」を執筆する。そして、病院経営も軌道に乗り、生活的にも安定してきたこの頃、茂吉はこのような歌を詠んでいる。

あまのはら見る見るうちにかりがねの一つら低くなり行きにけり
春の雲かたよりゆきし昼《ひる》つかたとほき真菰《まこも》に雁《がん》しづまりぬ
ただひとつ惜《を》しみて置きし白桃《しろもも》のゆたけきを吾は食ひをはりけり

万葉調がおおらかなものとなり、言葉も順調に運ばれ、歌風が変化している。歌集『白桃』の世界である。

しかし、八年十一月、輝子の所謂ダンスホール事件が発覚、茂吉は輝子と別居、苦しみにあふれた蟄居生活に入り、万葉集の人麿評釈に専念してゆく。

上《かみ》ノ山《やま》の町朝《あさ》来れば銃《つつ》に打たれし白き兎《うさぎ》はつるされてあり
弟《おとうと》と相むかひゐてものを言ふ互《かたみ》のこゑは父母《ちちはは》のこゑ

みちのくの雪乱《ゆきみだ》れ降る山のべにこころ寂しく我は来にけり

九年の「上ノ山滞在吟」「続上ノ山滞在吟」の中から引いたが、『白桃』後半の歌は、こころの哀傷を歌った悲歌にあふれている。

同年五月五日、憲吉が逝き、アララギの古い仲間は岡麓と文明だけとなる。八月には、

陸奥《みちのく》をふたわけざまに聳《そび》えたまふ蔵王《ざわう》の山《やま》の雲の中に立つ

の作を彫《ゑ》りて、蔵王熊野岳の山頂に、生存中唯一の歌碑が建立された。

十年、「アララギ」に「童馬山房夜話」を連載し始め、人麿研究を進め、十二年五月には、石見湯抱の鴨山踏査をなし、かの、

人麿がつひのいのちをはりたる鴨山をしもここと定《さだ》めむ　『寒雲』

の作が詠まれる。歌集『暁紅』(十、十一年)、『寒雲』(十二、十三、十四年)の時代には、茂吉の歌も次第に落ち着きを示すが、十二年には支那事変が勃発、十六年には太平洋戦争に突入、茂吉は愛国歌人となってゆく。歌集『のぼり路』『霜』、又、幻の歌集『萬軍』の世界である。十八年には太平洋戦争の敗勢が濃くなり、歌集『小園』の世界が始まる。二十年四月には空襲が激化、妻らが東京青山の自宅(童馬山房)で留守を守る中、茂吉は生れ故郷金瓶の妹なおの嫁ぎ先、斎藤十右衛門方に疎開、孤独と落胆の悲しみの心が山野の風物に寄せて、しみじみと詠ま

れていく。二十一年一月三十日、最上川のほとりの大石田に移り、後に「聴禽書屋」と名づけた二藤部兵右衛門の離れに住む。そして、この時代の佳作が歌集『白き山』に詠まれている。

彼岸《かのきし》に何をもとむるよひ闇の最上川のうへのひとつ蛍は
最上川の上空《じやうくう》にして残れるはいまだうつくしき虹の断片《だんぺん》
最上川逆白波《さかしらなみ》のたつまでにふぶくゆふべとなりにけるかも
冬眠《とうみん》より醒めし蛙《かへる》が残雪《ざんせつ》のうへにのぼりて体《からだ》を平《ひら》ぶ

これら『白き山』の諸作は、大石田の人達に支えられつつ深い孤独のなかでなされた作である。二十一（一九四六）年十二月、度々の空襲で焦土と化した焼け野原の東京に帰着、二十四年から二十六年にかけて数多くの歌集や著書を刊行していく。

一方、二十五年十月には左半身麻痺を起し、二十六年には文化勲章を授かったものの、体力の衰えはますますひどく、二十八年二月二十五日午前十一時二十分、茂吉は生涯を閉じた。享年満七十歳九カ月であった。

その遺体は、東大病院で解剖にふされ、葬儀は三月二日、築地本願寺で挙行された。五月には、遺骨が郷里金瓶の宝泉寺に分骨され、六月に東京の青山墓地に納骨された。どちらの墓石にも、茂吉自筆の「茂吉之墓」と刻まれ、周囲にアララギの木が植えられている（四十七年八月、大石田の乗船寺にも分骨された）。

翌二十九年には、遺歌集『つきかげ』が、山口茂吉、柴生田稔、佐藤佐太郎の編集で刊行された。

茂吉が亡くなった年、私は四歳で、高校の頃から歌を作り始めたが、茂吉の歌から入って文明の歌に移り、アララギ一途に歩むことになった。拙書『土屋文明の跡を巡る』（正・続）では、文明の跡を訪ねて旅をしたが、その多くは、茂吉の跡と重なっている。私の東京生活最後の平成十四年三月からの二年間は、茂吉の童馬山房跡地の隣りの単身社宅に住み、朝々その境に建つ茂吉の歌碑を見て、週末には青山墓地の茂吉の墓や文明の家跡、アララギ発行所の跡等を歩いて巡っていた。

金瓶の茂吉の生家や疎開先の跡、宝泉寺等、仙台在住時を含め何回となく訪ねた。現在生家を守られている茂吉の甥、守谷廣一氏とも懇意になり、庭の翁草や畑で作られたサクランボ等を頂いたこともある。蔵王熊野岳山頂の茂吉歌碑も、大石田の疎開先「聴禽書屋」も、長崎時代の茂吉の跡も訪ねた。茂吉が上京し身を寄せた浅草三筋町の住居跡も、人麿踏査で茂吉が巡った石見の地も訪ねた。湯抱の鴨山を望む岡に立った時など、当時の茂吉の感動が伝わってきて、心が熱くなるのを覚えたものだ。

二、実相観入

ところで、茂吉が子規や左千夫を継承し、赤彦とともに歌壇にアララギ全盛時代を築いたことは冒頭に触れたが、その側面から茂吉について、今少し詳しく述べてみたい。しかしながら、茂吉の高弟柴生田稔が歌集『公園』で、

要するに茂吉は常に飄々《へうへう》として我には捕らへ難き存在なりき

と詠んでいるように、茂吉は一筋縄では捉え難い存在だ。

茂吉は「新時代の短歌」（大正六年）と題する一文で、「予の歌は、実相を基柢とした万葉調だといつていいだらう。ここで万葉調といつたのは恩恵をかうむつた万葉集を尊敬するの意」だと書いている。「実相を基柢」とは、子規から承継し発展させた茂吉の言う「写生」で、茂吉は「写生といふ事」（大正七年）で、文は前後するが、「もともと『写生』の語は絵画のうへの語であるのを、移して文芸のうへの標語《へうご》としたのは正岡子規である。その血脈相承《けつみやくさうしよう》で以てなほ徹底せしめたのは予等である」と書き、「正岡子規は写生を実行したけれども、「写生」の語義を説明するに、「手段」などと無造作に云つてゐる。予等を以てみれば、「写生」は手段、方法、過程《くわてい》ではなくて総和《そうわ》であり全体である」として、「写生とは実相観入《じつさうくわんにふ》に縁《よ》つて生《せい》を写すの謂である。かの「生写《しやううつ》し」に通ひ、支那画家の用語例に通つて、「生《しやう》を写す」の義だと謂つてもよく、「生命《せいめい》

直写《ちょくしゃ》」の義と謂ってもよい。「生」とは「いのち」の義である。「写」とは「表現」の義である」と記している。

ここで言う「予等」とは直接的には、「単に一寸した形態をスケッチする位の意味」の写生は誤りで、「元来、写生といふ詞は、上古の支那画論から生れた詞でありまして、生を写す」(「歌道小見」) 意だと唱えた赤彦と自分のことを指し、茂吉は赤彦の路線上にあって、写生によって「生の象徴」を捉え、「生を写す」のが写生だと唱えているのである。

この考えは、「実際の有りのままを写すを写実といふ、又写生と言ふ」(「叙事文」) と説いた子規の考えや、子規の考えを承継しつつ、「純客観」「明瞭」「精細」を旨とした写生の歌を提唱した節の考えとも違う。むしろ、節と対立し、主観を重んじ、歌の本質を「吾詩は即我なり」と考え、写生に主観的契機を包摂し、主情的短歌を深め、「叫び」論をたてた左千夫の考えに近く、子規が方法論としてたてた「写生」に、左千夫が芸術目標として唱えた「生を写す」という意味を込めた写生論を打ち立てて子規の写生説を大きく変容させてしまった。

子規の「写生」は、茂吉が記しているように、絵画の技法を短歌に移したもので、手段としての写生であったが、その手法によって子規は、「しひて筆を取りて」のような、茂吉の言う「生を写す」域の作をなした。茂吉は、左千夫の「吾詩は即我なり」という短歌の芸術目標をとりこみ、「写生」に「生を写す」意味をこめた。それを、子規と同じく「写生」と唱えたために、「写生」の意味を極めて不明瞭にした。しかも、「写生」は手段ではなく「総和であり全体である」と言って、その結果、左千夫の歌も茂吉の歌も、主観的契機を包摂し、主情的短歌に傾いた。

そもそも子規が写生説を唱えたのは、明治三十三年に創刊された「明星」に対峙する面もあった。子規は、「画の上にも詩歌の上にも、理想といふ事を称《とな》へる人が少くないが、それらは写生の味を知らない人であつて、写生といふことを非常に浅薄《せんぱく》な事として排斥するのであるが、その実、理想の方が余程浅薄であつて、とても写生の趣味の変化多きには及ばぬ事である」(「病牀六尺」明治三十五年)と記しているように、明星派の唱える「理想」と対比して「写生」を論じ、主観を排除することをめざしたものであった。従って、茂吉の「写生」は子規の考えに逆行する動きであったと言える。

茂吉は元来、抒情歌人としての性を持っていた。その上、若き茂吉は、鷗外邸で開かれた流派を超えた交流の場、観潮楼歌会に左千夫に伴われて参加し、そこで与謝野鉄幹や北原白秋、石川啄木等、当時の多士済々な人々と接触、刺戟や影響を受けた。例えば茂吉は、前述の「新時代の短歌」と題する一文で、「このごろ三井甲之が予の歌を批評してゐた。彼は予の歌が与謝野晶子から恩頼をかうむつてゐると謂つてゐる」と記し、そのことを否定、批判しているが、三井の批評はある意味では的を射ている。現に、後年文明がその著『伊藤左千夫』で、「茂吉は後年「左千夫先生の門人でよかつた。鉄幹の門人にでもなつたら、どうなつてゐたことだらう」と幾度かもらしたことがある。（略）尤も、客観的にみれば、茂吉が左千夫門人よりも新詩社の人となつて居たら、その天稟《てんぴん》をより以上に発揮して、その一生の業績はより広大によりかがやかしいものであつたかも知れないと、私は最近になつて考へるやうになつてゐる」と記すほどであった。

品田悦一著『斎藤茂吉　異形の短歌』は、茂吉の初期作品（『赤光』初版本）を中心に、その破天荒な短歌を読み解こうとしたものだ。丁度その頃、茂吉は観潮楼短会の影響もあって、時代遅れの左千夫流に飽き足らず、奇想の歌を作り始め、新傾向を歓迎しない左千夫との間に反目が生じた。具体的には、茂吉は『赤光』で、万葉語や已然形止め等文法逸脱の語法を多用、漢語や口語や造語を駆使、ありふれた日常の一齣を一般の感覚を超えた所で把握し、緊張感漲る表現で詠んでおり、そのような茂吉の歌の魅力に品田は迫っている。例えば、

とほき世のかりようびんがのわたくし児田螺《たにし》はぬるきみづ恋ひにけり

ダアリヤは黒し笑ひて去りゆける狂人は終《つひ》にかへり見ずけり

めん鶏《どり》ら砂あび居《ゐ》たれひつそりと剃刀研人《かみそりとぎ》は過ぎ行きにけり

一首目は茂吉が「空想的」と自称する奇抜な歌だ。二首目は異様な歌、三首目の二句は「居たり」とか「居れば」で切らず、已然形で曖昧にして、関連のない素材を取り合わせている歌、品田氏によれば、已然形は同時代の北原白秋らが時々使用し、初版『赤光』に三十八例あるとのことである。いずれも茂吉の感覚で捉えた魅力的な歌だ。

塚本邦雄は『赤光』の「蚕《こ》の部屋《へや》に放ちし蛍あかねさす昼なりしかば首すぢあかし」の作は芭蕉の「昼見れば首筋あかき蛍かな」の「見事な、そして傲慢な本歌取をぬけぬけと試みてゐる」（『秀吟百趣』）と記している。又、鹿児島壽藏は、その著『随想　人形と歌と』で、「最上川逆白《さかしら》波《なみ》のたつまでにふぶくゆふべとなりにけるかも」（『白き山』）の「逆白波」について、茂吉は「主ある言葉だ。だれもが勝手に使うべきでない」と言ったが、憲吉の句（筆者注・「橋うへの砂吹きさらす風つよし大川にあがる逆《さかさ》しら浪」の「逆《さかさ》しら浪」）の借用だと指摘している。このように、茂吉の歌はアララギの継承という観点だけで捉えるには難しいと言え、それが茂吉の魅力にもなっているように思う。

このような茂吉によって、作歌する上で複雑、不明瞭になった「写生」を子規の「写生」に回帰したのは文明である。文明は、手段、方法論としての「写生」に回帰するとともに、短歌のあり方として「現実主義」「生活即短歌」を唱え、結果として茂吉の言う「実相観入」「生を写す」といった人間を描く文学をめざした。これによって、短歌は詠み手にとってより分かりやすくなり、大衆の短歌になった。このことは後に、文明のところで述べる。

茂吉の初期作品の破天荒な作を垣間見たついでに、文語定型律で抒情的な茂吉の歌にあまり見られない作をあげておきたい。それは、『たかはら』の昭和四年作「虚空小吟　其四」にある、

電信隊浄水池女子大学刑務所射撃場塹壕赤羽の鉄橋隅田川品川湾

の一首で、これは、東京朝日新聞社の企画で前田夕暮、吉植庄亮、土岐善麿と飛行体験を競作した時の茂吉の作で、これを契機に夕暮や善麿が自由律短歌へ踏み出し、文語定型律は時代遅れとの論評が相次ぐことになった。自由律短歌と言えば、大正末期にアララギに対抗した「日光」が短命に終わり、「新興短歌」と総称されたプロレタリア短歌とモダニズム短歌が急速に勢力を伸ばし、やがて昭和五年前後に全盛となる。茂吉はその動きにも発憤、思い切って詠んだ作だ。その後茂吉は、文語定型律は放棄することなく、プロレタリア派の急先鋒であった石榑茂と論争し、撃破、その出鼻をくじき、衰退させる。

それはそれとして、茂吉のこの作は、やがて、

ふかぶかとフアーコオト著《き》て鼻《はな》ひくく清《きよ》きをとめは銀座をあゆむ　『石泉』

ガレージへトラックひとつ入らむとす少しためらひ入りて行きたり　『暁紅』

寒くなりしガードのしたに臥《ふ》す犬に近寄《ちかよ》りてゆく犬ありにけり　同

等に繋がり、茂吉自身の歌域を広げるとともに、土屋文明を触発して、『山谷集』の昭和八年作「城東区」の「木場すぎて荒き道路は踏み切りゆく貨物専用線又城東電車」といった即物的作風に向かわせたとも言え、「アララギの系譜」においても看過できない一首と言える。

一方、子規の「写生」説を改変し独自の写生説を唱えた茂吉は、子規が唱え、左千夫が整理して論をたてた連作論は忠実に実践した。『赤光』を見るだけでも、「塩原行」（四十四首）「をさな

妻」（十一首）「おくに」（十七首）「おひろ」（四十四首）「死にたまふ母」（五十九首）「悲報来」（十首）等の連作で構成され、それぞれに大作をなしている。なかでも白眉の大作「死にたまふ母」は、「其の一」から「其の四」までの四部作であった。それぞれ一首ずつあげる。

ひろき葉は樹にひるがへり光りつつかくろひにつつしづ心なけれ
我《わ》が母よ死にたまひゆく我《わ》が母よ我《わ》を生《う》まし乳足《ちた》らひし母よ
星のゐる夜ぞらのもとに赤赤とははそはの母は燃えゆきにけり
笹原をただかき分けて行き行けど母を尋ねんわれならなくに

一首目は連作の巻頭の作で、結句の已然形止めも相俟って何か胸騒ぎするさまが詠まれる。「其の一」には、「みちのくの母のいのちを一目《ひとめ》見ん一目みんとぞただにいそげる」等上山《かみのやま》の駅に着くまでの不安が詠まれている。二首目は母の看護と、その最期を看取る、この連作の頂点をなす「其の二」の一首。三首目は火葬場行を詠んだ「其の三」の中の一首で、茂吉の深い感慨がこめられた作だ。そして四首目、母の葬りをすませて、酢川（今の蔵王）温泉に二泊した時の「其の四」の中の一首で、「山ゆゑに笹竹の子を食ひにけりははそはの母よははそはの母よ」という悲しみをこめた歌で連作を終る。見事な構成と言ってよい。

三、万葉集

茂吉はまた、子規や左千夫に倣って万葉集を尊敬し、万葉調の歌をなした。茂吉は「万葉調」（大正八年）の一文で、万葉調は「万葉集の歌の、『語気・響き・魄力』さういふものから来る」と記しているが、『赤光』を見るだけでも、

あしびきの山のはざまの西開き遠《とほ》くれなゐに夕焼くる見ゆ
ぬば玉のさ夜ふけにして波《なみ》の穂《ほ》の青く光れば恋《こひ》しきものを
ひさかたの天のつゆじもしとしとと独り歩まむ道ほそりたり

など枕詞を駆使、いずれの歌も茂吉の言う「語気・響き・魄力」等万葉調の調べをもったものと言える。

更に茂吉は、子規が重視し、左千夫の発展させた万葉集の研究についても、赤彦とともに力を注いだ。赤彦はその著『万葉集の鑑賞及び其批評』（大正十四年刊）の「巻末付記」に、「足曳の山川の湍《せ》の鳴るなべに弓月《ゆづき》が嶽《たけ》に雲立ちわたる」（巻七―一〇八八）の歌をひき、こう記している。

この歌は、左千夫先生在世の時極力推称せられて、声調論をなす時何時も引合ひに出され、

小生等はそれを聴き慣れて、いつのまにか人麿作と信ずるやうになり、今日では、一般にさう信ぜられてゐるやうである。これを、最初に人麿作として世に発表したのは斎藤茂吉君である。

左千夫から茂吉へ、その逆も含めて、アララギの系譜のなかで万葉集の歌はこのように引き継がれていった。

茂吉が万葉集の研究で最も力を注いだのは、柿本人麿の考証・評釈である。茂吉は昭和八年に生じた二つの出来事をきっかけに、その大業に熱中していく。その一つは、茂吉が『白桃』後記に「精神的負傷」と記している妻輝子のダンスホール事件で、八年十一月八日の新聞にその醜聞が大々的に取り上げられ、夫婦仲は破綻、二人は別居生活に入った。その苦悶のただなかで茂吉は畢生の大業にのめり込み、「人麿の歌に接しつつこの寂しさをまぎらはすことの出来た時もあつた」と記すほどであった。もう一つは、この年に、長谷川如是閑が人麿の天皇讃歌を「低劣」な作と指弾、「御用詩人」と規定し、人麿をこきおろした一件で、人麿を万葉歌人の最高峰として畏怖し、讃仰する茂吉には耐え難いことで、後で触れる茂吉の攻撃性が気魄となって、猛然と反駁する原稿を書き始める。

その結果、九年十一月に『柿本人麿　総論篇』を出版し、その中に付録として「鴨山考」を入れた。そしてその後も考証を続け、それは『総論篇』『鴨山考補註篇』『評釈篇（上・下）』『雑纂篇』の五冊の大作として結実し、とりわけ、人麿の歿処と目される鴨山について考証、記された部分が「鴨山考」と呼ばれ、「鴨山考」「鴨山考補註」「鴨山後考其他」の三部からなる。

これを執筆するに当って、茂吉は幾度も石見の地に足を運び、踏査した。まず、五年十一月、平福百穂とともに小郡で憲吉と落ち合い、津和野の森鷗外生誕地等を見学、益田他石見の地の人麿の跡を巡り、かの有名な手帳紛失事件を起こす。次に、九年五月、岡麓、文明とともに憲吉の葬儀に出席、その後石見の地を踏んでいる。そして同年七月には単身大阪を発ち、石見の地を巡り、人麿歿処についておおよその結論を得て、八月十五日にいよいよ「鴨山考」の執筆にかかり、十一月の『柿本人麿　総論篇』の出版に至る。この時点の「鴨山考」では、鴨山は当時の島根県邑智郡粕淵村（現・美郷町）大字高畑の津目山であろうと推定している。

その後十二年一月、同村大字湯抱に住む苦木（後に波多野）虎雄から、湯抱湯谷の奥に「鴨山」という名の山がある旨の通信を受け、その山の土地台帳地番と切図の写しを送ってもらい、その年の五月十五日、文明夫妻と共に、自ら踏査の上、ここを人麿歿処の地「鴨山」と推定、稿を改めた。文明がこの時のことを後に、「浮き浮きと声はづませて我が妻の手をさへとりて導きましき」（『続々青南集』）と回想して詠んでいるが、その時の弾むような茂吉の喜びが伝わってくる。茂吉はその後も、十四年五月、二十三年十月と、都合七回石見の地を踏み、その執念のほどが窺える。湯抱鴨山の見える「鴨山公園」には、茂吉の「湯抱」の絶唱、人麿がつひのいのちをはりたる鴨山をしもここと定《さだ》めむ　『寒雲』

の歌碑が建っているが、この歌碑の文字は、苦木虎雄を介して茂吉に書いてもらったものだ。二十六年三月、病中、衰弱の身で、自らこの歌を選び、一字一字心をこめて書いたもので、文明は後に「石深く終《つひ》の命《いのち》の筆の跡彫《ゑ》りたる上を時雨ながらふ」（同前）と詠んでいる。その文明、実に十回も石見の地に足を運び、茂吉の説を最も信頼すると言いつつ「鴨山」の地を、人麿の郷里近くの河内の石川の狭谷、大和鴨山、つまり葛城連山の西麓とする説を打ち立てた。

次に、赤彦が手がけた『万葉集の鑑賞及び其批評』は、その後編を期していたが間に合わず、それは茂吉の『万葉秀歌』上・下巻（岩波新書・昭和十三年刊）として結実した。茂吉はその「序」で「万人向きな、誰にも分かる「万葉集入門」を意図した」と記しているが、コンパクトで好評で、発売後一カ月足らずで増刷、戦時、若者達の戦場での愛読書ともなり、現在も百刷を越えて読みつがれているロングセラーだ。大著『柿本人麿』の主要部分をすでに書き上げ、その余勢を駆って一気呵成に書き上げたもので、改めて読むと、割と気楽に書いているのか、人麿の作には力がこもり、下巻はやや力を抜いており、学者のとは異なり、随所に「後代の吾等は…」とか、「作歌稽古上も有益」等と記すとともに、「単純」「声調」「写生」「具体的」等実作者茂吉の立場で書いていることが分かる。

四、論争と戦争詠

ところで、茂吉が『柿本人麿』執筆にのめり込んだ一因は、長谷川如是閑の人麿「御用詩人」論に反駁してのことであったが、茂吉は、その子茂太が『茂吉の体臭』の「父の性格と体質と人となり」に、茂吉は「神経質性であり、分裂性であり、これが……てんかん性にくっついている」、「茂吉の飽くなき執念深さと、徹底的な理論の追求、論争のはげしさは、単に自然科学を学んだからだということだけではなくて、この性格に由来するものがあったのであろう」と記す通り、極めて激しい性格であった。

藤岡武雄著『斎藤茂吉』には「茂吉は生涯において四十名からにおよぶ論争を重ねた」とあるが、プロレタリア文学運動の影響を受けた石榑茂の「アララギ批判」に対して、短歌革命論争を展開、茂を罵倒したり、写生説を巡る論争の果てに、太田水穂との間では「太田水穂を論駁す」を書き、芭蕉の句の病雁論争等を展開、生来の生地をむき出しにして攻撃の手を休めることはなかった。

論争と言えば、「奥の細道」の立石寺での蟬の声の句、「閑さや岩にしみ入る蟬の声」についての小宮豊隆との論争も有名である。にいにい蟬が相応しいという小宮に対し、茂吉は油蟬と主張、自ら現地調査をしたり、門弟・結城哀草果に依頼したりして執拗に調査、結局はめったに脱がない兜を脱ぎ、小宮が正しいと認めた。しかし結果は別として、ここにも茂吉の執拗な性格が出ている。

又、茂吉の奇想の歌を巡って左千夫との間に反目が生じたことはすでに触れた。その時は観潮楼歌会の影響に焦点をあてて触れたのであるが、茂吉の性格による面も大きかった。大辻隆弘は『近代短歌の範型』で、茂吉の初版『赤光』には「身勝手で、ひとりよがりな」「順接の確定条件を表す「已然形＋ば」。逆接の確定条件を表す「已然形＋ど」や「已然形＋ども」」の句法が多用され、「外部の情景と茂吉の心情」や「偶然に起こった外界の二つの客観的事象を強引に因果関係でむすびつける、というような歌」があるとし、

朝さむみ桑の木の葉に霜ふれど母にちかづく汽車走るなり

等の作をあげている。なるほどこの作、上句と下句を「ど」で繋ぐほどの逆接の因果関係はない。この強引さはやはり茂吉の性格に因ると言ってよい。「是非先生の批評をあふがうと思つて居た」(『赤光』初版「跋」)が、左千夫の急逝で果たせず、左千夫と対立しすげなかった自分の態度を悔やんだ茂吉は、八年後に大規模に改め改選『赤光』を発刊、この作を「朝さむみ桑の木の葉に霜ふりて母にちかづく汽車走るなり」とおとなしく改めた。しかし、私は何故か初版の作にこころひかれる。

以上、茂吉の気性の激しさや強引さ、執念深さ等その性格に触れてきたが、茂吉のこのエネル

ギーあって、結果、茂吉の魅力ある歌が生まれ、あれだけの歌論・評論・研究・活動等が生れたと言える。

そのような気性の激しい茂吉は、なにかにつけて熱中し、没入する性癖があった。人麿の研究などその最たるものだが、永井ふさ子との恋も、戦争詠にのめり込んでいくところも、その一端と言える。

茂吉は、ダンスホール事件から十カ月を経た昭和九年九月、向島百花園での正岡子規三十三回忌歌会で、子規の遠縁にあたり、三十歳近くも年齢の違う美貌の永井ふさ子にめぐり合い、恋をした。やがてふさ子は茂吉に師事、茂吉は熱中、その関係は師弟関係から恋愛・性愛関係に移っていった。かの人麿評釈の大業に熱中するさなかのことで、大病院の院長でアララギの総師としての社会的名声の前に、茂吉は冷徹なまでに身を守り、この事実を秘密のうちに葬ろうとした。結果、ふさ子が身を引く形で七年にわたる恋愛は別離をむかえる。その後もこの恋はひた隠しに隠されたが、茂吉没後十年を経て、ふさ子が突如「小説中央公論」(昭和三十八年七月・八月)に「斎藤茂吉・愛の書簡」を発表し、明らかになった。この数八十二通で、ここに引用するには憚る内容の書簡すらある。ふさ子の歌集『あんずの花』(平成五年)は茂吉恋情の歌集ともいえ、その巻頭には、「昭和十一年斎藤茂吉・永井ふさ子合作」として

光放つ神に守られもろともにあはれひとつの息を息づく

の作が収められている。

この恋と、赤彦のところで取り上げた赤彦と中原静子との恋については、川西正明が『新・日本文壇史』第二巻「大正の作家たち」の第十二章「島木赤彦と斎藤茂吉」で取り上げている。文人画家・中川一政は、短歌にも造詣が深かったが、『画にもかけない』に「人と作品」を寄せた高橋玄洋に、「何故詩人や歌人にならなかったのか」と問われて、言下に「詩や歌をやる人にはだらしない人が多いだろ」「あんな生き方と同じ人間に思われてはたまらないと思った」と答えたという。「直接には北原白秋の姦通問題」があっての由だが、アララギにあっても、石原純や赤彦それに茂吉までも不倫を犯しており例外でない。石原純と原阿佐緒との恋でアララギを除名という厳しい処置をとったのは赤彦と茂吉だが、自身のことはひた隠しにし、恋をしていた赤彦、後に恋をすることになる茂吉、全て明らかになった今、何とも不条理で不可解なことだ。

熱中、没入すると言えば、茂吉の戦争詠も最たるものだ。永井ふさ子と別離の後、茂吉は戦争に近寄って行き、『寒雲』の「後記」に、「昭和十二年に支那事変が起り、私は事変に感動した歌をいちはやく作つてゐる」と記している通り、

国こぞる大き力によこしまに相むかふものぞ打ちてし止《や》まむ
上海戦《しやんはいせん》の部隊おもへば炎《ほのほ》だつ心となりて今夜《こよひ》ねむれず
あたらしきうづの光はこの時し東亜細亜《ひむがしあじあ》に差しそめむとす

等の戦争を素材にした歌を詠み始める。

支那事変によって茂吉は戦争詠に没入し、愛国歌人に転身、戦争を素材にこころに触れてくるものを、茂吉独自の声調によって詠みあげていった。その作は土屋文明選歌にみられる戦地詠等の個に即して実感的に、リアルに詠まれたものとは程遠い、儀礼的、観念的、説明的で、空疎な聖戦礼賛歌、国威高揚歌の類であった。

茂吉に限らず当時の歌人、文学者、画家達は、戦意高揚のため、求めに応じて多くの戦争詠等を製作している。例えば大辻隆弘は『近代短歌の範型』で、歌人・前川佐美雄の戦争詠について、「昭和十六年十二月、太平洋戦争がはじまった。開戦時、佐美雄は膨大な数の戦争詠を作っている。そのほとんどは、日本軍の進攻を熱狂的に讃美したものであった。後年、佐美雄はこの時期の濫作について「方々の新聞や雑誌から矢継早に作品の寄稿を依頼されたのがきつかけとなり、それに応じて行くうちに段々速力が出はじめた」(『積日』後記)と回想している。実際、開戦時から昭和十八年秋までの二年間に、彼は約一千三百首もの戦争詠を作り……」等と記している。パリで「乳白色の肌」と言われた裸婦像等を描き、西洋画壇の絶賛を博した洋画家の藤田嗣治が、帰国後の第二次大戦中、軍の依頼で戦意高揚の戦争画を描いたこともよく知られている。現代作家の五木寛之も「あの時代、国民全体が戦争の協力者だったんです。文学者も、詩人も、熱狂し、感激して翼賛の言葉を書いた。自分がその時に物書きとして生きていたら、どうしただろう。そう思ってはらはらする。口をつぐみ、メディアから排除される覚悟があっただろうかと」(「毎日新聞」平成二十七年六月二十五日夕刊)と自問している。

そうでなくても、元来好戦的態度を持ち、何事にも熱中する性癖を持つ茂吉のこと、アララギの現実的写生主義と相まって、戦争詠に没入していった。関川夏央は『子規、最後の八年』で、「この頃(筆者注・大正九年)から三井甲之はその主著『しきしまのみち原論』で「中今論《なかいま》」を説く。それは、日本という伝統にあっては「現在」こそすばらしい、その「永遠の現在」(中今)を保障するものこそ天皇だ、とする考えである」と記し、それは「子規の写生思想の発展といえた。現在を正確に写し出そうとする「写生」は、時間を「現在の無限連続」と見るから、その「現在」を最上のものとする「中今論」にまで、やや奇型的にではあるにしろたどり着くのであった」と指摘しており、アララギの現実的写生主義の留意すべき点とも言える。

前川同様茂吉も、求めに応じて多くの戦争詠を製作、『寒雲』『のぼり路』『霜』等につづき、ついに二十年には、決戦歌集『萬軍』を編むまでになった。『萬軍』は、

天皇《てんわう》のいましますに「無禮《ぶれい》なるぞ」われよりいづる言《こと》ひとつのみ

赤道《せきだう》をすでに越えたる萬軍《ばんぐん》のいさみ勇《いさ》むはいかにか讃《たた》へむ

等、二百二十首余りを選んだ自選歌集で、未刊と思われていたが、私家版(昭和二十年)と紅書房版(昭和六十三年)の「二冊の歌集となって、堂堂と世間に出て売られている」として平成

二十四年八月、秋葉四郎によって『茂吉幻の歌集『萬軍《ばんぐん》』』と題して上梓され、今では誰でも手にすることが出来るようになった。

そのような戦争を鼓舞する歌を詠んでいた茂吉も、やがて戦い敗れて、郷里へ疎開した。戦後極東軍事裁判が行われ、東条以下七名の絞首刑が発表され、戦中における歌人や文学者等の動向も注視され、雁部貞夫が『『韮菁集』をたどる』で「戦後すぐに、何処の国でも同様だが、日本でも「戦争協力者狩り」が行われた。文学者の世界も例外ではなく、昭和二十一年の年頭に荒正人や小田切秀雄らによって四十数名の文学者たちが名指しで弾劾された。その中には高村光太郎以下、短歌では斎藤茂吉、俳句では富安風生らの名があった」と記している通りの状況であった。名指しされた茂吉は、疎開先の郷里や大石田の地で敗戦の心の痛み、病臥の生活に孤独悲哀を深める中で、晩年を過ごすことになった。

以上、茂吉について様々な角度から触れてきたのであるが、茂吉は子規や左千夫の唱えた連作を大作で実践し、万葉集では、柿本人麿の研究で独自の説をたて、『万葉秀歌』を執筆、万葉集を大衆のものにした。一方、子規が表現の手段としてたてた「写生」に、左千夫の唱えた「吾詩は即我なり」の意をこめて、「生を写す」の義と独自の説をたてた。それによって、主観的契機を包摂して、主情的な茂吉の歌に対応したものになったが、「写生」の意味を分かりにくくした。また、茂吉の激しい、熱しやすい性格は多くの論争を生み、永井ふさ子との恋愛や戦争詠等汚点も残した。しかし、独自の声調や感性に加えて他派の影響も取り入れ、異形で魅力ある歌をなし、アララギの全盛時代を築くとともに、いまだにアララギを代表する歌人のみならず、日本の近代短歌、近代文学を代表する一人となっている。

斎藤茂吉門下

斎藤茂吉は、多くの門人を育てた。茂吉に生涯寄り添って随順し、茂吉の三大弟子とも言われた歌人に柴生田稔、佐藤佐太郎、そして**山口茂吉**がいた。山口は、明治三十五年兵庫県に生まれ、大正十二年、二十二歳でアララギに入会、はじめ赤彦選だったが、十四年、茂吉の帰朝歓迎歌会の席上、茂吉に初めて会い、茂吉選となった。

鵜の群はひそやかにして荒波の立ちくる方に諸向きに居り　『赤土』
並び立つ高層建築が風たえし空にまじはりて昏るる時のま　『海日』

斎藤茂吉が「山口君の歌風は、はじめより地味で手堅く……いつしか子規・左千夫時代になかつたこの新風を為し遂ぐるに至つた」(『赤土』序)と評しているように、その写実力は卓越していた。

むらぎもの心はげましてたたかひに敗れし国に吾生きむとす　『高清水』

喜びは涙のごとく吾が身よりにじみて出づる君に対へば　『鉄線花』

終生写実を信条とし、茂吉に随順し、戦後の歌壇の動揺期にあってもひたすらその本道を追尋し、自身の生活と世の動きを見据えつつ誠実に詠んだ。私と同業の明治生命に永年勤め、茂吉没後、柴生田、佐太郎と共に『斎藤茂吉全集』の編集に携わり、全五十六巻の完成を待つかのように、昭和三十三年、五十六歳で没した。遺歌集を含め五冊の歌集は、『山口茂吉全歌集』に収められている。

ところで、島木赤彦が大正十五年四十九歳で、中村憲吉が昭和五年四十六歳で早逝し、「アララギ」の編集発行人は、赤彦逝去の年に茂吉となり、憲吉逝去の年に文明となった。そして、昭和二十七年に五味保義に代わり、二十八年に茂吉が逝去する。この間、赤彦逝去後しばらくの間は茂吉が文明と重なりあいながら指導し、面会日には茂吉と文明が並んで選歌をしていた。例えば、吉田正俊などは、茂吉に歌を見てもらいたくて茂吉の前で待っていたが、手のすいた文明に呼ばれて文明に師事したという話もあるくらいだ。赤彦、憲吉に師事していた人たちも、その没後はこの二人の指導を受け、最終的には文明に師事することになる。赤彦の下では鹿児島壽藏や五味保義、山口茂吉らで、憲吉の下では、憲吉のところで触れた関西の大村呉樓、鈴江幸太郎、扇畑忠雄らが該当する。関西で言えば、茂吉は昭和十年五月五日の大阪茶臼山雲水寺での憲吉一周忌追悼歌会の他多くの歌会に、文明と共に出席し、会の前後、大村らと食事をし、「アララギ」

に載った歌の評をしたりして指導している。その経緯は山内美緒著『父・大村呉樓』の「日録」に詳しい。歌会の出席は昭和十六年頃まで続いており、茂吉は大村や鈴江の歌集の「序」も書き、鈴江は茂吉最後の鴨山行に随行したりしている。ここでは、**鹿児島壽藏**について少しく触れておこう。

紙塑人形で人間国宝となった壽藏は、明治三十一年に福岡県で生れ、大正九年にアララギに入会、赤彦の指導を受けた。赤彦没後の昭和三年には、茂吉のすすめにより「アララギ」に歌壇風聞記を執筆、十二年まで連載し、十九年にはアララギの選者になり、二十年には潮汐会を結成、終生その編集発行に関わった。また、二十一年に文明の要請で、関東アララギ会を結成、「新泉」を編集発行した。五十七年八月、八十四歳で逝去、歌集は『潮汐』等二十五冊あり、没後、『鹿児島壽藏全歌集』(全四巻)が編まれている。

冬曝れし街のゆき交ふ人の群その諸もろを安くあらしめ　『潮汐』

地下足袋をはきてゆきます君のうしろ日差きよかりき埃かぜ吹きて　『ひなげしの波』

沈着に、清澄な目で捉えた写実詠は、総じて、穏健で、品格の高い詠風となっている。

もう一人、茂吉門下で忘れてならないのが**結城哀草果**である。哀草果は本名を光三郎と言い、明治二十六年山形県に生まれた。大正三年、二十二歳で茂吉に師事、アララギに入会、十五年にはアララギの選者となった。生涯、鬼目鬼《どめき》（現・山形市）の小さい集落で農業に従事した。

ぐんぐんと田打《たうち》をしたれ顳顬《こめかみ》は非常《ひじやう》に早く動きけるかも　『山麓』

あかあかとわが行く歩道とほりたりゆく手の蔵王に雲ひとつなし　『樹蔭山房』

このように農耕生活や東北の自然を詠んだ歌が多く、短歌誌「赤光」（後に「山麓」と改題）などを創刊、斎藤茂吉記念館初代館長となった。歌集は『山麓』他十三冊を編み、それらは『結城哀草果全歌集』にまとめられ、随筆『村里生活記』等の著書も多数ある。七十二歳で「新しき褌しめてわれはゆく茂吉の墓になにを誓はむ」（『樹蔭山房』）とも詠んだが、昭和四十九年、八十二歳で亡くなった。

Ⅱ　土屋文明

土屋文明

一、人と作品

明治、大正、昭和、平成と生き、子規の根岸派の精神を受け継ぎ、発展させ、歌壇の頂点に立ち、百歳の天寿を全うしたアララギ歌人に土屋文明がいた。文明は、子規、左千夫、赤彦、茂吉等々アララギの系譜に連なる人々の総合商社といった存在で、それまでのアララギの人達がたてた考えを整理・完成させ、一方で短歌の大衆化を図り、現代短歌を切り開いていったと言ってよい。そこで、文明について一章を割き、私なりに整理し、俯瞰することとしたい。

土屋文明は、明治二十三（一八九〇）年九月十八日、群馬県西群馬郡上郊《かみさと》村（現・群馬町）大字保渡田《ほどた》に、保太郎・ヒデの長男として生れた。戸籍には長男と書かれているが、実際には三歳で夭折した兄がいた。又、戸籍の誕生日は翌二十四年一月二十一日となっている。当時、実家は農家で、弟の世話と生糸繰りの生業等で忙しく、文明は子供のない伯母福島ノブ・周次郎夫妻のもとで、実子同様に養育された。

三十年、上郊小学校井出分教場に入学、尋常科の課程を終え、新設された本校の高等科を四年のところ三年で卒業、三十七年には高崎中学校に入学した。そこで、左千夫と短歌の同行者で、成東中学校より転任してきた国語教師・村上成之と運命的に出会う。「アカネ」が創刊されるや、密かに「蛇床子《じやしようじ》」の筆名で歌を出していた文明は、成之より子規の『竹乃里歌』を借り、自然主義文学への目を開かれていった。そして成之に相談、その紹介で四十二年四月十日上京、本所茅場町で牛乳搾取業をしながら文学活動を続けている左千夫のもとに身を寄せ、牧夫として働くことになった。

四つ目通りに地図ひろげ茅場町さがしたりき四月の十日五十年前　『青南集』
あはれあはれ吾の一生のみちびきにこのよき先生にあひまつりけり　『山谷集』

文明は後年こう詠んでいる。文明十九歳、左千夫四十五歳の春の日のことであった。そしてその翌日の歌会では、茂吉他の人々に会う。

この三朝《みあさ》あさなあさなをよそほひし睡蓮《すゐれん》の花今朝《はなけさ》はひらかず
日《ひ》に耻《は》ぢてしぼめる花《はな》の 紅《くれなゐ》は消《き》え失《う》するがに色沈《いろしづ》まれり

文明の第一歌集『ふゆくさ』はこれら左千夫の家での歌から始まる。

その年の秋、長塚節の親友・寺田憲の学費補助を得て旧制第一高等学校に入学、山本有三、近衛文麿らと同級であったが、翌年留年、菊池寛、芥川龍之介、久米正雄らと同じ学年になった。大正二（一九一三）年七月、旧制第一高等学校を卒業、九月に東京帝国大学文科大学哲学科に進むが、大学入学を前にした七月三十日左千夫が急逝した。この時、「伊藤君の柩にすがつて泣きしは土屋文明」と長塚節の岡麓宛書簡にあるように、文明はその柩にすがって号泣、以降生涯に渡って、繰り返し繰り返し左千夫のことを歌うことになる。

文明は、大学在学中の三年二月より九月にかけて、一高以来の友人の山本、菊池、芥川、久米らと第三次「新思潮」に同人として参加、井出説太郎の筆名で小説なども書き、作品を競いあった。「短歌は所詮小芸術に過ぎない」「短歌では到底近代人の心を盛ることは出来ん」等と言って、茂吉を驚かせたのはこの頃のことだ。

五年に大学を卒業、文明は「国民新聞」の新聞記者をめざしたが、果たせず、翌年、荏原中学校に勤める。六年三月号より「アララギ」の選者に加わる一方、赤彦から長野県の教師の斡旋があった。

山《やま》の上《うへ》は秋《あき》となりぬれ野葡萄《えび》の実《み》の酸《す》きにも人《ひと》を恋《こ》ひもこそすれ
西方《さいはう》に峡《はざま》ひらけて夕《ゆふ》あかし吾《わ》が恋《こ》ふる人《ひと》の国《くに》の入《い》り日《ひ》か
夕《ゆふ》べ食《を》すはうれん草《さう》は茎立《くくた》てり淋《さび》しさを遠《とほ》くつげてやらまし
春《はる》といへど今宵《こよひ》わが戸《と》に風寒《かぜさむ》しわがこころづまさはりあるなよ

このように『ふゆくさ』に詠まれた同郷の塚越テル子と七年三月に結婚、二十九日に諏訪へと発ち、所謂「信濃の六年」が始まる。四月には諏訪高等女学校（現・諏訪二葉高校）の教頭として赴任、二年後の九年一月には全国最若手の校長に抜擢され、諏訪では画期的な教育を行った。十一年四月には、松本高等女学校（現・蟻ヶ崎高校）の校長に転任、その二年後の十三年四月には木曾中学校への転任が発令されたが、これを拒否、退職し家族を足利に住まわせ、文明は東京・上富坂の「いろは館」に移る。

翌十四年『ふゆくさ』が世に出る。三十五歳、歌人としての遅い出発だったが、『ふゆくさ』の出版は歌人文明の存在を決定づけるもので、芥川龍之介が「アララギ」十四年十月号のその批評号に「『ふゆくさ』読後」と題する一文を寄せ、荒御魂《あらみたま》と和御魂《にぎみたま》の両面を持つ文明の資質をたたえるなど、『ふゆくさ』の清純な抒情は歌壇の注目を集めた。

第二歌集『往還集』は、次の作から始まる。

休暇《きうか》となり帰らずに居る下宿《げしゆく》部屋《べや》思はぬところに夕影《ゆふかげ》のさす
冬至《とうじ》すぎてのびし日脚《ひあし》にもあらざらむ畳の上になじむしづかさ

昭和五（一九三〇）年、文明は茂吉に代わり「アララギ」の編集発行人となり、茂吉とともに昭和初期のアララギ黄金時代を築き、歌人文明の名を揺るがぬものとした。知的、即物的、散文的に都市生活を詠む「文明調」と呼ばれる独自の作風は、歌集『山谷集』（十年）、『六月風』（十七年）、『少安集』（十八年）と内容を深め、近代短歌の新境地を開拓した。

木場すぎて荒き道路は踏み切りゆく貨物専用線又城東電車
小工場に酸素熔接のひらめき立ち砂町四十町《しじつちやう》夜ならむとす
吾が見るは鶴見埋立地の一隅ながらほしいままなり機械力専制は

歌集『山谷集』の世界である。
また、『万葉集年表』（七年）、『万葉集名歌評釈』（九年）、『万葉集小径』（十六年）、『旅人と憶良』（十七年）、『万葉紀行』（十八年）などを出版、万葉学者文明の名を高めるとともに『短歌入門』等も出版、短歌実作の理論化にも取り組んだ。

代々木野を朝ふむ騎兵の列みれば戦争といふは涙ぐましき
新しき国興るさまをラヂオ伝ふ亡ぶるよりもあはれなるかな

『山谷集』五、七年の作だが、戦争へなだれていく暗い時代が歌われている。満州事変に始まる戦争への動きは、昭和十年代に入って日中事変の勃発となり、やがて十六年末以降太平洋戦争へと発展する。そのような中、十九年七月改造社の肝いりで、石川信雄、加藤楸邨とともに五カ月にわたり中国大陸の視察旅行をし、歌集『韮菁集』をまとめる。

方《はう》を劃《くわく》す黄なる甍《いらか》の幾百《いくひやく》ぞ一団《いちだん》の釉《うはぐすり》熔《と》けて沸《た》ぎらむとす
つつましく椅子《いし》に並べる少女二人《をとめふたり》吾に答へて清《きよ》き支那音《しなおん》
横はる吾は玉虫《ぎよくちゆう》の虫にして琥珀《こはく》の色の長き朝焼け
北京城はなにに故人《こじん》にあらなくに涙にじみて吾は近づく

陸軍省臨時嘱託としての旅とは言え、このように中国を、中国人を、親しみを込めて写生し、詠んでいる。

終戦も近い二十年五月二十五日、文明は空襲により東京・南青山の家を焼かれ、アララギ会員福田みゑとの縁により、六月三日群馬県原町川戸の大川正宅《まさし》へ疎開する。そこは榛名山の北面、南面にある文明のふるさと上郊村の反対側の地で、この日から六年間の疎開生活が始まり、歌集『山下水』『自流泉』の歌が詠まれていく。

朝よひに真清水《ましみづ》に採《つ》み山に採み養ふ命《いのち》は来む時のため
山の上に吾に十坪の新墾《あらき》あり蕪まきて食はむ饑ゑ死ぬる前に
出で入りに踏みし胡桃《くるみ》を拾ひ拾ひ十五になりぬ今日の夕かた
走井《はしりゐ》に小石《こいし》を並べ流れ道を移すことなども一日《いちにち》のうち
にんじんは明日蒔けばよし帰らむよ東一華《あづまいちげ》の花も閉《と》ざしぬ

『山下水』より抜いたが、文明の作品にあって白眉の生活詠である。文明は処を得て、こうした疎開生活の歌を詠み、困難な時代を生き凌ぐのである。

二十年八月十五日、戦争は敗戦でもって終る。九月十九日、文明は青山の焼け跡で五味保義と会い、「アララギ」再刊の準備にかかり、前年十二月号をもって休刊していた「アララギ」は九月号より再刊される。その後、月々の選歌は文明に任され、「文明選歌欄」という画期的な世界が展開され、紙不足、紙面不足からくる選歌数不足を「選歌後記」で補うとともに、地方の会員に呼びかけて、幾つかの地方紙を発足させていく。更に文明は、「アララギ東京歌会」をはじめ各地の歌会に出かけ、会員を強烈に指導し、一方で万葉集踏査の旅も続け、『万葉集私注』が書き進められてゆく。そして、二十二年十一月には名古屋で「短歌の現在及び将来に就て」(『新編短歌入門』所収)と題して講演し、桑原武夫らの「第二芸術論」に反論し、「生活即短歌」を唱えた。文明は、これまでもそうであったが、今後の短歌は「現実主義」短歌で、「この現実の生活といふものを声に現はさずにをれない少数者がお互に取り交はす叫びの声、さういふもの以外にはあり得ないんぢやないかと思ひます」と話し、戦後の短歌を領導していく。

二十六年十一月、文明は川戸の生活を切り上げ、東京・南青山五丁目五十番地(現・南青山三丁目八の一八)の地に帰住する。

うから六人五ところより集りて七年ぶりの暮しを始む

霜消ゆれば出でて焼けたる瓦拾ふ東京第二層に何時までか住む

歌集『青南集』の世界がこう詠み出され、展開していく。以降、百歳の命尽きるまでここ青山に住み、『続青南集』『続々青南集』『青南後集』『青南後集以後』の歌集として詠み継がれていく。この間、二十七年一月号より「アララギ」編集発行人を辞し、五味保義に引き継ぎ、二十八年には茂吉が逝去。三十一年には『万葉集私注』全二十巻が完成するとともに、二十八年から九年間、宮中歌会始の選者となり、歌壇の頂点に立った。

『青南集』以降、文明の歌境は一段と深みを増し、自在な歌の世界を切り拓く。

白き人間まづ自らが滅びなば蝸牛幾億這ひゆくらむか　『青南集』

肢体臓器部品と言ひてはばからぬ医博士は即人間ポンコツ屋　『続々青南集』

前者は米国の水爆実験による第五福竜丸事件を、後者は札幌医大の和田教授の心臓移植事件を詠んだ作である。このように、社会批判の精神は衰えることがなかった。

しかし、三十一年、心筋梗塞で入院、以後「アララギ」の選歌は中止する。そして四十九年には長男夏実の早逝に遭い、五十七年四月、最愛の妻テル子の急逝に遭う。テル子九十三歳、文明九十一歳の永別であった。

さまざまの七十年すごし今は見る最もうつくしき汝を柩に

そのあけを少し濃くせ頰くつろぐ老を越え来し若き日を見む
終りなき時に入らむに束の間の後前《あとさき》ありや有りてかなしむ

この時、『青南後集』に「束の間の前後」と題して詠まれた諸作は抒情的で、文明の絶唱と言ってよい。そのような中にあっても文明は、「アララギ」で全没の会員の作を「沙中沙集」欄を設けて拾いあげ、又、開成高校で行われていた「東京アララギ歌会」に、六十三年十一月、九十八歳まで出席、一人で四、五時間二百名前後の全ての作品の歌評をした。

平成二（一九九〇）年九月には、百歳を記念してふるさと保渡田の「やくし公園」に、生前唯一の歌碑を建てた。そこには自筆で『青南集』の、

青き上に榛名をとはのまぼろしに出でて帰らぬ我のみにあらじ

の歌が刻まれている。そして、

百年はめでたしめでたし我にありては生きて汚き百年なりき　『青南後集以後』

とも詠んだ文明であったが、除幕式から僅か三カ月後の十二月八日に逝去、二十三日には、青山葬儀場にて「お別れの会」が開かれ、私も出席した。その遺骨は、翌三年四月、妻の眠る慈光寺に葬られ、八月には『青南後集以後』が遺歌集として、小市巳世司の編集で刊行された。

私は、文明晩年の「東京アララギ歌会」に出席、その謦咳に接し、丹念にその記録を取り、後

に『土屋文明の添削』と題して上梓した。また、その歌会で文明が投げかけた「歌はどういうものか」「アララギの歌の主張はどういうことを主張し、歌を発表し、人を集めてきたか」を、文明からの私への宿題と受け止め、歌に関わることになった。文明没後の平成六年からは、茂吉や文明が万葉集の歌に詠まれた現地を踏査し、考究したように、文明の歌等の跡を巡り、文明が生きて歌に詠み考えた現場に立って、文明の歌と人に触れようと努めた。そして、その紀行記を『土屋文明の跡を巡る』百二十九編、『続土屋文明の跡を巡る』十九章五十編に結実させ上梓した。ふるさとの保渡田や赤彦の世話で赴任した信州、疎開した川戸、万葉集の踏査や歌会、講演等で文明が行った跡など可能な限り尋ね歩き、記した。その跡は、今では当時のさまを留める所も少なくなったが、それでもその跡に佇むと、文明の人となりが偲ばれ、心に深く触れてくるものがあった。

例えば、昭和二十二年十一月二十三日、文明が「短歌の現在及び将来に就て」と題して講演をした名古屋大学図書館講堂。やっとのことで鶴舞地区の医学部キャンパスにその跡があることをつきとめ、一階の階段下の壁に「附属図書館」と嵌め込まれた石を目にした時は感激した。そして特別の許可を得て、四階にある「医学部資料室」の天井に吊るされている「旧図書館講堂シャンデリア」の下に立つと、当時の第二芸術論に答える形で論を進め、これからの短歌のあるべき姿として「生活即短歌」等を唱えた文明の力強い声が聞こえてくるようだった。拙書は、後に

「新アララギ」を創刊、代表に就いた宮地伸一から「大著二冊、すさまじい気力に心を打たれました」とハガキを頂くほどで、私にとっても骨を折った二冊であった。しかし、文明の死後七年を経、平成九年末に「アララギ」は終刊、幾つかの後継誌に分かれることになった。

二、恩を受けた人々

ここからは、文明の足跡について詳しく述べていきたい。文明は明治から平成にかけて生き、百歳まで現役の歌人であったこともあり、師事した左千夫から茂吉まで多くのアララギ同人たちと関係を持ち、ともにアララギを築きあげ、実に多くの人を育てた。おかげで、戦後生まれの私ですらその晩年に謦咳に接し、指導を受ける幸運に恵まれた。そこでまずは、左千夫から茂吉までの主だったアララギ歌人について、文明との関わりについて触れたい。文明が「アララギの系譜」の中で誰の何を継承し、何を継承しなかったかを垣間見ておきたいと思うからである。

文明が短歌の世界で、最初に恩恵を受け、その考えを継承・発展させたのは何といっても左千夫であろう。文明が高崎中学校の国語教師で、「アカネ」の同行者だった村上成之の紹介で左千夫宅に寄宿、牧夫として働きながら文学修業したことはすでに触れたが、文明は「牧舎内外での仕事は、先生が気をくばられたとみえ、決して苦しいものではなかった」(『自伝抄Ⅲ』)と記し、『青南後集』巻末の、

　人を見き牛と共なる人々見き或る朝一つ紅の蓮の花

等、そこでの生活を後々まで回想し、詠んでいる。左千夫は文明の進路にも細やかに気を遣い、長塚節の親友で、左千夫の友人でもある酒業家の寺田憲から、当時としては破格の月々五円の学費補助を得ている。文明はこのおかげで、一高に入学、東京帝国大学にも進学し、菊池寛や芥川龍之介らと知り合いとなり、第三次「新思潮」を結成、競い合うことが出来た。私は、これらの話から左千夫の懐の深いやさしさを感じる。

　ところで、すでに左千夫のところでも触れたが、第一歌集『ふゆくさ』は、文明自身が「巻初の数聯は四十二三年頃即左千夫先生在世中の作で、所所先生の手のあともある」(「巻末雑記」)と記し、又、小谷稔が『土屋文明短歌の展開』で、文明が上村孫作に語った話として、

　今朝《けさ》ははや咲《さ》く力《ちから》なき睡蓮《すゐれん》やふたたび水《みづ》にかげはうつらず

の作の「や」は左千夫の手によるものと指摘したように、主情的な左千夫の手が入っている。そのこともあって『ふゆくさ』は、清新な抒情で貫かれ、文明の歌集の中では最も抒情的であり、かの芥川から「同人中、まず先に一家の風格を成したものは土屋文明である」と評されたほどだった。そしてその抒情は生涯衰えることなく、晩年の『青南後集』でも、

　姫萩にかけてしのばむ彼の少女ほのぼのとしてただに悲しも

　墨うすくにじむ習字をただに見ぬ一つ机に並ぶ少女を

等の「少女と姫萩」は、八十五歳にして七十年前の淡い初恋をみずみずしく詠み、テル子夫人の挽歌として詠んだ、

黒髪の少しまじりて白髪のなびくが上に永久のしづまり

そのあけを少し濃くせ頰くつろぐ老を越え来し若き日を見む

等の「束の間の前後」は実に抒情的で、文明生涯の絶唱となったのである。文明と言うと、とかく即物的散文的な文明調と称される作が注目されるが、左千夫から学んだこのような抒情的な歌も忘れてはならない。

その文明に、こんな作がある。

茶を好む翁にて人に強ひざりき遊ぶこころは一人こそよき　『青南集』

山ゆきて得たるぎぼしを二日食ひぬ茶の湯の人になる気にはあらず　『自流泉』

左千夫は子規から「茶博士」と呼ばれたほど茶道にも造詣が深く、生涯茶を楽しんだ。しかしこれらの歌からは、文明に茶道を強いなかった左千夫と、茶道など見向きもしなかった文明が詠まれていいて興味深い。

ところで、文明の唱えた「生活即短歌」は、左千夫が良寛の歌の本質に触れて記した「生活即

ち歌」「吾詩は即我なり」の考えを蘇らせ、発展させたものだった。その主張の中の、短歌は「現実の生活」を「お互に取り交はす叫びの声」だと記す件では、左千夫の「叫びの説」すら感じさせる。そして文明は、左千夫から学んだ「人間中心」「人間を離れない」を基本に歌を詠み、左千夫が茶室に「唯真閣」とまで名づけて重んじた教えを、

　唯真がつひのよりどとなる教いのちの限り吾はまねばむ　『山の間の霧』

と詠み、終生「人間即短歌」を短歌の文学目標にして、「真」の歌を詠み続けた。
また、子規が唱えた連作論を「連作の歌に要する条件」等としてまとめた左千夫の言う連作を、文明は承継・実践した。更に、左千夫が「万葉集短歌私考」と題して始めた万葉集の研究は、文明の『万葉集私注』に引き継がれた。

このように、左千夫の影響を受けて文明は育ち、左千夫の考えは文明によって現代短歌にまでもたらされたのである。

文明が大正七年、諏訪高等女学校の教員として赴任したことはすでに記したが、これは赤彦の世話による。しかも「赤彦から金を借りて貰い」買った「背広と外套」を着ての着任というありさまで、その経緯は土屋文明著『羊歯の芽』の「信濃の六年」に詳しい。文明は、当時の二代目校長・三村安治が赤彦の学校の先輩で、赤彦と心許した仲であったことから、満二十七歳の若さでいきなり教頭として採用されることになり、九年には、全国でも最年少の校長となっている。

これらのことについて文明は、昭和四十一年一月二十四日付朝日新聞「折り折りの人」に「島木赤彦」と題し、「私は、その赤彦のおかげで、食ひつめた東京から信州に職に就くことが出来たのであつた」と記し、それを敷衍するように片山貞美編『歌あり人あり』では、「赤彦はことにわたくしが信州へ教員に行く世話から、向こうで勤めている間中、それから勤めたあとの信州での始末までみんなしてくれましたからね。単に歌の上だけでなしに、実生活にまでわたって、いちばん交渉が多かったということになりますね」と記している。ここで言う「勤めたあとの始末まで」とは、文明が信濃より木曽への転任を拒否し、帰京した時のこと等を指していると思われる。この時も、赤彦に折衝してもらって、赤彦が上京時最初に下宿していた「いろは館」に下宿している。更に、文明が大正十五年に信濃教育会の「信濃教育」編集委員となったのも赤彦の力による。そのことを文明は『往還集』の「巻末記」に、自分は「島木氏が死の床にあつて自分の為にはかつてくれた、信州に於ける再度の仕事のために、この後二年間ばかり長野に往復した。この集に名づけたのは一つはその頃の気持からである」と記している。

このように数々の恩を赤彦から受けたこともあって、文明は赤彦没後、次男の久保田健次著の『晩年の赤彦と百穂』に懇切な「序」を寄せる等、久保田家に意を尽くすとともに、

生くるに難くありたる時に先づ来り救の手をばのべし君なり　『青南後集』

今宵思ふ助け下さりし信濃の人々別して三村先生赤彦大人　『青南後集以後』

等と晩年まで、赤彦が「救の手」を差しのべてくれたことを感謝して詠んでいる。しかし、こと歌に関して言えば、杉浦明平が興味深いことを書いている。

島木赤彦の没後、茂吉や中村憲吉、平福百穂などの推挽によって土屋文明が編集責任者として迎えられたものの、しばらくの間はいわゆる赤彦門下で二十代で早くも選者（たぶん編集部員）に抜擢された藤沢古実、土田耕平、高田浪吉、竹尾忠吉、森川汀川など赤彦風の農村風写生主義の作品がアララギの主流をなしていた。（略）信州に多い旧赤彦系と編集者たる土屋先生の間に疎隔感が消えていなかったように覚えている。とくに都市小市民の感覚とこれを表現する調子を強く打出した文明調に対して、敵意のようなものさえなくはなかったような気がする。（略）ずいぶん喧嘩っ早そうな文明先生も、旧赤彦系の人々には、わたしたちには遠慮しすぎると言いたくなるほど気を使っていた。

土屋文明著『新作歌入門』「解説」

赤彦が育てた信州の人達の歌は、農は農でも、文明の言う生活の歌ではなく、まして文明のめざす都市生活者の歌からは程遠い。文明はそれを嫌い、そのような歌を排除していくにあたって、赤彦が築き上げた赤彦系のアララギの人達に気を遣い、アララギの瓦解を防ぎつつ赤彦後のアララギを文明の考えのもとに力強く牽引していったと言える。そこには、やさしく気を遣いつつ自らの主張は強固に通して行く、芥川龍之介の言う「荒御魂《あらみたま》と和御魂《にぎみたま》の両面を持つ文明」(「アララギ」大正十四年十月号「『ふゆくさ』読後」)の姿が垣間見られる。

一方、文明は、明治四十三年に憲吉と相知り、大正六年、憲吉の『林泉集』を激賞、九年には西宮に憲吉を訪ねる等交遊を重ねている。憲吉が地方屈指の素封家で、アララギやアララギ同人を資金面で支えたことは、すでに憲吉のところで触れたが、その恩もあって、文明は茂吉とともに憲吉や中村家に懇切に接し、意を尽くしている。例えば昭和八年、比叡山での安居会後、布野に憲吉を見舞い、九年には茂吉とともに憲吉の葬儀に出席、憲吉没後も長女の結婚式等ことあるごとに布野を訪れ、静子夫人の墓石の字も文明が揮毫している。布野への訪問は都合八回を数え、

君が真名子《まなご》の今日の今宵《こよひ》のよろこびに吾等そひ立つ君がみたまよ見よ　『六月風』

花草は茂り成る木はたわわなりかくの如くして人は亡きかも　『青南後集』

等と詠んでいる。又、茂吉とともに、憲吉の没後すぐ大村呉樓等の助けを得て、『中村憲吉全集』全四巻を編み、憲吉生前より参加していた関西の歌会等に出席、憲吉に師事したアララギ歌人達を指導し、面倒をみた。

憲吉との関係で言えば、後程も触れるが、文明が左千夫や茂吉によって主観に傾いた写生説を子規の単純な写生説に回帰させせるに当って、「不器用といえば私の不器用は生来で……ただ一つ残された写生……ただ、それに従うより外、手段が私にはないのだ」(『羊歯の芽』)と記す件を

読むと、憲吉の「稚拙」からの脱却の作歌姿勢を思い起こさせる。更に、文明が『新編作歌入門』に「歌を作るに適せざる人々」と題して、「多芸多能の士は詠むべからず」「自ら恃む処ある者は詠む可からず」として、「社会的の地位でも或はまた精神的の能力でも、その他あらゆる点に於て自らたのみ、自ら負ふ処のある者は大体歌の道に入るには適しない。ただ謙虚の心を以て人の世に処し、自然に対し得る辛抱づよい少数の者だけがこの道に入る可きであらう」と記しているのも、憲吉の作歌姿勢が影響してのことではないかと思える。

最後に、茂吉との関係について触れておきたい。文明は、上京翌日の明治四十二（一九〇九）年四月十一日、左千夫に伴われて小石川区茗荷谷（現・文京区小日向）の民部里静宅の歌会に出席し、茂吉に会っている。その後、大正二年に左千夫が急逝、赤彦全盛時代を迎えるが、十三年には文明が信州の教職を切りあげて単身上京、翌十四年一月には茂吉も留学から帰国、その夏の比叡山での第二回安居会には、赤彦、茂吉、文明、憲吉が顔をそろえるが、十五年には赤彦が亡くなり、昭和九年に憲吉が逝去する。そのようななかで、茂吉が昭和二十八年、満七十歳まで生き存えたこともあって、文明は茂吉とともに昭和初期におけるアララギ黄金時代を築きあげることが出来た。

赤彦没後、編集発行責任者は茂吉に戻り、昭和五年、文明に代わり、長く茂吉と文明の指導体制になる。特に四年末、アララギ発行所が茂吉、文明の住む青山に移った前後からは、名目上はともかく茂吉と文明二人のゆるぎない指導体制が築かれた。例えば、柴生田稔は「茂吉を慕って入会し、文明の選を受け、赤彦以後の昭和の時代のアララギで成長、茂吉と文明を混ぜ合はせた作者」(「アララギ」昭和四十六年一月号)と記し、又、文明の後の五味保義の更にその後の「アララギ」編集発行人となる吉田正俊は、歌集『朱花片』「後記」にこう記している。

その年(筆者注・大正十五年)の十月だつたと思ふが、私は始めてアララギ面会日に、当時四谷にあつた発行所に行つた。(略)二階の室で斎藤先生と土屋先生が夫々会員の歌を見て居られる。私はいくらか堅くなつて隅の方に座つて順番を待つてゐた。そのときは斎藤先生に見て貰つたのだが……その翌月も発行所に出掛け、又ひとり黙然と自分の番を待つて座つてゐた。私のつもりでは、先月斎藤先生に見て貰つたのだから、無論今日も亦その予定である。ところが土屋先生に見て貰ふ方が一段落ついて、後につづく人が一時とだえた。「さあ、まだ見ない人は。」とあのころは坊主刈の先生が、ぎよろりとした目で周囲を見回されたのである。私は自分の予定と違ふものだから、しばらくまごまごしてゐたが、誰も出てゆく者がない。私は瞬間こころを決めて土屋先生の前にすわつた。……それ以来、私はずつと変ることなく土屋先生の選を受けて現在に至つてゐるのである。

当時のアララギの二人の指導体制が窺い知れて興味深い。

赤彦や憲吉が早逝し、この二人に師事していたアララギ会員達も茂吉や文明の指導下に入り、やがて、茂吉没後、平成の世まで生きた文明の指導下に収斂されてゆく。例えば、赤彦門下の鹿児島壽藏や五味保義もそうで、五味は文明とともに戦後アララギの復刊を果し、文明の後を受けて「アララギ」の編集発行人となる。

又、憲吉門下で言えば、大村呉樓や鈴江幸太郎等多くの会員達がその経路を歩む。例えば、昭和十年五月五日の大阪茶臼山雲水寺での憲吉一周忌追悼歌会の他、多くの関西での歌会に文明は茂吉とともに出席、指導し、大村や鈴江の処女歌集の「序」を茂吉が書き、文明自身が「赤彦没し中村先生が帰郷された後、大阪でアララギ歌会を開くにつけて、中村先生も斎藤先生も出席出来ない場合には、私が、大てい出席してゐた。……戦前には一年に一度くらゐは大阪で中村、斎藤両先生も出席して、アララギの歌会としては、東京より寧ろ花々しいやうに見えた」(大村呉樓遺歌集『猪名野以後』「大村呉樓君の思出」)と記している通りの状況であった。

関西に限らず、文明はこの時期、時には茂吉を伴い、頻繁に地方のアララギ歌会等に出席している。例えば、『土屋文明全歌集』の「年譜」によって昭和四年を見れば、二月は仙台、三月には名古屋・大阪、七月には長野中野町、八月下旬から九月上旬にかけては福岡・鹿児島・霧島山丸尾・熊本・大分・中津・高松・倉敷・大阪、そして九月に長野、十月に諏訪等の歌会に出席、その合い間の三月に赤彦四周忌、六月に左千夫十七回忌、九月に子規二十八回忌の歌会に出席している。このように文明は、地方のアララギ会員との交流・指導の場を設け、組織の拡大に努めるとともに、以降長くアララギを支える土壌を培うこととなった。

昭和八年一月の「アララギ」二十五周年記念号は、茂吉の一五〇頁に及ぶ「アララギ二五巻回顧」を巻頭に、中堅層の分担になる各巻概要や創刊以来の作者総索引等八〇四頁に及ぶ大冊となっているが、これも文明の総指揮によるもので、茂吉と文明の合作と言ってよい。

更に文明はこの時期、何回となく茂吉と旅や行動を共にしている。例えば、大正十四年と昭和九年、二人は熊野を旅行している。大正十四年と言えば、文明は信州の教職を追われ、茂吉は青山脳病院の全焼後のことで、ともに苦難の時期だ。この時は、比叡山山上宿院での第二回安居会後、武藤善友を加えた三人で、茂吉が『ともしび』に「熊野越」と題して、

紀伊のくに大雲取《おほくもとり》の峰ごえに一足ごとにわが汗はおつ
山のうへに滴る汗はうつつ世に苦しみ生きむわが額《ひたひ》より

等と詠んでいるように、苦しみながら大雲取を越えている。また昭和九年は、茂吉の家庭内でのかの「精神的負傷」事件のあとで、その傷心の茂吉を誘っての文明の心遣いの熊野への旅であった。文明は後に、この時のことを振り返って、『青南後集』に「熊野中辺路回顧」と題して、

熊野八たび二たび君と共にしき中辺路の山中辺路の川

年おきて行くに花にも逢はざりき汗になやみし君をぞ思ふ
ひとたびは足に苦しみひとたびは心苦しむ君にしたがふ

等と詠んでいる。

ところで、茂吉が大著『柿本人麿』を編むにあたって、都合七回、石見に足を運び踏査したことは茂吉のところで詳述したが、茂吉は昭和十二年に、人麿歿処の地「鴨山」と推定した湯抱の「鴨山」の地を踏査し、この時は文明夫妻を伴った。その時のことを文明は後の四十三年、再び鴨山の地を訪ねた折に、

浮き浮きと声はづませて我が妻の手をさへとりて導きましき　『続々青南集』

と回想して詠んでいる。そして、茂吉が病中、衰弱の身で一字一字心をこめて書いた、かの絶唱「人麿がつひのいのちを終はりたる鴨山をしも此処と定めむ　茂吉」の歌碑を前にして、

石深く終《つひ》の命《いのち》の筆の跡彫《ゑ》りたる上を時雨ながらふ

とも詠んでいる。

その文明、これらの時も含めて都合十回も石見の地を踏み、茂吉の説を最も信頼すると気遣いつつ、最終的には鴨山の地を、人麿の郷里近くの河内の石川の峡谷、大和鴨山、つまり葛城連山の西麓とする説を打ち立てていく。この例もそうだが、文明は茂吉の説や作に触発されて説をたてたり、作をなしたりしている。「写生」説にしても、ここでは簡単に触れるにとどめるが、文

明は茂吉によって歪められた子規の「写生」説を元に戻すとともに、一方では、短歌のあり方として茂吉の「写生」説を取り入れている。歌の面でも茂吉について、鉄幹の門人になって新詩社の人になっていたら、「その天稟《てんぴん》をより以上に発揮して、その一生の業績はより広大によりかがやかしいものであったかも知れない」と述べている通り、文明は茂吉と自らの歌の違いを認識し、そのうえで文明調と言われる即物的、散文的作風を打ち立てていった。しかしこれも、茂吉の昭和四年作「電信隊浄水地女子大学刑務所射撃場塹壕赤羽の鉄橋隅田川品川湾」(『たかはら』「虚空小吟其四」)等に触発されてのこととも言えるのである。

最後にもう一例あげれば、吉田正俊の『淡き靄』の「永平寺にて」一連中の「信なくてただ思ひ出づこの御寺にて争ひましし万葉集の一首」という作は、昭和二年、福井の永平寺で開かれた第四回安居会で、万葉集の一首をめぐって文明と茂吉との間に大激論があったことを回想して詠んだものだ。その経緯について吉村睦人は、「「研究宿題」の発表討論で茂吉は、『万葉集』巻十四東歌中の相聞歌、「霞ゐる富士の山びに我が来なばいづち向きてか妹が嘆かむ」を貶《けな》して、同じ相聞歌中の、「うゑ竹の本さへ動《とよ》み出でて去なばいづし向きてか妹が嘆かむ」を大いに推賞した。前日から喉を痛め隣室で静養していた文明は、襖越しにこれを聞き黙止しておれず飛び出して来て、咽び入り咳き込みながらこれに反論し、ついに声が出なくなってしまったという。この情景は「両先生の此眞摯なる態度に一同醉へるが如く悲壮を極む」(安居会略記)と記録されている」（茂吉記念館だより・十七「斎藤茂吉と土屋文明の歌風」）と解説している。しかし、後藤直二著『茂吉と文明』の中の対談で、「斎藤先生と歌の上で大激論をするというふうなことはございませんでしたか」という後藤の質問に、文明は「なかったね。とにかく僕は名人なんだから（笑）。向うも大名人だしね（笑）」と答えている。

文明は昭和三十八年作「青山南町百首」に、茂吉を回想してこう詠んでいる。

阿《おも》ねると見るらむまでに従ひき生きてるうちから天《てん》飛ぶたましひ
わが心通ぜざることもありつれど顧みて悔いの少き交り
『続青南集』

赤彦以後の戦前戦後のアララギにあって双璧と言われた文明と茂吉だが、文明は、数年年長の茂吉に配慮し、茂吉の文学に深い理解を持ち、天稟に恵まれた茂吉の力を引き出し、二人してアララギ中興時代とも言うべき昭和のアララギを築きあげたと言える。そして、そのアララギは文明によって、困難な戦中・戦後の時代をしのぎきれたし、文明によって、子規や左千夫以降アララギの系譜に繋がる人達の考えが整理・総合化され、完成された。その考えは非常に分かりやすく、その結果、短歌の大衆化が図られ、現代短歌が切り開かれたと言える。ここからはそうした側面について、少し踏み込んで述べていきたい。

三、子規の「写生」説に回帰

まず写生について言えば、子規が短歌創作の手段として、絵画の用語を借用し、単純な実景描写としての「写生」説を唱えたのに対し、茂吉は、左千夫が唱えた短歌の芸術目標としての「吾詩は即我なり」という意味を取り入れ、「写生」は手段でなく「総和であり全体である」として「生を写す」と定義した。そのことによって、「写生」の意味をきわめて不明瞭にしたことは、すでに触れた。文明は、方法論としての子規の単純な「写生」説に回帰し、一方で短歌の在り方として「生活即短歌」「現実主義（リアリズム）」を唱え、短歌の目的（芸術目標）として「歌は生そのもの」であらねばならないとして整理し、説をたてた。つまり、生活や現実を写生し、その結果詠まれた短歌は、作者の生そのものとなっていなければならないと言うのである。こう整理されると、子規の考えも左千夫や茂吉の考えも反映され、そこに文明の考えも加わって、短歌を作る者にとって非常に分かりやすい。

文明は「写生」について、『羊歯の芽』に「写生から出て写生まで」と題して、「善悪も知らない、深浅も知らない。私の短歌の作り方はただ写生するだけなのだ。それも奥底も背景もない写生だ。支える思想も信仰もないただの写生だ。一町の間を一町にするだけの写生だ」と、大変強い調子で書いている。文脈からして、文明が「写生」を短歌を作るための手段と考えていることは明らかで、茂吉の「写生」に対する考えとは違って、子規の「写生」説に回帰したことを宣言したような文である。そこに、『山谷集』の「鶴見臨港鉄道」の自らの作、

枯葦の中に直ちに入り来り汽船は今し速力おとす
船体の振動見えて汽笛鳴らす貨物船は枯葦の原中にして
たくましき大葉ぎしぎし萌えそろふ葦原に石炭殻の道を作れり
二三尺葦原中に枯れ立てる犬蓼の幹《から》にふる春の雨
大連船籍の船名見れば撫順炭積みて来りし事もしるしも

について、「右の五首は、今見ても、そう見当はずれでもなく、当時の実景に即しているのではないか……このことが切っかけになって、いくらか写生に自信が出来たような心持で、進んで写生地を求めたりした」と記している。これは後に触れる文明の主張する現実主義とも相まって、都市の近代的変貌の現実、非人間的世界を即物的、散文的な手法で描写したものだ。

又、『六月風』の「金剛山数日」より、

棗《なつめ》あり花さく青たごの一木《ひとき》あり集《あつま》るは僧《そう》ともただの人とも見ゆ
李《すもも》の木《こ》の下《もと》に安らに枕《まくら》置き筵《むしろ》に人のかへることなし
霧を吐《は》く清きたぎちの石の上《うへ》客を送りて礼《らい》する法師《ほふし》

等十三首の作をあげ、「これが切っかけになって、作歌にいくらか道が開けたようになり、十

九年に中国旅行の時も次々変化に変化してゆく対象にも、気ばらずに向って、何とか一画、一画をとりあげ、それをそのまま一首にすることが出来た」と記している。十九年の中国旅行の時とは、歌集『韮菁集』に詠まれた世界で、

朝《あした》より鋭《するど》きを国の音声《おんじやう》とも壁《かべ》に住む者のこだまともきく

垢づける面にかがやく目の光民族の聡明《そうめい》を少年に見る

澄みきはまり黒ずむまでの天《てん》の下《した》花みな碧《あを》き陰山《いんざん》を越ゆ

箱舟《はこぶね》に袋も豚も投げ入れて落ちたる豚は黄河を泳《およ》ぐ

等、写生によって、中国の広大な風土やたくましい民力を見事に描き出している。文明が写生をこのように定義づけることによって、文明独自の即物的、散文的な手法が生れ、『韮菁集』の諸作が生れ、「生活即短歌」や「現実主義（リアリズム）」の主張に繋がり、その後の私達も歌を作りやすくなったことは忘れてはならない。

子規の「写生」説に回帰した文明は、「現実主義（リアリズム）」をアララギの歌の主張の根幹と位置付け、その「現実主義」のベースに「生活即短歌」を主張していく。この「現実主義」は、子規が「写生」について「実景写生」と言っているように、「現実」から離れたものではなく、子規の「写生」説に回帰する以上当然の帰結であった。又、「現実主義」と「生活即短歌」はセットで論じられており、文明にとっては不即不離の関係にあったと言える。

文明は「現実主義」について、「今後の短歌といふものがどうあるべきかといふことになりますと、それは私は現実主義（realism）といふことに尽きる、それ以外のものはあり得ないと信じてをります」（『新編短歌入門』）と言い切り、現実主義短歌を実践していく。具体的な作をあげる。

代々木野を朝ふむ騎兵の列みれば戦争といふは涙ぐましき　『山谷集』

吾が見るは鶴見埋立地の一隅ながらほしいままなり機械力専制は　同

まをとめのただ素直《すなほ》にて行きにしを因《とら》へられ獄《ごく》に死にき五年《いつとせ》がほどに　『六月風』

白き人間まづ自らが滅びなば蝸牛幾億這ひゆくらむか　『青南集』

旗を立て愚かに道に伏すといふ若くあらば我も或は行かむ　同

一首目は、満州事変の前年の昭和五年の作で、戦争を避けることの出来ない人間の運命を悲しんだ歌だ。二首目は、少し前に触れた「鶴見臨港鉄道」の一首で、近代都市の非人間的世界を詠んだものだ。三首目は、十年作の「某日某学園にて」一連中の一首で、諏訪高女で文明に学び、共産党に入党、治安維持法により投獄され獄死した乙女を悲しむ歌である。四首目は、二十九年の米国のビキニ諸島での水爆実験で被曝した第五福竜丸の事件を詠んだもので、核兵器開発に凌ぎを削っている愚かな人間を詠む。五首目は、三十五年、東大生樺美智子が死亡した六十年安保闘争を詠んだ七十歳の時の作だ。いずれもありのままの現実を見据えて詠んだもので、真実を抉り出すとともに、時には時代に対する怒りや批判となり、時には弱い立場の人達への共感となって、人間土屋文明の真心を歌いあげた作と言える。

文明が子規の「写生」説に回帰し、「現実主義」を標榜することによって、事物を実体に即し無味乾燥に写す文明調と言われる即物的、散文的な手法が生まれた。「鶴見臨港鉄道」の作のみならず、すでに『ふゆくさ』の大正六年作「船河原橋」あたりより始まり、「城東区」「横須賀」「芝浦埠頭」等『山谷集』の昭和八年の作はこの手法によって、都市の近代的変貌の現実、非人間的世界を描写し、文明独自の歌世界を展開したと言える。また、

馬《うま》と驢《ろ》と騾《ら》との別《わかち》を聞き知りて驢来り騾来り馬《ま》来り騾と驢と来る

ただの野も列車止まれば人間《にんげん》あり人間あれば必ず食ふ物を売る

等の『韮菁集』の作も、この手法なしには生れえなかったのである。

次に、「アララギの系譜」における口語調について確認しておこう。

口語調は明治三十二年に子規が岡麓に宛てた「十四日お昼すぎより歌をよみにわたくし内へおいでくだされ」等の手紙歌に始まる。

赤彦は、『歌道小見』で口語体の採用に理解を示し、次のように述べる。

現代人が歌をなすには現代語を用ふべきであるといふ声が、歌人の一部にあり、その中には、全然現代の口語を以て詠み出でようと試みてゐる人々もあります。一応尤もに思はれます。（略）我々の心に生き得る詞であるならば、それが万葉語であらうとも、近代語であらうとも、或は又口語であらうとも……之を我々の感情表出の具に用ふるに何の妨げがありませう。只、現代の口語は頗る蕪雑煩多でありますから、之を歌に用ふるには洗練が要ります。歌は三十一音の短詩形でありますから、一音と雖も疎漫蕪雑に響いたら歌の命を失ひます。それ丈けの用意があつて、口語を用ひることは少しも異論のないことであります。子規に

狩びとの笛とも知らで谷川を鳴き鳴きわたる小男鹿あはれ

うま酒三輪のくだまきあらむよりは茶をのむ友と寝て語らむに

などがあり、左千夫の亡児一周忌の歌に

去年の今日泣きしが如く思ひきり泣かばよけむを胸のすべなさ

といふのがあります。「くだまき」は口語の取り入れであり、「鳴き鳴き」も「思ひきり」も口語的発想であつて、この場合よく生きて居ると思ひます。

又、茂吉も、

絶対に為遂げねばならぬ現実だからしてこの後続部隊あり　『寒雲』

短歌ほろべ短歌ほろべといふ声す明治末期のごとくひびきて　『白き山』

等の口語調の歌を作り、前の作に対して『作歌四十年』で、「言葉が口語調に朴直に出たが、これはこれで幾分新しい点もあり、作者の作歌としては、一型として保存したいと思ってゐる」と言っている。後の作の「ほろべ」は「ほろびよ」となるべきところだが、語感、あるいはより短く強く表現するために口語的にしたものと思われる。

さまざまに世に順《したが》はむ企《くはだ》ても口語二つ三つ使ひ終りとなる　『自流泉』

この作に見られるように、文明は口語使用を前向きに考え、意欲を持っていた。文明の即物的、散文的詠法は口語体になじみ、口語脈の歌は多く、容易にさがし出すことが出来る。

初々しく立ち居するハル子さんに会ひましたよ佐保《さほ》の山べの未亡人寄宿舎　『山下水』

警察電話で宿が分る位文明をえらいと思つてゐた椎屋の間抜け　『青南集』

この小川をわたりと強ふる博士《はかせ》たちに加勢して今日は雨が降つてる　『続青南集』

十津川を我を新車に乗すといふクハバラクハバラ岸が高いよ　同

因幡国府京都に似たりと案内者いふ日本はどこもたいてい似てゐる　『続々青南集』

文明は赤彦の延長線上で、考えをまとめたと思われるが、「口語がだんだん進み洗練されて行けば、これは当然短歌は口語で歌はれる。歌はなければならぬ。また、口語短歌で十分万葉の歌のやうな感じが表現出来る時代が来るのだらうと私は思ふ」（『新編短歌入門』）とまで言っているる。「今の短歌の用語といふものは口語でもなく、文語でもなく、一種異様なもので得体の知れないものだと、悪く取ればさうもいへませうが、また考へ方によつては、一つのさういふ古い言葉も生きてをるし、口語の発想法も入つてをるし、新たに形式されてをる新しい用語といふことが出来るんぢやないか」（同前）とも言い、新旧取り混ぜて、より豊かに表現する道を選んだと言える。

しかし結果的には、子規以来「アララギの系譜」に連なる人達の作では、定型を守った文語体のなかに格調高い歌が多いことは否めない。

それでは文明は、文法についてはどう考えていたのであろうか。昭和十五年作の「ミス潮路幸代をかなしむ」一連中に、

日本語の文法の本をたづね来ぬかまはず歌へと吾答へにき　『少安集』

という作がある。「幸代」は他の作から、日本人の母から生れた二世で、日本に一年いた他は、

米国で生れ、米国に暮らし、歌を投稿してきていた人らしい。そのような境遇の人とは言え、文明にこのような歌があることは見逃せない。そこに文明の文法に対する柔軟な姿勢を感じるからである。

茂吉の歌について、文法逸脱の語法を多用し、一般の感覚を越えたところで魅力的な作をなしたと品田鋭一や大辻隆弘が指摘していることは前述の通りだが、大山敏夫は文明にも文法逸脱があると、「冬雷」平成二十八年四月号等で述べている。昭和四十二年作の二百六十五首について調べたところ、「し」が八十五首三十二%と多用され、内十六首は誤用だというのである。

この問題はすでに太田行藏が指摘し、昭和四十九年四月の東京アララギ歌会で文明に直接質問した際のやりとりを宮地伸一著『歌言葉雑記』が伝えている。

「捨てし」ト「捨てたる」ハ、ドウチガウカオ教エ願イタイ。

両方同様。「捨てし」トイウ行為ニ目ヲ向ケレバ「捨てし」捨テテアル現状ニ目ヲ向ケレバ「捨てたる」デ、目ノ向ケドコロガ違ウダケダ。（と大声）

「し」ト「たる」が同様トハイカガナモノカ。コノ件ハマタウカガウコトニシマス。

マタウカガッタトテ同ジコト。

「し」ト「たる」ニツキ、ナオ研究ヲオ願イシマス。

研究スル必要ナシ！

宮地自身は、「現代の作者には「し」「る」「たる」の区別意識は、あまりない」が、「特に声調上の難がないならば、語法になるべく従うほうがいい」と結論している。

ところで、文明の禁句の一つに「教え子」がある。その見下ろすような態度を嫌ったものだが、それと裏腹に文明語録に「教師と芸の世界。教はるための貪欲を失った人」（太田行藏『人間土屋文明論』）があるという。とすると、少し大胆な推測だが、文明は文法の守護神たる教師をあまり大切に思っていなかったのではなかろうか。現に私がアララギに入会した昭和四十四年当時の選者は吉田正俊、落合京太郎等五人で、関西で文明を支えていた人々も上村孫作、岡田眞等で、いわゆる教師はいなかった。吉田は東京アララギ歌会で、「全体が良くなるのなら文法を無視してもよい。要は感じ方、ものの捉え方が一番大切だ」（拙書『吉田正俊の歌評』）と言って憚らなかった。

短歌では模倣について問題になることがある。もとより盗作などあってはならないが、短い文学で、個人伝授的な短歌の世界では、尊敬する先人の作を学ぶ過程で、意識的、無意識的に類似する作が出来ることは避けられない。そのことについて触れた文明の文が、『新作歌入門』にある。これは、文明の「アララギ」の選歌後記をまとめたものだが、類似についても文明は寛容な態度をとっている。

語句の類同のことは、みじかい短歌では屢々問題になることで、ここでも幾度かとり上げたことがあるが、意識して盗むのはもちろん良くないが、他人の類似句を何も神経質に避けたがる必要もない。作るときの自分の心持に従えばよい。私などは先蹤のあることを、ちゃんと知ってて使うこともある。わけても万葉の句と左千夫先生の句は、なるべくそのまま用いようとしている位だ。

（「アララギ」昭和三十一年五月号）

このように口語体の採用に理解を示し、文法や類似句等にも柔軟な考えを持っていた文明だが、更に定型についても、「短歌には何も特別の約束や作法はない。正しい分りよい日本語で三十一文字にさへ作ればよい。しかもその三十一文字さへ例外、即ち字余り字足らずを許される極めて自由のものである」（『新編短歌入門』）と短歌を定義し、定型外の歌を容認し、自ら定型外の作を多くなした。

小坪の浜の見え来る崎道に幼児はころぶいきほひこみて　『山谷集』

夕日落つる葛西《かさい》の橋に到りつき返り見ぬ靄の中にとどろく東京を　同

ひめうづの早き芽集めつつ思ふ一人《ひとり》ぐらゐは仕合《しあはせ》になる人なきか　『六月風』
はてしなき青き国原《くにはら》四方《よも》を限り城門《じやうもん》あり北京《ぺきん》あり　『韮菁集』
ツチヤクンクウフクと鳴きし山鳩はこぞのこと今はこゑ遠し　『山下水』

文明調と言われる散文的手法で、口語調の作が多い文明の作から字余り字足らずの作をさがすことは容易だ。掲出歌の一首目は「小坪の」が初句で、四首目の結句は「北京《ぺきん》あり」であろう。とすると、ともに字足らずで、とりわけ初句と結句の字足らずは、歌を不安定にするので極力避けて定型に収めたいところだが、文明はお構いなしである。二首目など初句が字余りで、四句目は十一字の極端な字余りだ。また五首目など「ツチヤクン」を初句とすれば、二句目と結句が八字で、四句目が五字と極端な字足らずとなっている。これらは一例に過ぎず、文明が自らの短歌の定義に従って、自在に歌を作っていることが窺い知れる。

尚、蛇足ながら、ここまでにあげた文明の作を、茂吉晩年の『白き山』の絶唱、
彼岸《かのきし》に何をもとむるよひ闇の最上川のうへのひとつ蛍《ほたる》は
最上川逆白波《さかしらなみ》のたつまでにふぶくゆふべとなりにけるかも
等と比較すると、詠み方や声調が画然と違っていることが読みとれると思う。

このように、定型を外してもよい、口語調でもよい、文法も類似句も構わず詠めと言われると、

歌は作りやすくなる。このような文明の柔軟な考え方の下で、現代短歌は大衆に広く開かれたものとなった。更に、「私はなお、数種の新聞、ラジオの選を受持っておる」（『新作歌入門』「アララギ」昭和二十九年一月号）と記しているように、文明は「アララギ」のみならず、二十二、三年頃から読売新聞等の選歌をつとめたこともあって（そのうち読売新聞の選歌評は『読売歌壇秀作選』、西日本新聞の選歌評は『新短歌入門』に収め、後に上梓されている）、現代短歌の短歌人口増大に大きく寄与し、「歌を作る人は昭和の初めにくらべると何十倍、何百倍にもふえているのではないですか」（『読売歌壇秀作選』昭和六十二年十二月刊「短歌八十年」）と文明自身が述べるほどになった。

しかし、文明が短歌の定義のなかで「正しい分りよい日本語で」と断り、

幼子の語調も変り来るといふ如何にか守らむ此の日本語を　『自流泉』

といった作をなし、東京アララギ歌会で晩年、「仮名遣いを軽蔑するような歌を私は相手にしない。仮名遣いをやかましく言うアララギは糞くらえと言う人はどこへでも行けばいい」（拙書『土屋文明の添削』）等と厳しく戒めていたように、文明が、日本語や文法を大切にして歌を作り、指導していたことは忘れてはならない。

この三朝《みあさ》あさなあさなをよそほひし睡蓮《すゐれん》の花今朝《けさ》はひらかず　『ふゆくさ』

道のべに水わき流れえび棲《す》めば心《こころ》は 和《な》ぎて綏遠《すゐゑん》にあり　『韮青集』

といった文明の定型歌を読むと、やはり私などは心安まる思いがする。

四、生活即短歌

次に、短歌の大衆化に最も寄与した文明の「生活即短歌」について述べたい。「短歌の吾々に歴史的にも教へること、また現在でもさうであることは、それが生活の文学であり、生活即文学である」（『新編短歌入門』）と語られている教えである。この考えは、文明の言う「写生」と「現実主義」と不即不離の関係にあり、繰り返しになるが、文明は「今後の短歌といふものがどうあるべきかといふことになりますと、それは私は現実主義（realism）といふことに尽きる」そして、「その現実に直面して、お互同士同じ生活の基盤に立つて……この現実の生活といふものを声に現はさずにをれない少数者がお互に取り交はす叫びの声、さういふもの以外にはあり得ないんぢやないかと思ひます」と説いている。この件には、左千夫の唱えた短歌「叫びの説」をふまえて「お互に取り交はす叫びの声」とまで踏み込んで説かれているが、この「生活即文学」に先立ち、すでに左千夫は新聞「日本」で良寛の歌の本質に触れ、「吾詩は即我なり」とともに「禅師の生活と禅師の心事とありて始めて此の如く自然なる詩章を得べし……詩章の平凡ならざる陳腐ならざる所以のものは、作者の生活即ち歌なるが故なり」(「田安宗武の歌と僧良寛の歌」)と記していた。文明はこの見逃しそうな文より、「生活即ち歌」に着目、それを文明の説く「写生」や「現実主義」とともに短歌のあり方として立てたのであった。

文明は戦前から「アララギ」の選歌や「編集所便」で、病気療養者や戦場の兵士、勤労者らの生活詠を取り上げていたが、昭和二十年、「アララギ」復刊第二号にあたる十月号の「編集所便」で、「作歌は吾々の全生活の表現」と記し、自らも疎開先の川戸で、

出で入りに踏みし胡桃《くるみ》を拾ひ拾ひ十五になりぬ今日の夕かた

春の日に白鬚《しらひげ》光る流氓《りうばう》一人《ひとり》柳の花を前にしやがんでゐる　『山下水』

といった生活詠の真髄とも言える歌を詠んだ。そして、日本語への信頼と生活者の歌という短歌観をベースに、ありのままの人生と生活に立ち向かう短歌を領導した。この生活実感に根づく短歌観は、現代短歌の大衆化に大きな役割を果たし、現代を代表する歌人岡井隆をして、「僕が前衛短歌から受けたものはかなり方法的なもので」残ったものは「「アララギ」で学んだ生活、あるいは事実に立脚したリアリズムしかない」、「「明星」系の人たちも、ロマン主義、それから自然主義だって生活的なものが入っている」と言い、小島ゆかり、栗木京子、高野公彦らの名をあげ、「誰だって基盤にあるのは全部、生活詠ではないのか」(『私の戦後短歌史』)と言わしめたほどで、今もって文明の「生活即短歌」が歌壇の基盤を形成していると言える。

しかし同時に、岡井が「つまらないものも多い」と説くように、残念ながら、現代短歌の生活の歌は、事実をなぞっただけの表層的で軽薄な歌にとどまっているものが多い。アララギの歌も例外ではなく、それこそ晩年の文明が東京アララギ歌会で、「歌はどういうものか知らないのだ。結局、手探りで、いいかげんに作っている」と私達に投げかけた大きな問いではなかったか。そう思えてならないのである。

文明は『新編短歌入門』で、更に突っ込んで、「実際短歌は生活の表現といふのでは私共はもう足りないと思つてゐる。生活そのものであるといふのが短歌の特色であり、吾々の目指してゐる道であるやうに私は感じます」と記している。やや分かりにくいが、「生活の表現」は短歌表現の手段としての「生活」であり、「生活そのもの」は短歌の目的としての「生活」、つまり「生」そのものを指しているものと思う。と言うのは、先に引用した「アララギ」復刊第二号で作歌は「全人的活動」で、「短歌の表現は直ちに作者其人」とも記し、片山貞美編『歌あり人あり』で、「〃いつもこうして歌うんだ〃という、一貫したお考え」をと聞かれて、「それはやっぱし左千夫先生から言われたとおりね、「人間中心」ということでしょうね……「人間を離れないで」ということでしょう」と答えているからである。つまり文明は、左千夫の言う「我詩は即我なり」、茂吉の言う「生写し」としての短歌を短歌の文学・芸術目標と考えていたと思われる。近藤芳美も『鑑賞土屋文明の秀歌』で先程の『新編短歌入門』の一節を引用し、それは「この時期以後ほぼ彼の文学の基底になった考え方にまっすぐにつながる。そうしてそれはそのまま文学が「生き方」であるという基本の考えともなっていくのであろうか。「如何に生きるか」をみずからの裡に問いつづけることばとしての詩歌であり短歌である」と記している。

文明の言う「生活即短歌」は単に生活を詠むだけでなく、「全人的活動」で、「短歌の表現は直ちに作者其人」であるというものであった。そして作歌は、生き方の問題として「如何に生きるか」を問い続けるものでもあった。それゆえ、文明の作は郷里の保渡田を思う作も、東京に出て左千夫宅に寄宿しての作も、赴任した信濃の六年、疎開した川戸の六年、そして戦後帰住して終生を暮した南青山での作等々どれをとっても、仮構のない現実の生活を直視し写生したものであり、人間文明が見事に描き出されている。

『ふゆくさ』から『青南後集以後』に至るどの歌集をとっても、人間文明と文明の生きざまが詠まれているが、太平洋戦争最中に陸軍省報道部臨時嘱託という立場で中国大陸を旅行した折の作をまとめた『韮菁集』においてさえ、そこには「陸軍への駄賃の歌だよ」と言って詠んだ戦争詠がないではないが、そのほとんどは陸軍が期待した戦争プロパガンダの歌とは程遠い、中国大陸の悠久の歴史と広範な地誌、そこに生きる人間の生態を踏まえての中国の広大な風土とたくましい民力を讃えて写生したもの、万葉集の研究や戦地のアララギ会員に接見したもので占められる。世は茂吉以下多くの歌人達が戦争賛歌の歌を詠む状況下、陸軍に派遣されての敵国中国の旅でこのような作をなせるだろうか。そう思うと、そこに文明の強烈な生きざまを見ざるを得ない。

文明はこのような考えのもとに歌を詠むだけでなく、選歌をし、歌評をし、「選歌後記」を書き続けた。例えば昭和二年の「アララギ」の「選歌後記」に、「お互に平凡な生活をくりかえしてゐながら、その中に自分の一つの生活を見出してゆく、小さいながらも自分の生活を作つてゆくといふのが作歌の意味ではあるまいか」と記し、作歌する意味を説いている。

また、ある歌会の席での話として、三宅奈緒子著『アララギ女性歌人十人』の「国分津宜子」に次の話が紹介されている。国分津宜子は、文明に、

　みちのくの君が羊《ひつじ》の編衣《あみごろも》寒き朝々起き出でて著る　『自流泉』

と詠まれ、文明に師事したアララギ会員で、病により手足が不自由なため松葉杖に歩行を頼る状態であった。その国分が、昭和二十五年にキリスト教の信者となり、歌にも信仰にも一途で、その相克に悩むこととなり、そんな時、文明は三十年の歌会の席上、「君、歌か神かどっちか一つにしたまえ」と大声で言い、国分は顔面蒼白になった。病や貧などその境遇に苦しみつつ真摯に作歌する人に共感を寄せる文明の苛烈で一見むごい言葉であるが、歌を作る人は二兎を追うなという文明の信念の下での「愛の鞭」とも言えた。結局、国分は三十四年、歌をやめ、上京して神学校に入学、神の道に生きた。その年、文明は「国分つぎ子」と題して、

　不自由故なほ不自由な人等の為生きむと父母の村を出で来る　『青南集』

等五首の歌を詠んでいる。このように文明の歌会での歌評も、「如何に生きるか」を問うものであった。
文明の人間性や生きざまに触れたついでに、それらを感じさせる歌を少しばかりあげておきたい。

土屋文明を採用せぬは専門なきためまた喧嘩ばやきためとも言ひ居るらし　『六月風』

文明の「荒御魂」とも言える激しい気性や癇癪持ちの性格については、人々の述懐や自作に枚挙にいとまがなく、この側面も文明の魅力を形成している。

己一人のみに足り居れぬ心なら如何なる考方も我うべなはむ　『山下水』

戦争が終わり、大学から疎開先の文明のもとに帰省し、新しい時代の思想に身を投じていくことを語る子に向きあって詠んだ作で、文明の生き方のよくわかる作だ。

まをとめのただ素直《すなほ》にて行きにしを囚《とら》へられ獄《ごく》に死にき五年《いつとせ》がほどに　『六月風』

素直な魂ゆえに世の矛盾に苦しみ、新しい社会を夢見み、思想運動の世界に身を投じ、検挙され獄死した教え子伊藤千代子の死を慟哭し詠んだ作だ。

旗を立て愚かに道に伏すといふ若くあらば我も或は行かむ　『青南集』

後々の安保闘争で、樺美智子の死に寄せてはこう詠んでいる。

その他、若くして病み、療養し、夭折した徳田白楊を励ます歌等、文明の「和御魂」の歌は枚挙にいとまがなく、文明短歌の魅力の一端を形づくっている。

文明は又、短歌に向う態度を、

涙たれ昂《たかぶ》り幾年をよみつぎし吾が結論なりまごころの説は　『少安集』

唯真がつひのよりどころとなる教いのちの限り吾は学ばむ　『山の間の霧』

等と詠んだ。岡井隆が『私の戦後短歌史』で「土屋文明は唯一の清く、短歌の根本を生きてきた人なのではないでしょうか」と触れている背景にはこのような文明の人間性や生きざまがあるのではなかろうか。

「生活即短歌」を論じた「短歌の現在及び将来に就て」（『新編短歌入門』所収）は、戦後の

「第二芸術論」に対抗して語られ、書かれたものであったと先に記したが、そのことについて補足しておきたい。敗戦翌年の昭和二十一年五月、『展望』に臼井吉見が「短歌への決別」を書くや、十一月の『世界』に桑原武夫が「第二芸術」を発表、小田切秀雄や小野十三郎らによって俳句や短歌等の否定論・滅亡論が相次いだ。これを「第二芸術論」と言い、これに対して文明は、戦後もなおこの小詩形に関わって新たに生きていこうと決意し、こう詠んでいる。

垣山《かきやま》にたなびく冬の霞あり我にことばあり何か嘆かむ　『山下水』
吾が言葉にはあらはし難く動く世になほしたづさはる此の小詩形
言葉ありこころの通ふ現実をさきはひとして少《すく》き友等の中
歌作るを生意志《いくじ》なきことと吾も思ふ論じ高ぶる阿房どもの前に
かにかくに論《あげつら》ふともうぬらが母の言葉のひびく国に起き臥す

又、二十六年刊の『自流泉』においても、
歌の会茶番《くわいちやばん》じみゆくも身につまさる短歌軽蔑論《けいべつろん》より直接《ちよくせつ》にして
と詠み、歌人集団を批判する一方、第二芸術論に対峙し論を立てた。それが「短歌の現在及び将来に就て」で、例えば、短歌は同好の士だけで特殊世界を作り、誰にも安易に歌が作れるという攻撃に対し、文明は受用者即製作者という短歌の方式は「原始的な素朴なものではありますが、同時に非常に根強いものであり、或は場合によつては商業主義文学といふものの、さらに先を行つてをる一つの姿だ」と述べた。又、短歌は現代生活を表現する文学でないという批判に対しても、短歌は「常に、生活表現の文学として歩んで来てをる。或は生活表現といふよりも、もつと進んで、生活の一面とさへ進んで来てをる」と断言している。そして子細に見ていけば、一つ一つの批判に丁寧に応え、短歌のあるべき将来像、つまり「生活即短歌」を示しつつ、短歌は、滅びないばかりか「如何なる社会機構の中でも存在し続ける」と言い切っている。

ここで連作についても確認しておきたい。左千夫が「連作は写実の上に非常な力あるものである、連作でなければ少しく複雑な詩境を歌で写し出すことは出来ない」(「歌譚抄」)として、子規の考えを整理し、論をたてた連作は、茂吉らによって忠実に実践された。そしてそれは、文明によって結実した。例えば四十二年刊の『続青南集』は、

四度来て滝のしぶきに濡れて立つ共に見て亡き在るも伴はず

神の馬面《つら》ながく時雨るる夕べ哉熊野五日に別れむとする

の「那智」、「三輪崎、新宮」と題する作を巻頭、巻末にすえた「熊野」百二十三首の連作で始まる。更に「やまとの国」に至っては、百三十二首の大作で、巻頭、巻末に関西の常宿先で、旅を共にしてくれた上村孫作を詠んだ作を据え、「明日香」「吉野」と言った小さな連作で括りつつ

万葉集踏査の旅を詠んだ圧巻である。これらは「短歌研究」等総合誌の求めに応じてなした作で、以下「みちのく六篇」百三十首、「能登奈良越中」百二十三首、「続西南雑詠」百二十三首等連作の大作が続く。

又、『韮菁集』についてはすでに随所で触れたが、昭和十九年、陸軍省報道部の嘱託として戦時下の中国各地を取材旅行して詠んだ作のみをもって編んだ歌集で、歌集そのものが連作と言ってよい。歌集（戦後版）は、

　方《はう》を劃《くわく》す黄なる甍《いらか》の幾百《いくひやく》ぞ一団《いちだん》の釉《うはぐすり》熔《と》けて沸《た》ぎらむとす

という「北京雑詠」の連作で始まり、

　北京城はなにに故人《こじん》にあらなくに涙にじみて吾は近づく

等、「続北京雑詠」の連作で終る五四八首からなる。その構成もさることながら、漢語や破調を多用、時には大胆な比喩も駆使し、次々に遭遇する中国の景物や人の生活を賛美し、心を凝らして写生したもので、時局の民族の偏見を超え、心打つ見事な連作となっている。

続く『山下水』には、「川戸雑詠」と題する一連が「一」から「十二」まであり、その次の『自流泉』にも「続川戸雑詠」と題する一連が「一」から「十一」「終」まであり、これらは歌集を跨って詠まれた連作と言える。文明はこの連作を通じて疎開先での生活を詠み、「生活即短歌」を実践したのである。

このように子規以来の連作は、文明によって百首を超える大作となり、ある時は一冊の歌集が連作となり、又ある時は歌集を跨って連作がなされ、完成をみた。ある意味では、『土屋文明全歌集』が人間文明を描いた壮大な連作と言えなくもない。

五、万葉集

ところで、宮地伸一は、文明と万葉集についてこう述べている。

文明にとって万葉集は生きた古典であり、歌人としての生涯は、万葉と共に生きぬいたと言えるのである。その『万葉集年表』（昭七）や『万葉集小径』（昭十六）、『旅人と憶良』（昭十七）、『万葉集私見』（昭十八）、『万葉紀行』（昭十八）、『続万葉紀行（昭二十一）等は、すべて『万葉集私注』（昭二十四〜三十一）のための基礎作業であり、『万葉集私注』こそは、文明のライフワークであり、絶えず補訂を繰り返し新訂版（昭五十一〜五十二）、新装版（昭五十七〜五十八）と三度刊行された。（土屋文明記念文学館編『歌人　土屋文明』「四　万葉散策」）

そして、文明は「まず歌人であったが、同時に万葉学者であり……あくまで実作者の眼を以て」『万葉集私注』全二十巻を書き上げたとしている。

百の人等いかに説くとも此のわが眼は肯ふなし契沖三輪が崎説　『続青南集』

万葉学者を批判して詠んだ文明の作だが、その他にも「古をまどはす賢者」「学者ども」「博士たち」等々万葉学者を鋭く批判した作は枚挙にいとまがない。現場を踏み、用語や文字、地理や歴史、植物等々すさまじい執念で調べ上げ、歌を作る視点と渾然一体となって、随所に従来の学説への批判の矢を放っている。例えば長田王の作、「隼人《はやひと》の薩摩《さつま》の瀬戸を雲居なす遠くも吾は今日見つるかも」（巻三―二四八）について、瀬戸を遠望したと解する学者の説に対し、文明は実地踏査にもとづき、『万葉集私注』の「補正続稿」に「「遠くも吾は今日見つるかも」は、必ず今朝のあの巨巌急潮の黒ノ瀬戸に立つて始めて肺腑をついて出る詠嘆と見ねばならぬ。オザナリ訓話注釈者の何十人が何と言はうとも……私の今日の足と眼と、否々全身体の経験が如是に私を教へ導く」と記し、

雲居なす遠く来りて今ぞ見る見ざる賢しき人を肯はず

本を読み物識り顔の彼等彼等ないがしろに差し来る潮に立つ　『続々青南集』

等と詠んでいる。

文明は万葉学者のみならず、茂吉の説も疑問視し、別の説を立てている。茂吉が大著『柿本人

麿』を編むに当って都合七回石見の地を踏査し、人麿の歿処と目される鴨山を湯抱鴨山と比定したことは、茂吉のところで詳述したが、文明も、茂吉を上回る十回も石見の地に足を運び、茂吉の説を最も信頼すると気を使いながら、葛城山の麓に鴨のつく神社が点在し、西麓を石川が流れていることに着目し、その地を度々尋ね、茂吉とは別の説を展開していく。結果、文明は石川は河内の石川、依羅娘子の住居地は河内の依羅とし、鴨山の地を河内の石川の峡谷、大和鴨山、葛城連山の西麓とする説を打ち立てた。

若し人麿の大和に於ける居住地なり、出生地なりが、柿之本付近にあつたとするならば、人麿は生前に大和の鴨山、即ち鴨山口神社のあるあたりを登山口とする、あの背後の葛城二上連峯一体に渡る高嶺のいづれかに当る山に、親しみを持つて居たのではあるまいかと考へるやうになつた。人麿が石見国にあり臨死の時「鴨山の若根しまける吾」と歌つた時、此の大和の鴨山の記憶なり、影像なりが、彼の心中を去来しなかつたらうかと考へるやうになつた。

『万葉紀行』「大和鴨山」

そして『自流泉』の昭和二十二年作「河内石川遊行」に、

峡《かひ》とほく習太《ならひた》の杜《もり》求めゆききき鴨山《かもやま》に寄するなげきみるべく

鴨山を再び目の前に見るいまを天《あめ》の時雨《しぐれ》は山にまつはる

等と詠む。

ちなみに、文明の紀行文『万葉紀行』『続万葉紀行』の関西の多くの旅は上村孫作宅に逗留し、上村が随い、文献調査の面では、古書の蒐集、愛蔵家でもあった岡田眞が助けた。

『万葉集私注』とともに文明の特筆すべき業績は、『万葉集年表』だ。これは万葉集中の長歌、短歌、旋頭歌すべてについて製作の前後により配列したもので、特に「歌の理解に関係ありと思はるるは太陽暦（グレゴリオ壓）の月日を並記」（凡例）した点に特色がある。文明はその「序」に、「厳密に言へば、万葉集編集当時すでに未詳に属した製作の年月等を、今日より推断することは全く無謀事であり、不可能事であること論を俟たない」が、「出来得るなら、万葉集作者の相互に交渉影響した迹をたづねて」「実際作歌者としての参考に資せんとする」ために編んだと記し、片山貞美編『歌あり人あり―土屋文明座談』で、「『万葉集』の新しい取り扱いで、旧暦を新暦に直したっていうのは、ぼくの年表がはじめだよ」「『万葉集』の年月日に太陽暦の対照を入れたというのは、ありゃあ、ほめてもらっていいことだな」と述べている。

そして『万葉名歌』の歌も、万葉集の巻々の抜粋ではなく、年代順に配列しており、「単に文学史的の興味ばかりでなしに、もっと広いこの時代の精神史に何か役立つのではないかと思われる。第一このやり方で万葉集の作者がお互に影響し合いながら成長していった筋道の、ごくあらましは、分るのではないかと思う」（「序」）と記している。まさに実作者ならではなし得た仕事と言えよう。

他に、アララギ歌人の万葉観について文明の見方を窺い知れる資料がある。それは昭和三十五年の万葉学会における講演で、『万葉集入門』に「子規及びその後継者たちの万葉観」としてまとめられている。それによると、子規の考え方は「万葉復古」とか「万葉精神」の宣揚とかではなく、短歌革新を行うに当って、実作者として「色々の歌集や、人々の作品を見ていくうちに、どうも万葉集の歌が一番面白いようだ」と考え、「万葉の言葉の巧妙なること、万葉の調子の自由なることを製作の参考にするというのであった」と述べている。万葉集も写生論同様、子規にとっては短歌革新の手段だったのだ。

そして「長塚節のやり方は、子規のやり方をそのまま受けついだ」として、歌風も万葉の取り扱いも「子規のやり方を忠実に受けついで、その上で自分の考えをいくらかずつ述べようとして」いるとした。

この二人に対して「西洋無知」で「前近代的」な「左千夫は、万葉集の本質にふれて議論をしようとして」いるとし、「例えば、万葉集の作風を理想派と写実派とに分けて考え……柿本人磨を理想派の代表者とし、それに対して、憶良・家持を写実派の代表として論じて」おり、「これは、子規の技巧論だけではなく、万葉の本質論へ進んでいったためと見てよいと思います。また同時に文学の根本を万葉に求めようとしたと考えられます」と整理しつつ、「左千夫の文学論はそれゆえ、万葉崇拝論のような傾向を帯びて来た」と述べている。

次に赤彦については、「見方によると左千夫よりも、もっと深入りをし……万葉集を歌のお釈迦様というふうに考え……文学の究極を万葉に求め」たとしている。そこで思い出すのが、茂吉が『短歌入門』で、赤彦の「高槻のこずゑにありて頬白のさへづる春となりにけるかも」が万葉集巻八の志貴皇子の「石走る垂水のうへのさわらびの萌えいづる春になりにけるかも」の「本歌取り」をしていることに触れ、「赤彦君は万葉集を尊敬するあまり、ついにその語句そのままを取るまでにな」ったと記している件りである。文明もまた、赤彦の「土肥の海こぎいでて見れば白雲を天にかけたり富士の高嶺は」等を「意識して万葉を模」した例として取り上げている。

更に茂吉については、「子規の当初の目標、つまり西洋文学の考えによって、歌も作ろうという考えに、立ち戻」り、「赤彦のように意識して万葉を模すということ」はなく、枕詞等の「万葉ことばを道具として使」い、万葉調と呼ばれる調べを歌に生かした。そして子規の万葉観に引き返し、「子規の時代に、ほとんど意識されなかった、近代化ということまで加え……子規の考えた時よりは、はるかに高い度合いで、子規の当初の念願をなしとげた」と高く評価している。文明が万葉集を手段として考えていたことは言うまでもない。その上で、「これらの人達の万葉集に対する考え方は、いつも製作とこんがらがっているから、非常に不合理なところもあります。

色々ありますが、一つ言えることは、いつも万葉集に対する強い執着、あるいは愛着をもっているということではないかと思います」とまとめている。

ところで、左千夫は写実派に位置付けた憶良・赤人を評価し、その写実的趣味を受け継ぐことを宣言、根岸派の意向を明らかにしたが、赤彦は、人麿は「雄渾な性格に徹し」、赤人は「沈潜した静粛な性格に徹し」、ともに「人生の寂寥所に入って居」るとして二人を激賞した。茂吉が人麿に傾倒していたことはすでに詳しく触れた。このようにそれぞれにそれぞれの短歌観とも関わって興味深いが、文明は万葉歌人をどう評価していたのか、前掲の『万葉集入門』によって整理しておきたい。

まずは人麿について、「万葉集第一の作者」で、その歌は「いわゆる主観と客観の融合のうまく行っている、完備した作風」で「音調の高く喨々《りょうりょう》たるものが多い」と絶賛している。そして人麿は、記紀時代からの伝統に、「個人の生活に根ざして歌うという、新しい作歌態度」を加え、その作には「写実的な表現が広く存在して」いる等と自説の生活即短歌、現実主義の観点から高く評価している。そして、「人麿後の万葉集は皆人麿の模倣と見ても過言でない」と記している。

次に憶良については、「大陸文化模倣の時代に順応した常識的な、平凡人」と説き、「多くの作品は、万葉集中では思想的傾向の多いものであるが」、「貧窮問答歌」など「憶良が庶民生活に深い関心と同情を持っていた」ことを明かすもので、「憶良の作品も一つの時代感覚、時代感動を表現しているもの、その意味で生活に根ざしている作品ということができよう」として、これまた自説に結びつけて高く評価している。

又、旅人は「外国文化の影響も受け、新しい生活感覚を以て自らの生活を歌った、万葉集中でも特色ある作者」であって、「常に生活に根ざしている作風」で「人生の深いところに根ざしておる、捨てがたい歌が多」く、「人麿ではむしろ様式化された詠嘆が、旅人では、ずっと現実的なものとなり、人間への親近さとなって現われている」とし、「個人の生活感情を率直に表現した」点で「近代人に通ずるような、個人生活の詠嘆が色濃く出」ているとこれも高く評価している。

一方、家持については、「凡作に次ぐに凡作をもってし、模倣に次ぐに模倣をもってするという有様」と厳しい評価をしながら、「数多い作の中には、旅人や憶良に見ることのできなかったような、内心の微細な動きを表現し得た佳作もないではない」とし、「春の野に霞たなびきうらがなしこの夕かげにうぐひす鳴くも」（巻十九―四二九〇）「うらうらに照れる春日にひばりあがりこころ悲しもひとりし思へば」（同四二九二）等の作の良さは見逃していない。

そして、東歌等の民謡に多くの頁を割き、「民衆の生活、その生活を歌った歌の中で、第一にわたしどもの心が惹かれるのは働く歌、働く人の歌、労働の歌ということになると思います。この万葉集で見られる歌の中には労働の歌、働く人の歌、あるいは働くときの歌というようなもののが相当の数ある」とし、万葉集の東歌等民謡の生活詠、労働詠から新しい短歌の行き方、つまり文明の作歌上の生活即短歌論が導き出されたことを示唆している。

以上、万葉集の作家論を見ても、文明の短歌のあり方、つまり写生主義、現実主義、生活即短歌の観点から評価し、万葉集を自己の作歌の手段として繙いて、評価していることが分かる。平安時代等の作品について、「作者の生活と作品はへだたりを持ち、作品は生活から遊離してしまうという場合が多いのである。のみならず、歌を作ろうがために、生活の方まで強いて歌に近づけたように見せかける場合すら出て来るのである。そうした傾向は、やがて日本における歌の滅亡ということをもち来したのである。そういう点でもこの万葉集の本質を見ることを忘れてはならない」と触れていることからも、文明の立場は明瞭に立ちあがってくる。

六、戦後の再起

ところで、アララギの系譜において、アララギ存続の危機は何回となくあった。例えば、左千夫晩年の明治四十四年の後半からのアララギの内紛である。これは古い体質をもった先生たる左千夫と、西洋の近代小説の影響を受けてさまざまな新しい試みを行っていく弟子の茂吉や赤彦、文明ら若手との間で生じた作歌上の対立で、先生を先生とも思わないような論争を展開、大喧嘩となったものだ。この時、アララギの編集をしていた茂吉は編集に嫌気がさし、「アララギは本月限り廃刊しようとの議も有之候へき」（「アララギ」大正元年九月号「編輯所便」）と記しているように、この九月号でアララギを廃刊にしようとさえ思っていたが、周囲から説得され、思い直した結果、廃刊の危機を脱し、翌二年の左千夫の急死をバネとして結束、アララギが飛躍的な発展を遂げた経緯がある。

しかし、これはアララギに限ったことではないが、何と言っても太平洋戦争は、紙等の物資や印刷所等の不足をもたらし、日本全土が空襲により灰燼に帰す中、編集を支える主要な同人達が疎開を余儀なくされ、廃刊ないし休刊やむなきに至った。そして敗戦後、アララギの再起は文明の手に委ねられ、文明の手腕によって見事に復興してゆく。以下にその経緯をたどっておきたい。戦時下そして戦後、慢性的な紙不足や空襲で印刷所が減り、文明はその調達や確保に奔走することになる。

西近江人知らぬ町にアララギの袋の紙ありと遠く告げこし　『続々青南集』
紙買ふと息長川の朝霧にともに行きにし日を忘れめや　同
仙台の笹気印刷所も焼け亡せぬ待ちしにもあらず待たざりしにもあらず　『山下水』

前二首は、滋賀県の安曇川の添田紙店にアララギの紙袋を求めて訪ねた時を回想しての作である。三首目は昭和二十年七月の作で、アララギ会員・度会浩が仙台の笹気印刷所と親戚で、「アララギ」と『万葉集私注』の印刷、出版を依頼したところ引き受けてもらったが、その後印刷所が罹災し、実現不能となったことを詠んでいる。このように文明は、戦前戦後の紙不足や印刷所を求めて腐心し、遠くにまで出かけ、手を回していたことが分かる。なお、加えて記せば、終戦も近い二十年六月、川戸に疎開してきた文明を訪ねた仙台の扇畑忠雄は、文明からアララギ会員名簿（原本は東京空襲で焼失し副本）を仙台で保管して欲しいと頼まれ、持ち帰って、教鞭をとる二高の生徒三名に書き写させたところ、仙台も被災、生徒らがその写しを持ち出して難を免れ、会員名簿が残ったという経緯がある。これら仙台のことは扇畑邸を訪ねた時、氏から直接お聞きした。

このような文明らの努力も空しく、やがて雑誌用紙も配給制度の下におかれ、昭和十八年から十九年にかけ、歌壇の諸結社・雑誌は統合・整理され、アララギはポトナムと統合、歌誌は十数誌にしぼられてしまった。その後、用紙の配当は激減、発行所や印刷所も罹災し、主だった歌人達も地方に疎開、歌人達も歌どころでなく、歌誌は休刊を余儀なくされた。アララギも例外でなく、十九年十二月号をもって自然休刊となり、翌年八月十五日終戦を迎えることになる。

終戦後間もなく、川戸に疎開中の文明と五味保義が青山脳病院の焼跡で対面し、以後その自宅を発行所とし、編集上の実務を担当することになるが、「九月十九日、旧発行所跡で土屋先生と御一緒になり、蜜柑箱を机として九月号の仕事を始めたとき不覚の泪を禁じ得なかつた。恰も正岡子規の命日にあたつてゐた」(「アララギ」二十年十二月号「再刊アララギ」)と五味が記している通り、休刊となっていたアララギは、終戦後二カ月を経ぬ十月初め、十六頁の九月号として再刊され、その後、八頁の十月号等発行を重ねた。その経緯は、二十年十月九日付の文明より茂吉宛の書簡で「一、九月号十月号は五味佐藤両君の努力により出版会より紙の配給を受け、印刷所は目黒書店の好意にて現に印刷進行中　十六頁及び八頁　二、十一、十二、一月号は鹿児島秋山棚澤諸君の世話にて熊谷市所在の印刷所と契約成立。各三十二頁、一月号は六十四頁ともなすこと可能……」(『土屋文明書簡集』)等と詳細に報告されている。そして、二十一年一月号からは一般のアララギ会員の作品が文明選の下に掲載され、発行された。

杉浦明平が「戦前わたしがアララギに入会したころ、編集者は土屋文明だったが、選者は、岡麓、斎藤茂吉、中村憲吉、土屋文明、竹尾忠吉、高田浪吉、森山汀川、結城哀草果という顔ぶれで、中村憲吉が病気でやめた他は、戦争末期までほぼ不変」であり、「アララギの選歌欄で、文明選歌を希望する人は最も多かったし、ずっと増加しつづけた」(土屋文明著『新作歌入門』「解説」)と回想している選歌欄は、戦後一変し、戦前のような選者別の欄は設けられず、文明選歌欄だけとなった。そして、一般会員はハガキで五首(後に三首)投稿した。

敗戦後の世相は悲劇的であったにもかかわらず、文明選歌のライト・モティフは、短調を織りこみながらも、生きえたよろこび、わずらわしい日常生活の襞から汲みだされた小さな生きる発見と、かすかなよき明日への期待であった。そして憤りをまともにはきだす自由もまた、ないではなかった。（略）五首の中から一首選びだされるのだが、よほどのことがなければ、二首以上はめずらしく、毎月百名前後が一首も不採用ということになっていた。仙花紙にほとんど一首ずつ千名近い人々の歌が並べられた文明選歌には、まさに戦後が呼吸していた。

杉浦明平著『明平、歌と人に逢う』

この文明選歌欄は、文明の入院によって休止される三十七年二月号まで十数年にわたって「アララギ」の主要ページを占め、真価を発揮した。

文明選歌は『昭和萬葉集』の成立にも大きく寄与したが、その編纂を担当した菅野匡夫はこう述べている。

戦前から戦後にかけて長い間、短歌雑誌「アララギ」の選歌欄を担当し、みずから「選歌熟練工」と称した歌人の土屋文明氏である。一首採られたら、赤飯を炊いて祝ったと言われるほどの厳選に多くの文学少年や文学青年が挑戦・投稿し、そのことが短歌人口の拡大、短歌のレベルアップにどれだけ貢献したことか。

土屋氏は、単にいい歌を選ぶのではない。その人でなくては詠えない状況を歌にすること、その人らしい個性的な視点で詠うことの大切さを、選歌や大胆な添削を通して暗黙のうちに悟らせることで、一人一人を長期間にわたり指導しつづけた。

真珠湾攻撃を詠った佐藤完一氏（筆者注・「時来なば戦死と決めし我が部署は水準線下二・八米《メートル》」の作者）をはじめとして、本書に登場する『アララギ』歌人の多くは『文明選歌欄』なくしては存在しえなかったと思う。

『短歌で読む昭和感情史――日本人は戦争をどう生きたのか』「あとがき」

文明選歌について杉浦も、「その「選歌全集」ともなれば、敗戦まででも、何万首、今日まで選び採った歌の数ともなれば、何十万首に達するか計算のしようもない」（前掲「解説」）と記しているほどで、選歌そのものがいわば文明文学の一翼をなし、文明自身もその全集を編む話が出た時、みずからの選歌も入れないと全集にならないと主張したため、全集の企画が流れたという話すらあるほどである。

一方、東京に帰住した二十七年から文明は、概ね落選歌について歌評した「選歌後記」を連載していく。それらは、文明の短歌観にもとづき率直痛烈に書かれたもので、「アララギ」三十四年八月号まで続いたが、前掲の『新作歌入門』として一冊の本にまとめられ、文明文学の一端がここにあると言ってよい。その「選歌後記」について文明は、「歌を全部載せられないもんですからね、それで「選歌後記」を書いたんですよ」（片山貞美編『歌あり人あり』）と座談で答えている。つまり、戦後長く続く慢性的な紙不足の対策として「文明選歌欄」も「選歌後記」も生れた経緯があったが、結果として、アララギが文明の文学観によって統一されたということも意味した。

文明の「選歌後記」には、「実際の経験に立って、実際の感動を歌うという外ない」「作者の生活というものが、時々刻々に進歩して行かなければ駄目だ」「事実に即して具体的に」「意味が通ずるか通じないか位は考えて見給え」「味もそっけもない歌い方」「ただのお話」「歌らしく整えたのが失敗」「新聞記事で分る程度のことは、わざわざ歌に作っても、互に時間をつぶす無駄にすぎない」等々、文明の思うところを率直に記し、説いており、今読んでも新鮮である。しかし、よほどのことがなければ二首以上はなく、毎月百名前後が一首も採られないという文明の選歌は大変手厳しく、文句や不平不満を言ってくる人もいたのであろう、

選者やめぬならと責め来るに返しやる何をぬかすかこの馬鹿野郎　『続青南集』

等と詠んでいる。しかし、

世におくれ世に不仕合の声ごゑか我がいくつかの選歌欄　『青南集』

とも詠み、そのような「声ごゑ」を、文明の短歌観にもとづいて、拾っていったのであろう。

ところで、戦後の慢性的な紙不足と出版事情は実に深刻で、文明は復刊「アララギ」第一号に「地方アララギ会の組織」の結成を呼び掛け、物心両面において疲弊し切っていた戦後、地方文化の振興に尽くすべきだと説き、第二号の十月号に、全国を十四の地区に分けてそれぞれ十四人の連絡先を指定した。これがアララギ地方誌の結成につながり、二十一年、樋口賢治を代表に北海道アララギ会「羊蹄」、扇畑忠雄を代表に東北アララギ会「群山」、森山汀川を代表に信州アララギ会「ヒムロ」、鹿児島壽藏を代表に関東アララギ会「新泉」、大村呉樓を代表に関西アララギ会「高槻」、更に群馬アララギ会「ケノクニ」、新潟アララギ会「新雪」、北陸アララギ会「柊」、静岡の「静岡アララギ会報」、名古屋の「東海アララギ会報」等々が結成・創刊（又は再刊）された。これによって、別途出詠の場を得た会員の不平不満は多少なりとも緩和された。しかし、一方でその後、関西の「高槻」が「関西アララギ」と改称、その後、大村の「関西アララギ」、鈴江幸太郎の「林泉」、高安国世の「塔」、上村孫作らの「佐紀」等に分派、「佐紀」終刊後に中島榮一が「放水路」を創刊するなど、複雑な動きも起こった。また文明は、アララギ地方会員のため、要請があれば各地を回って指導するとし、交通不便の折柄にもかかわらず、選歌原稿を携えつつ全国各地の歌会に出かけ、地方の会員と交流し、強烈に指導していった。このようにして文明は、組織の拡大に努め、アララギを支える土壌を培った。

一方、主要同人達が、独立して新しく結社・雑誌を持つ動きも起こった。戦時最中の二十年五月、佐藤佐太郎を中心に創刊された「歩道」は、二十三年六月に更新第一号を発行、佐太郎はこの再出発にあたって純粋短歌論を連載した。他に鹿児島壽藏の「潮汐」、山口茂吉の「アザミ」、高田浪吉の「川波」、結城哀草果の「山塊」(後に「赤光」)等次々に続き、二十六年には近藤芳美が「未来」を創刊、近藤の活躍と相俟って、戦後の有力誌として成長していった。また高安国世も二十九年に前述の通り「関西アララギ」から分派・独立、東の「未来」と対照的に西の若手を結集して「塔」を創刊した。これらはそれぞれ事情は異なるが、杉浦明平が「アララギ＝土屋文明に敵対的に分裂したというよりも、蜜蜂における分封のような形をとって、一定の成長点に達した歌人が若手の群とともに古い巣箱から飛び立った」(土屋文明著『新作歌入門』「解説」)と記す通りであっただろう。例えば、「未来」創刊の経緯について細川謙三は、「当時在京のアララギの若手は「芽」というグループ誌をつくっていたが……私は近藤芳美を中心にしてアララギの若手を糾合しようと……その事情を五味保義氏にご報告したところ、大変機嫌よく「若い人たちが勉強のため集まることは大変よいことだ。ただ、皆アララギを離れないことを約束してくれ」と言われたことが忘れられない」(『近藤芳美集　第六巻』月報2「「未来」創刊前後のこと」)と回想している。

このように、「アララギ」の地方誌や独立誌が多数生れ、その多くは現在も継続しており、戦後の新しい有力雑誌として成長していき、文明の影響を受けたアララギリアリズムの歌風は歌壇の主力をなすに至った。しかし、五味が細川に釘をさしたこととは裏腹に、地方誌や独立誌に拠った歌人らが、その後も出詠し続けて意を尽くした鹿児島らを例外として、「アララギ」に出詠しなくなり、新たに加入してくる人達もアララギに加入することが減ってゆき、月日の経過とともに、アララギそのものの組織拡大等に繋がらなくなっていった。

一時は自然休刊を余儀なくされたアララギだったが、以上のような文明の努力と施策で見事に再刊し、軌道に乗り、文明の短歌観はアララギを核として全国に浸透し、現代短歌に引き継がれていったのである。

七、性格の二面性

文明に「荒御魂」と「和御魂」の両面の性格が備わっていたことはすでに触れた。万葉学者達と激しく対峙し、独自の説を打ち立てたのも、戦後の「第二芸術論」に対峙しつつ「生活即短歌」の説をたて、現代短歌を力強く牽引したのも、この「荒御魂」の精神あってのことであった。私が出席していた文明晩年のアララギ夏期歌会に「土屋先生にものを聞く会」という時間が設けられたが、文明の心の琴線に触れる質問が出ると烈火のごとく怒り、又、月々の東京アララギ歌会でもその激しい気性を折にふれ見せた。

一方、体の不自由な国分津宜子や若く病み夭折した徳田白楊等の弱い立場の人や、新しい社会を夢見て、思想運動に身を投じ獄死した教え子の伊藤千代子や安保闘争に参加して亡くなった樺美智子らに寄せる文明の「和御魂」の一面も枚挙に暇がなかった。歌集の序歌や序文も、文明は故人か病気の人等弱い立場の人にしか書かなかったし、東京アララギ歌会でも添削後に「これでいいかい」と作者に声をかけ、念を押していた。

また、文明には植物詠が実に多いこともここで改めて指摘しておきたい。

この三朝《みあさ》あさなあさなをよそほひし睡蓮《すゐれん》の花今朝《けさ》はひらかず　『ふゆくさ』

朝よひに真清水《ましみづ》に採《つ》み山に採み養ふ命《いのち》は来む時のため　『山下水』

宿毛より越えゆきし伊予の柏崎アコウあり我がミツナカシハの説の如くに　『青南後集』

飛燕草《ひえんさう》碧きを活けて一時のゆるみもなしに隧道《つゐだう》を守る　『韮菁集』

空襲に焼けたる楠のひこばえの蔭になるまで住みつきにけり　『続青南集』

文明の歌作は、一首目の睡蓮の花の歌から始まり、疎開先の川戸では泉の葶藶を採って食べ、山の畑で畑作をなして食い凌いだ。また、万葉集踏査の旅では多くの植物を探査し、中国大陸等の旅先でも多くの植物に目をとめ詠んでいる。そして、南青山の自宅でも庭に多くの植物を育てた。

早く萌え早く枯るる貝母《ばいも》雪ノ小鈴年々にして年々かなしむ　『青南後集』

「雪ノ小鈴」はスノードロップのことで、文明が「一つおぼえのドイツ語から……直訳し」（前掲『歌あり人あり』）名付けたものである。このような文明の植物詠だけを取り上げた須永義夫著『土屋文明の植物歌』や、猪股静彌著・大貫茂写真『写真で見る土屋文明草木歌』も上梓されているほどだが、それにしても、文明が植物に向ける目は何とやさしいことか。文明に植物詠が多いのは、農村に育ち、幼いときから草花に囲まれて育ったことや、四千五百首の約二千首に百七十種類もの植物が詠まれている万葉集の研究家でもあったことなどにもよろうが、なにより文明がやさしい「和御魂」の心をもっていたことによろう。このような「和御魂」の一面があってこそ、アララギ会員は厳しい文明選歌にも耐え、戦中戦後の困難な時代を乗り切れたと言える。

その「荒御魂」「和御魂」を備えもった文明の性格はどこで形成されたのであろうか。それは文明自身の回想記『羊歯の芽』や歌集『ふゆくさ』「巻末雑記」に詳しいが、その生い立ちに由来しているのではなかろうか。

伯父の背に甘えし記憶にはじまりてただ人々の助けに生きぬ　『青南後集以後』

文明は幼年時代に一時両親の手元を離れ、売り払われた家を再建したほど気丈な祖母に可愛がられつつ、伯母福島ノブ（父の姉）・周治郎夫妻のもとで育てられた。そこは暖かい人間性に充ちた家庭で、文明は実子同様に溺愛されて育ち、この生いたちが文明の「和御魂」の心を育んだことは想像に難くない。

家うちに物なげうちていら立ちつつ父を思ひ遺伝《ゐでん》といふことを思ふ　『往還集』
三代《みよ》に消えぬつみある家に来りつつ吾を生みたる母をぞ思ふ　『山谷集』
意地悪《いぢわる》と卑下《ひげ》をこの母に遺伝《ゐでん》して一族《いちぞく》ひそかに拾ひあへるかも　『少安集』
大阪に丁稚《でっち》たるべく定《さだ》められし其の日の如く淋しき今日かな　『自流泉』

文明の生れた家は、小作農程度の貧しく重苦しい農家で、祖父は博奕に身を持ち崩し、獄死し、父は生糸仲買人や石炭事業に手を出し失敗、生家を売り払い、没落し上京した。母は母で「意地悪と卑下」の性格を併せ持ち、それら父母に遺伝し、罪のある家に生れたことに苛まれた文明に、「荒御魂」の精神が育まれたと言えよう。

このような文明の「荒御魂」と「和御魂」の精神あって、アララギは戦前戦後の厳しい時代を乗り越え、その歌風が歌壇の主流をなすに至った。

Ⅲ　土屋文明以後

文明は昭和二十七年一月号より編集発行人を降り、三十一年には心筋梗塞で入院し選者も降りたが、六十一年には一首も採られない会員が月二百名を超え「沙中沙集」欄を新設、六十三年十一月まで東京アララギ歌会に毎月欠かさず出席、アララギ安居会・夏期歌会にも出席、平成二年十二月、百歳の生を終える直前の九月号まで出詠し続けた。従って文明の時代はまだまだ続くが、ここから文明以後のアララギの系譜に繋がる人々とアララギのその後についてたどってゆきたい。

アララギの昭和前期は、茂吉、文明という強力な指導者に導かれ、新しい気運に応じて優秀な新進歌人が次々に出現し、互いに競い合い、切磋琢磨し、歌作に励み、アララギの新時代を形成した。ようやく成熟した新人たちは、昭和十五、六年頃目立って活動し始め、それぞれ処女歌集を上梓していく。十五年、八雲書林主鎌田敬止らの企画による新鋭中堅十人の合同歌集『新風十人』にアララギからただ一人参加した佐藤佐太郎は、その十五年には『歩道』を、十七年には『軽風』を上梓した。そして十六年には文明の次の編集発行人になる五味保義が『清峡』を、更にその次を引き継ぐ吉田正俊が『天沼』を上梓し、山口茂吉の『赤土』(十七年に『杉原』)、鹿児島壽藏の『新冬』『潮汐』、柴生田稔の『春山』等々が上梓された。一方、関西でも、十六年に岡田眞が『市井集』を、大村呉楼が『花藪』を上梓し、十八年、鈴江幸太郎の『海風』が続いた。これらはいずれも地味で堅実な作風ながら、それぞれに特色ある個性を示し、更に若い世代への架橋となった。

二十二年三月に結成した「新歌人集団」には、アララギからは小暮政次、近藤芳美、高安國世等が加わり、小暮は二十二年に『新しき丘』、二十三年には『春望』を上梓し、近藤は二十三年に『早春歌』『埃吹く街』を、翌二十四年には『静かなる意志』を刊行、戦後歌壇にさわやかな風を吹き入れた。又、高安も二十四年に『真実』を上梓し続いた。更に文明系統の小暮、近藤、高安に中島榮一、扇畑忠雄、金石淳彦、宮本利夫、狩野登美次、小市巳世司（吉田の次に編集発行人となり「アララギ」を終刊に導いた）、樋口賢治が加わり、十人のアララギ新人歌集『自生地』が出版され、翌二十六年には扇畑が『北西風』を上梓した。これらの人々に加えて、日中事変に応召し戦場詠をなした渡辺直己が十五年に『渡辺直己歌集』を、第二次世界大戦で十九年に戦病死した相沢正も没後に小暮編で『相沢正歌集』を上梓し、生前歌集を一冊も出さなかった落合京太郎（没後に『落合京太郎歌集』）、文明の『万葉紀行』の旅を支えた関西の上村孫作、編集委員・選者に四十一年から加わる樋口賢治、小松三郎、四十七年から加わる宮地伸一、清水房雄らがいて、それぞれに魅力的な作をなしていた。

以上、十五、六年頃から戦後にかけてのアララギ新進歌人らの足跡をかいつまんで述べたが、これら新風の出現はある意味ではアララギの一つの黄金時代とも言えた。本章では、その主だった人の足跡を見ていくこととしたい。

五味保義

戦中戦後の困難な時期、茂吉や文明らが疎開するなかで東京にあって、文明を助け、アララギを守り通したのは五味保義である。敗戦直後の二十年九月十九日、旧発行所の焼跡で文明と五味が蜜柑箱を机に、しばらく休刊を余儀なくされていた「アララギ」復刊号を編み、以後自宅を発行所として「アララギ」の発行を軌道に乗せ、二十七年一月号からは文明に代わって五味が編集発行人を引き受けたこと等はすでに触れた。このように戦後、茂吉や文明に気を使いながら家族をも巻き込んで、五味は必死に「アララギ」を編集し発行し続けた。「未来」の創刊について細川謙三が報告したのも五味に対してであり、近藤芳美も敗戦後、「編集長でもある五味保義の要請のまま、文章を書かされることがあった。「転機に立つ」「作品の問題性」などがそれであり……」「第二芸術論」を意識して書いたと明かしている（『近藤芳美集』第六巻「あとがき」）。そのように戦後の実質的なアララギの運営は五味に委ねられた。

その五味は、明治三十四（一九〇一）年八月三十一日に、長野県下諏訪町で時三郎、鐸《たく》の長男として生れ、大正十年、アララギ会員で叔母の頴《えい》に連れられ赤彦を訪問、指導を受け、アララギに入会、十二月号の岡麓選に初めて三首載った。十五年に赤彦が逝去すると、葬儀の後、下諏訪で文明に指導を懇願した。昭和三年、京都大学を卒業、舞鶴海軍機関学校教官となり詠んだ「新舞鶴」（『清峡』巻頭の一連）の、

海に向く窓より海はみえなくに甍《いらか》の上にひくき岬山《さきやま》

等の作が文明に称揚され、この作をなした四年、舞鶴での職を捨て上京、アララギ発行所に出入りし、茂吉や文明、先進諸友と交わり、精進を重ねるとともに、大学時代専攻した万葉集の分野で文明を助け、アララギの推進者となった。その歌風は、文明が「アララギ」に掲げた『清峡』の広告文に「刻苦精励一字一句もゆるがせにしない」とある通り、赤彦の歌風を最も多く受け継ぎ、やや硬質で手堅い自然詠や叙景歌を詠んだ。

その後は文明の指導のもとに、郷里の風土と人間、そして家庭人としての歌を加えていった。

吾の背に仏の如くかがまれり物言ふこゑは其常の声
月光《つきかげ》の透る川湯に浴むる妻こよひは病むと思ほえなくに

『此岸集』より故里の母を詠み、病む妻を詠む二首を掲げたが、どちらも気持ちのよく通った佳作だ。

五味の地道に一歩一歩という刻苦の性格は、文明の最も頼りとするところで、先に触れた通り、戦後アララギを復刊する等、約二十年その経営に尽力したが、昭和四十年に突然発病、翌年の再発とともにアララギ編集を一切離れ、長い療養生活に入った。

自信をもて自信をもてと妻はいふ少年に何かものいふ如く　『病間』
片足をひきて息づく吾が姿自らあはれと思ふことあり　『五味保義遺歌集』

これら晩年の作は、それまでとは別人の如き平易で自由淡々とした詠風に変り、切実で胸をつくような歌や無欲な吐息のような澄明な作を残し、五十七年五月逝去した。頼みの綱の五味が病に倒れ、自分より早く逝ったことは文明にとって大きな痛手であった。

佐藤佐太郎

上田三四二は、『佐藤佐太郎歌集』の「解説」に、「斎藤茂吉の後《のち》の現代短歌をいうのに、佐藤佐太郎の存在を欠くとすれば、歌壇はどんなにか淋しいことであろう。淋しいだけではなく、どんなにかたよりなげにみえることであろう。そう、私はおもった」と記している。

その佐太郎は、明治四十二（一九〇九）年十一月十三日に宮城県柴田郡大河原町に生れ、大正十五年にアララギに入会、昭和二年、十七歳で茂吉にまみえ、師事した。その年、「観方、もっと本物《ほんもの》を観玉へ」との茂吉からの葉書を、「護符のごとくにして作歌を続けた」（『軽風』後記）という佐太郎は、社会的現実や歴史感覚が歌に乏しいという評に耳を貸すことなく、六十二年に七十七歳九ヵ月をもってその生を終えるまで六十年間、不動の信念の下に、終始変らぬものを持続させつつ、常に一期一会の精神で、新しい進展を続けた。

佐太郎が五味とともに戦後のアララギ再刊に携わったことは、文明の茂吉宛書簡で紹介したが、一方で戦中の二十年に主宰誌「歩道」を創刊、二十三年更新第一号より第二芸術論に対峙して「純粋短歌」論を連載した。それは二十八年に『純粋短歌』と題して刊行され、その「小序」の冒頭に「本書は「純粋短歌論」を主内容とするもので、これは短歌の本質を考えて、短歌からあらゆる第二義的な夾雑物を排して純粋な性格を規定しようとしたのであった。この指向は私の実作と表裏をなすところで、（略）私の覚悟というものも先師斎藤茂吉先生から伝承した「写生」の範囲を出るものでない」と記している。そして『帰潮』の「後記」で「吾々が現実の中から取つてくる、この重い断片、光る瞬間」を「言葉によって証明し物語るのではなく、詠嘆するのである」とし、「短歌は五句三十一音の形式に、感動そのものを詠嘆として限定するものである」と敷衍している。

これだけでは少し分かりにくいが、安保闘争や大学紛争のただなかで作歌を始め、「短歌は、自身の生き方や思想を基盤として、そこから発せられる声でうたうべきだ」と考えて近藤芳美に師事した大島史洋が、生き方や思想を「短歌にとって二義的なもの」とした佐太郎の作歌姿勢は「真っ向から対立するものだった」（『短歌こぼれ話』）と振り返っているのは興味深い。

ところで、佐太郎が『しろたへ』の「後記」に、「私は念々に写生を希つて自然に参じようとした」と記しているが、「純粋短歌」の作歌姿勢に立った佐太郎の自然観照の歌は実に巧い。

秋分の日の電車にて床《ゆか》にさす光もともに運ばれて行く
冬山の青岸渡寺《せいがんとじ》の庭にいでて風にかたむく那智の滝みゆ

夕光《ゆふかげ》のなかにまぶしく花みちてしだれ桜は輝《かがやき》を垂る

順に『帰潮』そして『形影』の二首を掲げたが、どれもその「断片」「瞬間」の切り取り方が抜群で、定型の調べに乗って格調高く詠みあげている。

日常詠から国内の旅行詠、海外詠等と作を広げた佐太郎も、『天眼』あたりから病気によって蛇崩遊歩道での散歩が主な素材となり、『星宿』の、

ひとところ蛇崩道《じやくづれみち》に音のなき祭礼《さいれい》のごと菊の花さく

のような狭い範囲の自然の嘱目から生動する深い真実を捉え、表現の奥に作者の命の実相が潜み、その息遣いが聞こえて来るような作をなした。

このように茂吉の唱えた「写生」（生を写す意）の域の歌をなした佐太郎は、アララギには歌を出さなくなったが、「歩道」での指導を通じて「アララギの系譜」に繋がる人を多く育てた。また『斎藤茂吉全集』の編集に携わり、『斎藤茂吉言行』、『斎藤茂吉随聞』、『茂吉秀歌』等々多くの茂吉に関する著書をまとめ、茂吉の教えを後世に伝えた。

近藤芳美

昭和二十六年に「未来」を創刊、独立したが、アララギ時代に詠んだ『早春歌』『埃吹く街』『静かなる意志』等によって、多くの青年の心を魅了し、戦後歌壇にさわやかな風を吹き込んだ歌人に近藤芳美がいる。大正二（一九一三）年、朝鮮馬山浦《まさんぽ》に銀行員の長男として生れ、朝鮮各地を転住後、十四年に広島の祖母の家に寄宿、昭和六年にアララギに入会、翌七年、病気療養中の中村憲吉を訪ね、師事した。憲吉没後の九年、アララギ発行所を訪ね、文明に師事、翌十年、東京工業大学に入学するやアララギ発行事務に加わり、樋口賢治、小暮政次、相沢正、杉浦明平他気鋭の歌人らを知った。そして十二年帰省中、文明が出席した朝鮮の金剛山歌会に出席、中村年子と出合い、

たちまちに君の姿を霧とざし或る楽章をわれは思ひき　『早春歌』

といった清らかな愛の歌を詠んだ。十五年にその年子と結婚、その直後、召集令状が来て中国に向った。この戦争体験は、近藤のその後の考え方や思想、生き方の礎となり、

世をあげし思想の中にまもり来て今こそ戦争を憎む心よ　『埃吹く街』

といった社会詠、思想詠を、生涯にわたって詠み続けた。

一方、近藤は昭和三十年から長く朝日新聞の「朝日歌壇」の選者をつとめ、「わたしたちの生きる世界――民衆の生活の中、無名の市民らの生きていく中で」「うたわれ合い、読まれ合い、そうすることによって互いに呼び求め合う詩歌」（『無名者の歌』）としての短歌こそ短歌の本当の文学だとして、その「民衆詩型」を大切にした。

しかし、「近藤の舌足らず」と言い出したのは文明だと小市巳世司が記す（『近藤芳美集』第二巻「月報」）通り、

森くらくからまる網を逃れのがれひとつまぼろし吾の黒豹　『黒豹』

といった、戦場の一兵士であった自身を黒豹に重ね、ベトナム戦争を詠んだ難解な歌も詠まれ、近藤に師事した大島史洋は「近藤の晩年は理解されることの少ない、寂しいものであった」（『近藤芳美論』）と記している。

近藤には生涯二十三冊の歌集があるが、『鑑賞土屋文明の秀歌』『土屋文明』『歌い来しかた』等歌書や随想等も多い。特にアララギ時代の二十一年から二十三年にかけて書いた文をまとめた歌論集『新しき短歌の規定』は、第二芸術論に対峙すべく文明や五味より「其の都度テーマを与へられて書いたもの」で、「追はれるやうに一心に書いた」と「後記」に記しているが、戦後直後の歌壇に指針と光明を与え、近藤を戦後歌壇の旗手とした記念すべき書とも言える。同書で近

藤は、真に「新しい歌」とは「今日有用の歌」であるとし、「現実に生き、現実に対決して居る吾々自体を、対決の姿そのまま、なまなまと打出し得る短歌こそ有用の詩」で、「もっと今日の現実の中に苦しみ、そこからの迫真、もつと痛々しく身をくねらせた、はげしい写生」の歌だとし、「一首一首では不可能でも」どこかで「自分の生き方の問題を語つて居なければならない」と記している。

また歌論集『茂吉死後』では、文明の「生活即短歌」を踏まえた上で、「「生活」を歌うという事は、あるままの「生活」を、唯立ち止って表現し作品化するという事なのではない」、「結局短歌は「生活」を表現してゆくことにより、自分自身の「生き方」を表現」し、「希求してゆく事なのである」と踏みこんで記している。大島の前掲書で、近藤が大島のインタビューに答えて「正岡子規がおり、長塚節がおり、斎藤茂吉がおり、島木赤彦がおり、土屋文明がおりというなかで考えられ、相互作用として共同作業として深められ、継がれてきた文学の考え方、あるいは短歌というもの自体の考え方をぼくは受け継いできた」と語っている通り、近藤は「アララギの系譜」を意識しつつ文明の文学の考え方を受け継ぎ、自らの戦争体験も踏まえて発展させた歌人といえる。そしてその考えを「誰かに継いでもらいたい」とも語っている。

「未来」創刊前後の経緯はすでに触れたが、若手の勉強のためということで了承した五味に「皆アララギを離れないことを約束してくれ」と釘をさされていながら、近藤すらアララギに歌を出さなくなった。大島に「近藤さんがどんどんはみ出していくのに対しては、（文明は）あまり賛成とは思っていなかったでしょうね」と聞かれて、近藤は「それはそうでしょう」（前掲書）と答えている。

また、同じくアララギにいた岡井隆に至っては前衛短歌に走りすらした。その岡井が小高賢のインタビューに答えて「僕が前衛短歌から受けたものはかなり方法的なものです」、結果残ったものは「「アララギ」で学んだ生活、あるいは事実に立脚したリアリズムしかない」（『私の戦後短歌史』）と述べるに至っては、前衛短歌とは一体、何だったのかと思わざるを得ない。

近藤が起こした「未来」は今、アララギを知らない人達の世代となっているが、それでも大島や大辻隆弘ら心根で「アララギの系譜」に繋がっている人達がいる。

高安國世

昭和九年の近藤とほぼ同時期にアララギの文明選歌欄に入った歌人に、高安國世がいる。高安は、大正二年に大阪道修町で病院を経営する一家の三男として生まれ、京都大学の医科に進学を希望していたが、茂吉門下のアララギ歌人の母やす子の影響でアララギに入り、昭和九年の早春、生涯を文学に捧げることとし、志望を文科（ドイツ文学）に変更した。その時の作が長い詞書を付して、第一歌集『Vorfrühling』の巻頭にある。

かきくらし雪ふりしきり降りしづみ我は眞實を生きたかりけり

高安の代表歌とも言え、その後京都大学文学部に入学、ドイツ文学、なかでもリルケの研究者として業績を残し、京都大学教授として定年を迎えるに至った。

高安は戦後、東京で近藤が「未来」を起したように、関西で「塔」を創刊し、近藤と深く交流した。その経緯を記すと、昭和二十一年、文明の意向であった地方誌創刊の一環として、関西に「高槻」が大村呉樓を代表として創刊され、高安も参加した。同年、出崎哲朗ら京大生を中心に「ぎしぎし会」が発足し、翌二十二年創刊された河村盛明ら若手の会「フェニキス」とともに高安は深く関わり、これが後々騒動を生む。二十七年、「高槻」が「関西アララギ」と改題、高安が鈴江幸太郎に替って編集を担当するや内部対立が激化、鈴江が離脱し「林泉」を創刊、離脱者が相次ぎ、高安も「塔」を創刊して離脱した。その経緯は「関西アララギ」二十九年二月号に、代表の大村、それに鈴江、高安がそれぞれの立場で書いており、その発端について大村は、高安編集になり「高安色というよりは、同氏を囲む一部青年層の一方的な編集となり」「先輩友人のなかには、これを嫌忌して脱退者が相次」いだ、と記している。一方の高安は「以前から若い会員が自由な雑誌の出現を期待して来たのが、急激にそういう要求が強まって来た。今東京には「未来」があるが、地域的に関西にもそういう発表の場を持ちたい」、そこで、「将来の人々にのみ重心を置く新しい運動を起すことに決心し、四月から「塔」という新誌を発刊したい」と記している。

ところで、高安には十三の歌集があるが、『高安国世全歌集』の「解説」で永田和宏は「現実生活の苦悩を、アララギの写生的手法により歌に定着しようとした初期。前衛短歌などの影響を受けながら、次第に芸術主義的・表現主義的作風にうつっていった中期。そして、自然への一体化を志向し、てらいのない静かな自然詠へと回帰していった後期」と高安の作品世界を分析して述べている。

家も子も構はず生きよと妻言ひき怒りて言ひき彼の夜の闇に　『年輪』
オーボエの低き音《ね》に似て夜の來なばたのしきことも我を待たむか　『夜の青葉に』
羽ばたきの去りしおどろきの空間よただに虚像の鳩らちりばめ　『虚像の鳩』
木の雪の雫はなべて垂直に光りつつ降る或る重さ持ちて　『湖に架かる橋』

「純粋短歌論」に則って一筋に深化させた佐太郎や、戦争体験をもとに生涯に渡って社会詠、思想詠を詠み続けた近藤と違って、高安は生涯揺れ続け、作品を不断に変化させ、深化させていった。総じて言えば、高安の歌は柔らかな感受性と、ドイツ文学、特にリルケから学んだ詩的表現に持ち味があり、知識人として生涯、「真実」を求めて生きたといえる。「塔」で若い人達を育て、五十九年に逝去、享年七十歳、まだまだ惜しまれる齢であった。

吉田正俊

文明と五味が戦後のアララギを復興していく時代に、独立系歌誌をたちあげた佐太郎、近藤、高安の三人について述べたが、以下ではアララギに残り、アララギを継承してきた人達の足跡をたどるが、その前に私が入会した昭和四十四年頃のアララギを振り返っておきたい。

その当時の編集兼発行者は五味であったが、病気療養中に代って吉田正俊が「編輯所便」や「消息」欄を書き、選者はその吉田と落合京太郎、小松三郎、柴生田稔、小暮政次、樋口賢治の輪番制で、程なく四十七年より宮地伸一、清水房雄、小市巳世司が加わった。「其一欄」には文明、結城哀草果、竹尾忠吉、そして五味と六人の選者らが列なり、独立系歌誌を創刊した佐太郎、近藤、高安の名はなく、律儀に鹿児島壽藏だけは出詠を継続していた。

文明はアララギ夏期歌会や東京アララギ歌会に出席していたほか、五十四年から五十八年までは年々五月に奈良歌会にも出席していた。この当時の選者、とりわけ吉田、落合の選歌は大変厳しく、十首出詠して一首も採られなかった人が二百人にも及び、文明が「沙中沙集」欄を設けて再選した程だった。吉田、落合の選で採られた人について私が調べた限りでは、一首の人が七〇

～八〇パーセント程を占め、落合選ではほとんどの作に添削が加えられていたとのことである。

私がアララギに入会した当時、五味に代って「編輯所便」等を書いていた吉田は、引き続き実質的な発行責任者となっていたが、五味が逝去した五十七年、正式に発行名義人となり、文明が逝って三年後の平成五年、九十一歳で病没するまで務めた。

吉田は、明治三十五年、福井市浅水二日町の農家に生れ、福井中学、第三高等学校をへて、大正十四年東京大学法学部に入学、その年の七月、アララギに入会、文明に師事した。もともと茂吉を慕っての入会で、面会日に茂吉の前で待っていたが、手のすいた文明に呼ばれて歌を見てもらい、文明に師事することになった経緯は先述した通りである。昭和五年の高野山の夏安居での山上即詠、

川遠白く見下《みおろ》す山に若き僧のこころ鋭くなれば来《き》にけむ　『朱花片』

について吉田は「斎藤先生は中村先生を顧みて何か微笑をもらされた如くであつたが、土屋先生が立つて、「こころ鋭くなれば」のあたりがまだまだ青臭い。ここを脱却出来なければ作者は駄目だ。ときめつけられたりした」（『朱花片』「後記」）と記しているが、この作など、茂吉が激賞したように、清新で主知的な若き日の吉田短歌の特色の出た歌だ。昭和三年に、

ガラス越しに狐に似たる人の顔見て来し夜《よる》はうら和《な》ぎて寝る　『朱花片』

等と詠んで、当時の新派として注目されていた吉田について、六年に長野の大沢寺安居会に出た

杉浦明平は、「このころ吉田正俊さんが、土屋文明よりもっと若々しく近代的な感覚と小市民風な憂愁の調べとをもって歌いだしていたから、若いアララギ会員はいち早くその模倣をはじめた」と記し、「それまで島木赤彦の亜流に占められていたアララギの中に、はじめて土屋文明風の歌がはっきりと姿をあらわしてきたのが」吉田作品であり、「赤彦流がどちらかといえば農村住民的写生一途に絞られて硬かったのに対して、都市生活者の新鮮な感覚にあふれていた。そのうえ、ときに佶屈と感じられる文明調とちがって、いつもやわらかな、ときには幻想的なムードに包まれているように感じられた」(『明平、歌と人に逢う』)と記している。その安居会で文明に誘われて散歩した時、「悠々と話をする吉田さんと、激しく意気ごんで論じる佐藤さんとは対照的だった」とも記しているが、その吉田のさまは晩年まで変わらなかった。

没後に刊行された『過ぎゆく日々』を含め、九冊の歌集があり、『吉田正俊全歌集』も刊行されている吉田を、柴生田稔は「茂吉を慕つて入会して文明の選を受け、赤彦以後昭和の時代のアララギに成長したのであり、人もみづからも興じて唱へるやうに、茂吉と文明を混ぜ合はせた作者だ」(「アララギ」四十六年一月号)と評しているが、

鋳型つくる人休みなく働けばわが思ひたり賃金計算の方法　『天沼』

しづかなる思ひは今宵かへるべし梅のくれなゐに差せる夕かげ　『霜ふる土』

などその通りの作と言える。

東大卒業後、東京石川島造船所自動車部（後のいすゞ自動車）に就職、専務取締役を経て、東京いすゞ自動車の会長、相談役に就くなど経済界でも活躍した吉田は、「土屋先生の歌の模倣というより、すつかりそのまま盗んだと言はれても仕方のない歌も相当ある」（『天沼』「後記」）と謙遜して記しているが、掲げた一首目は、文明の即物的、散文的作風の歌だ。又、自らの作を「主観が多くて客観に乏しい欠点が著しく目立つ」（『朱花片』「後記」）とも記しているが、文明以降のアララギにあっては珍しく主観句を直接入れて心理描写をする抒情的な歌が多く、二首目など茂吉を思わせる歌である。

吉田は文明が出席しなくなった後を受け継ぎ、六十三年十一月から「東京アララギ歌会」の指導にあたった。その歌評は拙書『吉田正俊の歌評』にまとめたが、ある時、「本当は平凡な奥深いところが歌に詠み得るのが良い」と言ったことがある。それこそ吉田がめざした歌であった。

流れには陶土をくだく水車のこゑ乱れ咲き匂ふ秋の花々　『流るる雲』

歌意鮮明で、用語も素材もさりげなく、自然で平明、柔軟な詠みぶりで、味わい深い作だ。その他、生活の歌も日常の中から感性よく独自の切り取りをして、淡々として詠まれ、生活感情を清新に詠んだ感銘歌が多い。吉田は晩年近く、「私などは、その別の方法（筆者注・「現実は事実に即してはとらへられず、別の方法によらなければ駄目なのだといふ考へもあるやうだ」との清水房雄の言）を見出だすことが出来ないので、事実といふものを土台にしてどこまで現実に迫り得るかと摸索しながら努力を重ねてゐるにすぎない」（「アララギ」昭和五十年一月号座談会）と語っている。いかにも吉田らしい発言だが、一家言持って歌壇に存在感を示していた佐太郎や近藤等に較べて、文明の後のアララギを牽引するにはやや消極的とも言え、文明もそのように感じていたのではなかろうか。

ところで、吉田は昭和二十一年にアララギ地方誌として北陸アララギ「柊」が復刊するや、終生にわたってその選歌を引き受けた。私はアララギ入会後、四十八年からその「柊」に参加し、月々吉田の選歌を受けるとともに、改めて吉田の選歌を受けて第二歌集『合歓の木蔭』を上梓した。吉田は私にとって大切な存在で、その吉田との思い出等は、前掲の『吉田正俊の歌評』に認めている。

落合京太郎

近藤芳美が「わたしたちの一世代、もしくは半世代前の先輩として五味保義、吉田正俊、落合京太郎らがあり」（『土屋文明論』）と述べ、杉浦明平が「昭和七、八年ごろ、土屋文明選歌の中でわたしたち若いものを強く惹きつけたのは、吉田正俊と落合京太郎であった」（『明平、歌と人に逢う』）と名指しし、吉田とともに文明の下で、その新風をすすめた人に落合京太郎がいた。

五燭灯の月の料金を払へざりし父を母をも幾たびか見き
わが病癒えしとにあらねみちのくへ任受けてゆく心きまりぬ

落合は本名を鈴木忠一と言い、明治三十八年に静岡県伊東市の貧しい家庭に生れ、旧制沼津中学、第一高等学校を経て東京大学法学部に進み、六十五歳で司法研修所長として定年退官するまで長く裁判官を歴任し、退官後は弁護士に携わった。

土煙《つちけむり》あげ連《つら》なり南へ移動しき九月十五日君をイポーに置きて
死にたるを薦《こも》に巻き流し生《いき》あるを磯に捨て帰り来にしをぞ思ふ
炎ゆる道も潮の路も長かりき恋ひ恋ひて来ぬ汝は何処ぞ

五月十五日帰還、初めて子の亡きを知る

昭和十七年八月から二十一年五月まで、陸軍司政官としてシンガポールその他へ従軍し、帰還後初めて長女を亡くしたことを知る。従軍中の眠れぬ夜々に「岩波版宝慶記」を垢づくまで読んだとの作もあるが、この体験を前掲のように生涯詠み続けることになる。

先生に会ひ得たのが無上善《ぜん》だつたのだ世に疎《うと》く貧しき吾等二人《ふたり》には

落合は大正十四年、一高在学中の二十歳でアララギに入会、文明に入門した。文明との出会いは落合にとって人生最大の喜びであり、文明逝去に際してこのように詠み、その「お別れの会」ではアララギ会員を代表して、涙を拭いつつ弔辞を読んだ。「二人」とは同じ文明門のアララギ会員だった妻・順と落合のことだ。

寝釈迦となり糞は出るままにまかせ置く南無阿弥陀仏ナムアミダブツ

この作を最後に、文明の後を追うように平成三年四月、八十五歳で永眠した。

くそたれ共くそたれ共と或時は憤りつつ選歌するなり
歌一つ出来し動悸のしづまりつつまた坐り直す夜の灯《ひ》の下
文明亡きアララギに恋々する阿房共と声の出る頃だ何処《いづこ》からでも

こんな作も残した純粋気骨の人で、歌壇等には見向きもせず、歌集も生前一冊も出さず、アララギ一途に作歌した。その歌風は小谷稔が「強靱な知性と男性的な気迫に支えられた骨太の雄渾な抒情性をもつ点で現歌壇の異彩である」(『明日香に来た歌人』)と記す通りであり、又、その姿は、「息子の私でさえ、傍に近寄ることのできない厳しい姿であった」と長男・安良太が没後にまとめた『落合京太郎歌集』の「後記」に綴っている。

その選歌の厳しさについてはすでに記したが、清水房雄は「ぼくら其一に載る歌も落合さん手入れてたね。自分の歌みたいな気持で一所懸命手入れてたね。なぜか。アララギのレベルってものが頭にあったと思う」(『朔総漫筆』)と振り返っている。私が出席した夏期歌会でも実に厳格に歌評や添削をし、近づき難かった。ともかく自らの作歌においても選歌においても大変厳しい人だった。

ところで、清水房雄は「アララギ」平成六年二月号「一千号記念特集」で、「危機連続の八十六年」と題してこう記している。

「文明が百歳近い老軀を励まして、毎月の東京歌会に出席指導の或日、「三十人位なら言ひたい事もあるんだが、これぢやあねー。」と広い会場を埋める顔々を見渡して不機嫌に帰つて行つた事があるが、間も無く出席されなくなつた。またこれも今は亡き落合京太郎或時の「会員減らせ。アララギやめよ。地方誌無くせ。」と言つた、肌寒くなるやうな激語やは、その視線が同じ方向を直指してゐたはずである。その落合は選歌のきびしさで怖れられてゐたが、

集団が膨脹し団結が稀薄になる退引《のつぴき》ならぬ厳しき現実（昭和六二・一〇）

アララギがアララギがといふ声聞ゆ内容のなき身に沁む言葉（平成元・一一）

といふ歌もあつた。純粋すぎた人だつた」

落合は文明の没後、アララギ終刊を最も強く発言し、迫っていた人と言える。

柴生田稔

吉田正俊に、「拒み得ぬ二人の友の追憶文いづれも七十年の交りにして」（『過ぎゆく日々』）の作があるが、この「二人」とは文明に続いて、平成三年に亡くなった落合京太郎と柴生田稔のことで、アララギの追悼号に寄せた文に関する作である。赤彦後の新しい昭和のアララギを茂吉と文明の下に開拓した同世代の二人の死に寄せる吉田の思いは如何程だったであろうか。

柴生田稔は明治三十七（一九〇四）年に現在の三重県鈴鹿市生れ、旧制第一高等学校を経て大正十五・昭和元年、東京大学文学部哲学科に入学、国文科に再入学した翌二年末、吉田に伴われて面会日に出席、茂吉に指導を受けるとともにアララギに入会した。

ともなはれ君に見《まみ》えし日を思へばただならぬ幸《さち》も多く慣れたり　『春山』

茂吉にまみえた日を回想しての作だが、その日に文明にもまみえ、以後は文明からも深い影響を受け、吉田や落合とともにアララギの昭和時代を推進した。

柴生田は、昭和六年より明治大学予科に勤め始め、陸軍予科士官学校教官を経て、戦後は長く明治大学教授を勤めた。

国こぞり力のもとに靡くとは過ぎし歴史のことにはあらず　『春山』

柴生田の代表作と言ってもよい一首で、昭和十年、戦前のファシズム治下で右翼的潮流が幅をきかせていく時期に、国のためということで強力なものに民衆も従ってゆくことを、歴史をふまえながら歌っている。この作など現代の状況にもそのまま当てはまると言ってよく、その意味で、時代状況を敏感に認識し、未来を見通し、換言すれば歴史の真実を見通す力を持って作歌された佳作と言える。

いたましと背《そむ》けし目すら一たびは正目《まさめ》にここにたぢろがず見よ　『入野』
降る雪に警官隊に向ひ行く一隊を見おろしてわがいかにせむ　『冬の林に』

長崎の被爆地を詠み、学園紛争を詠んだ作だが、昭和四十年代、柴生田は明治大学文学部部長として学園紛争のなかで非常に苦悩する。このように柴生田の作品は、どの時代のどの歌集をとっても、不正や不当を強く批判し、拒否する態度で貫かれ、時代や社会を鋭く批判するとともに、知識人としての良心の痛みが詠み込まれている。その思想性の高さは空理空論ではなく、実生活に裏打ちされ、誠実で潔いと言える。清水房雄は、選歌集『柴生田稔作品集』の扉の標題の傍らに「氏の生涯を通じての覚悟であり、指針」である「私のねがひはただ「切実」ならむことである」という言葉が付記されていることを指摘し、柴生田の作品の「思想性の澄んだ高さ」は、「生活即思想、思想即生活」にもとづくものであると記している（『柴生田稔歌集』「解説」）。

柴生田は社会詠や時事詠も多いが、並んで、

騒ぎあひ煮麦食ひゐる子供らにひれ伏し詫《わ》びたきわが思かも　『麦の庭』

いぢめられに学校にゆく幼児《をさなご》を起こしやるべき時間になりぬ

等こころに沁みる数多くの家族詠もあり、潔癖で生真面目な生きざまがよく出ている。

ところで、近藤芳美が「アララギ」昭和二十四年二月号に「作品の問題性」と題し、アララギの主要同人の歌は「愚劣」だと批判した文に対して、柴生田は怒りを爆発させ、「政治論争」と呼ばれる論争をした。政治が一番切実で政治を歌えと言いながら、政治を傍観する近藤に対し、それならその政治に自ら参画しなければならないと迫り、「文学者も成程「政治」にしばられてゐる」、しかし「病人が一房の藤の花を命とすがる心を、「愚劣」と評することは許されない」（「アララギ」同年八月号「政治と歌―近藤芳美君に」）と記すのである。この経緯は大辻隆弘講

演集『子規から相良宏まで』に詳しく、大辻は「ここに柴生田稔の文学観が出ている」と述べている。

柴生田には選歌集『南の魚』の他六冊の歌集があり、茂吉の三高弟と言われた佐藤佐太郎、山口茂吉らと『斎藤茂吉全集』の編集に携わり、『斎藤茂吉伝』、『短歌写生説の展開』等多数の著書があるが、平成三年八月に八十七歳で逝去した後、『柴生田稔全歌集』がまとめられている。

私が最後に柴生田の姿を見たのは、昭和六十三年五月二十九日の「東京アララギ歌会」の席であった。柴生田の詠草「軍人を持たぬと言ふのは日本なり他の国にては如何に為るらむ」に対し、文明が「日本も自衛隊がある。何のために他国と較べるのか。理論もないし、政治意識もないな」と極めて厳しい口調で歌評し、柴生田はこれに何も反論しなかった。清水房雄は『朔総漫筆』に柴生田について「親切な人でした。晩年はボケましてね。歌会のときうつらうつらと眠っていました」とも書いているが、私はその時、文明の厳しさとともに、柴生田の変わらぬ作歌態度を垣間見て、改めてその誠実さと生真面目な生きざまを思ったが、文明がかの「全体について申し上げますと非常に下手だ。これがアララギの詠草だと言って世間に出せますか」との言葉を発したのがその翌月であったことを思うと、文明は心中、この柴生田にしてこれか、と思ったのではなかろうか。

小暮政次

吉田や落合、柴生田の世代と近藤や高安の世代にはさまれるように生れた世代に小暮政次や樋口賢治、中島榮一らがいた。特に小暮の文学的出発は少し遅れたが、吉田の没後、平成五年八月号からアララギの巻頭作者となり九年のアララギ終刊を見届けることとなった。

小暮は明治四十一（一九〇八）年東京の京橋に生れ、東京府立第一中学に入学したが、関東大震災に罹災。中学卒業後は父の家業の小工場を手伝っていたが、ある機縁から三越に勤務し生涯にわたって勤めあげた。小暮が『新しき丘』の「巻末記」に記すところによると、震災後、兄の影響で俳句を作りホトトギス等にも投稿していたが、「昭和五年末、誰にも相談せず勧められずアララギに入会、大阪から東京に異動するや、それまで指導を受けていた文明に直接まみえ、発行事務も手伝うようになった。

小谷稔は、その「歌風は、俳句からの出発という点にその一つの特色を見る。簡潔鋭敏な絵画的写生を基礎にしているが、しかし俳句に飽き足らなくて短歌に来ただけに独特の短歌的抒情がみられる」（『明日香に来た歌人』）と述べている。具体的に小暮の作品を見ていく。

草の葉に此国の秋早くして子をつれし駱駝とほくなりゆく　『春望』

悲しみを集めしごとき時計台明るき雨に時を打ちたり　『花』

この美しき海に迫るものを拒絶して或は純粋或は冷静　『暫紅集』

一首目は、終戦の年の昭和二十年一月に応召、補充兵として北支へ従軍した時の作で、繊細な感覚で風物を静かに捉えた破綻のない、写実に徹した作で、初期はこのような自然詠や生活詠を詠んでいた。その後、二首目のように自然詠と言っても、自然は一首の一部に詠まれるだけとなり、理知的な心情に裏打ちされ、更に、三首目のような、写実を一歩越えた様式的、殞細部的な歌が詠まれるようになり、独自の世界を打ちたてていくことになる。

行ける所まで行つてみるよりほかはなし既にあたりは光傾けり　『暫紅新集』

とうとうここまで来てしまつたのか光は薄く方角は知れず

その晩年は自然詠と言っても、自宅の窓から見聞きするごく僅かな世界に挟まり、読書し、思索して過ごす思索的な短歌が詠まれていく。

細部捨てて内面の真に到るべし生ける間にわが為し得ざること　『暢遠集』
断念をすがしと思ひ又思ひ直し近づく闇を待つのみにゐる　『雖冥集《すゐめいしふ》』

前者は最晩年のアララギ終刊二年前の作、後者は没後残されたノートの最後に書かれていた作である。自分の内面を見つめ、絶対の孤独に身を置き、自問自答を繰り返しているような作だ。そして小暮は孤独のうちに、平成十三年二月、九十三歳の生を閉じた。小暮には、自選歌集『青條集』の他、十三冊の歌集があり、没後に『小暮政次全歌集』が編まれている。

写実主義が瑣末化してくる筋道を読みたりしよりここに長き年　『暢遠集』
写し難きは写すべきものなりと思ひて知れど全く写し得ず
写生してゐる積りならばそれで写生かと問ひ返すべく彼らは全くのんきなり

晩年の小暮は、写生あるいは写実主義が行き詰まる状況を、このように繰り返し詠んでいる。

止め得ぬものを止めむとすることのおろかなりとも空しかりとも　『暢遠集』

ここで全く終るとも思ひたくなししかし終るべき時はまざまざ

アララギの終刊はもはや止め難いと思いつつ、アララギ巻頭作者としてためらい、苦悩した歌を詠んだ。

歌ふべし声低くとも歌ふべし心は永久にひびかむものなり　『雖冥集』

その終刊後、平成十年一月、アララギ後継誌の一つ「短歌21世紀」を創刊、こう詠んで再び歩み出したが、三年後に逝去した。清水房雄は「思想の近藤、技術の小暮って呼び名」があり、小暮は「技巧という点ではずば抜けて」いたと言い、「最後は、小暮さんの歌は非常に抽象的な世界に入って行き」「その抽象的なものが完成した姿を見せる前に亡くなった」（『朔総漫筆』）と述べている。

上村孫作

関西のアララギ歌人については、すでに中村憲吉のところで大村呉樓や鈴江幸太郎、岡田眞等について触れたが、「アララギの系譜」にあって欠かせない上村孫作と中島榮一の二人について、ここで取り上げておきたい。

上村君老いていよいよ頑固なれど君ありて我が見得し大和ぞ　『続青南集』

文明にこう詠まれた上村孫作は、明治二十八（一八九五）年、現在の奈良市疋田町に生れ、大正四年にアララギに入会、一時、自宅近くに呼んで世話をした土田耕平に師事したが、昭和五年以降は文明の選を受けた。

上村は終生大和にあって、文明が『万葉紀行』の「序」に「本紀行の大部分に行を共にされたのは上村孫作君である。上村君はそればかりでなく、私の注文のままに、所々へわざわざ旅行して調査されたことも一二度ではなかつた」と記し、『青南集』に「上村孫作君」と題して、

吾を助くる諸人就中君ありて今日は手にす寿延経三百字

等五首を詠んでいるように、文明の『万葉紀行』（正・続）の旅に同行し、万葉研究の実地踏査や文献・植物等の調査など、その手足となって献身的に協力した。文明は又、

三輪山の朝《あした》ゆふべの秋がすみ見ながら君が村に出で入る　　『少安集』

大和の上村の田の水葱をくひ洛陽の旅にいま立たむとす　　『山の間の霧』

とも詠んでいるが、大和等の関西への旅やかの『韮菁集』の旅も上村の自宅を拠点にした。拙書『土屋文明の跡を巡る』をご覧いただければ、いかに奈良疋田での作が文明に多いかお分かりいただけると思うし、『土屋文明書簡集』を見ても、上村宛の書簡が圧倒的に多い。

上村の側近の一人だった小谷稔は「戦時中の食糧をはじめとする不自由な時代に文明は上村孫作の家を宿として行動し、地元の交通や地理に通じた孫作の存在は貴重であった。孫作は資産家でもあったがいわゆる勤めを持たない人であったので土屋文明の踏査のスケジュールに比較的容易に合わせることができたのも好都合であった」（『明日香に来た歌人』）と記し、「上村孫作は、土屋文明の歌が発表されるたびに皆暗記することを心掛けていた。ひたすら文明の人と作品に心服していたのである」とも記している。

文明との共著（『歌の大和路』）のある猪股静彌は写真・大貫茂との共著『写真で見る土屋文明草木歌』に「疋田への道」と題する一文を寄せ、文明が大和西大寺駅で降りたって疋田に行く行

程を辿り、上村家墓地にある上村の両親と弟の墓標の法名を文明が揮毫したことを記している。

このように文明がよく訪れたこともあって、上村の家は関西のアララギ歌人の集まる場所ともなり、関西のアララギ地方誌「高槻」結成にむけて上村は文明の手足となり尽力し、「林泉」や「塔」等に分派した後は、自らも「佐紀」を創刊した。また上村は、アララギ夏期歌会出席の常連であったが、体調的に出席できなくなった昭和五十四年からは、毎年五月の奈良歌会に文明が来るようになった。当時、私はその歌会に出席し、文明につつましく寄り添う上村を遠望した。その姿は、小谷稔が「飄々と悠々と仙の如き風貌に生きた翁」で、「志操は高く厳し」く「世俗的名声を執することを厳しく拒み、人にも説き続けた」(『土屋文明短歌の展開』)と記している通りの人に見えた。

上村は文明に数々の歌を詠まれ、おそらく最も多く詠まれた一人であろうが、上村も生前三冊の歌集を上梓し、その没後、『上村孫作遺歌集』も編まれている。

鍬重《くはおも》くなれば帰らむはや露が青田の原に細かにおきぬ　『高野原』

若きよりあなたは定《きま》りし職もなく遊び暮らして来しといはるる　同

人も来ず雫する木も夕暮れて何を食はむか独りとなりぬ　『疋田の道』

上村は日々の暮しをこのように詠んだ。三首目の切ない歌は妻を亡くした後の歌である。

墓前に花を手向けて下さるは土屋先生ですよ亡き父よ母よ　『高野原』

先生は来給はず我も行きがたく来む年待たむ老いに老ゆとも　『上村孫作遺歌集』

恋愛をいましめ給ふ先生につき従ひて今日の我あり　同

上村が文明を詠んだ歌を引いたが、二首目は、文明が奈良歌会に来なくなった五十九年の作である。又、三首目の歌を見て、「(土屋) 先生は女性問題にかんするかぎり潔癖そのものであり、空想の中でさえ潔癖を守っている」(『明平、歌と人に逢う』) との杉浦明平の言を思い起こした。茂吉や赤彦等の女性問題を思う時、女性問題に限らず文明も上村も清い人だった。

栗の実を一つ下さい口いつぱい食ひたかりけり多く落ちゐしに　『上村孫作遺歌集』

最後にそう詠んで、六十三年十一月、九十四歳で逝去した。

限りなき助を君に受けながら報いる一つなく君先立たる　『青南後集以後』

その時こう詠んだ文明は、そのショックもあって、東京アララギ歌会に出られなくなる。そして、上村を詠んだ、

相共に九十年をめざしつつ早くも君はたふれ給ふか　　『青南後集以後』

の作が、文明最後の歌となり、文明自身も二年後の平成二年十二月八日、上村の後を追うように亡くなった。

上村孫作の周辺には、上村同様に文明の人と歌を溺愛するアララギ歌人が多くいて、**赤井忠男**はその最たる一人であった。

赤井の処女歌集『ひょんの木の陰』は昭和四十一年、文明の「摂河泉」の旅で、契沖の墓のある圓珠庵に随行した時詠んだひょんの木を歌集名にしたものだ。赤井は「後記」に「土屋文明先生を師表と仰ぎ」と書き、上村がその「代序」に「土屋文明先生に対する傾倒は尋常のものではない」と記すほど、文明に心酔していた。上村が「井原西鶴のやうな風変り人間」で「話してゐると頭が変になつて来る」、「アララギに入会以来三十年にならうとするのに友人は殆んどない」と描く奇矯な人物だった。なお「代序」とは、文明に「序」を書いてほしいと懇願された上村が文明に代って書いた「序」という意味であろう。

猪股靜彌に文明との共著『歌の大和路』があることはすでに記したが、他に文明や万葉集に関する多くの著書があり、なかでも『韮菁集全解読』は、盟友・田保愛明著『韮菁集私論』とともに文明の『韮菁集』の全歌を解読したものとしては絶品である。

猪股は上村孫作や岡田眞、中島榮一、赤井忠男らとともに上村の起こした「佐紀」で全歌解読を連載し、発表していた。しかしそれは、いわゆる戦後版の『韮菁集』（昭和二十一年刊）で、戦中版の『韮菁集』から戦時色濃厚な百首を消去、新たに一首を加えて発行されたものであった。戦中版は発行部数僅少で、文明周辺のアララギ会員数人が秘蔵し、一般のアララギ会員や市民の目に触れることはなかった。文明が逝った後、平成五年に小市巳世司が編集した『土屋文明全歌集』には戦中版に戦後版で加えられた一首が採用編集され、猪股はそれをもとに改めて解読、刊行したのである。

文明は未刊歌集『山の間の霧』の「後記」に、「戦争中の作品なので、戦争の歌が多い。今は平和時代だといふから、戦争の歌は大略除くことにした。併し、それらはすべて発表したものであるから、善意をもつてでも、悪意をもつてでも、何時でも探し出す事は可能であらう。作者としても、顧みてなかなかよく作つてゐるなと思はれるものもないわけでない。けれど恐らく、単行されることはあるまい」と書いている。従って、文明に戦争詠がなかった訳でない。特に、戦時下に陸軍省報道部の嘱託として、戦争の宣伝資料蒐集のために取材旅行をした、その成果としての『韮菁集』であれば、文明がわざわざ「削ったのは、みな陸軍への駄賃の歌だよ」と言わなくとも、当然のこととも言える。その百首を猪股は歯に衣を着せず解読し、なかには説明的、平板で戦争賛歌につながるような歌と指摘している歌もないではないが、「激戦跡に立つ実感がリアルに歌われ」「大陸の風土を鮮明に表現して余すところがない」「何故に、この秀歌を戦後版で消却したのか」等と記し、文明自身が「なかなかよく作つてゐる」と書いているような歌も多い。尚、文明の娘婿の小市が事情を知らぬはずがなく、悪意をもって戦中版を全歌集に採用したはずがない。それなりの用意があって採用したに違いなく、お陰で私達が戦中版を読むことができるようになり、猪股らの解読によって、何も戦争詠がすべて悪いわけでないことが知れたのは幸いと言えよう。

尚、猪股は文明によって、

寺の木群人間をさへぎり友は住む着る物白く日につらね乾して　『続々青南集』

と詠まれている。昭和四十二年、奈良八重桜の親木があり、東大寺の塔頭の一つ、知足院に住んでいた猪股を訪ねた折の歌だ。猪股は大学を出て、奈良に就職する際、当時文部省に勤めていた兄の伝手で、自ら「生涯一教師」と称して三十四年間勤めることになる一条高校に就職するとともに、知足院の離れに住んだ。それは知足院の一段下にあった木屋（薪小屋）を大工が住めるように改造した後を借りたもので、畳の間から筍が生え、軒下で鹿が子を生み、部屋に百足が出たりして大変だったが、珍しい花も咲き、いいところで、十二、三年住んだ。文明が訪ねて来た時は妻しかおらず、後に前掲歌の色紙が届き、猪股はそれを終生宝物として大切にしていた。

ある時期、新アララギが表紙絵に茂吉や文明のポンチ絵を載せた。ポンチ絵も立派な芸術とも言えるが、文明を溺愛する猪股がそのようなことを許せるはずがない。カンカンに怒って、嚙みついた上、さっさと退会してしまった。頑固一徹、文明の批判精神を受け継いだような反逆児であった。

子息によって「父は気性の激しい一本気な性格で、冗談の一つも言えないため、多くの方々に言いたい放題で」(『岡田眞歌集』「あとがき」)と書かれた岡田眞も文明を溺愛し、文明に尽くした一人だった。これらの人々は皆、上村の起こした「佐紀」に拠り、文明が疋田に来ると上村宅に集まり、翌朝までしゃべり込んだ人達だ。そのようなかに中島榮一もいて、文明を神と崇め、文明一途に生きた、これまた個性的な人であった。

中島榮一

近江路をすぎて疋田に来たまへば逢ひにゆくなり降る雨の中
逢へばかくやさしき君か涙は湧きゆづる葉の下に立つおもひかも
文明が死ねばどうするつもりです一人二人ならず斯く問ひしもの
『花がたみ』

土屋文明に師事し、文明を敬愛し、文明一途に生きた中島榮一の作である。文明が関西に来るとその宿泊先、疋田の上村邸を訪ね、話し込んだり、文明の万葉踏査の旅に同行したりした。特に、昭和十一年に上村や杉浦明平らと文明に従い、十津川から熊野へ旅をしたことは生涯の大切な思い出だった。文明の『自流泉』の「中島榮一に寄す」に、

貝殻にうゑてつるされしみせばやの苦しき生きを君は知らぬなり

等十五首の歌がある。これも上村邸での作で、親しみを込めつつ、今の文明の気持ちが分かるかと中島をたしなめた内容の歌かと思うが、文明に自分の名前を掲げて詠んでもらっただけで、中島は感極まったに違いない。

中島は明治四十二（一九〇九）年に奈良県今井町に生まれ、大正十年に大阪の尋常小学校を卒業、商業学校に進むも一年で中退、明日香村のボタン屋の見習いや病院の下働き等をして過ごした。戦後も郵便配達夫や役場の吏員等職を転々としたが、昭和二十九年より羽曳野中央病院に落ちつき、六十七歳で退職するまで勤めた。アララギには昭和四年八月に入会、最初は茂吉に長文の手紙を送り選を頼んだが、文明選となり、そのまま文明に師事した。戦後アララギの地方誌「高槻」が創刊された時、選者等もつとめたが、分裂によって退会、「佐紀」を創刊した上村に従った。その後、「佐紀」終刊の翌年の三十八年、文明の歌集名から名をとった「放水路」を創刊した。

中島の数奇な人生は、無頼派とも言われる作品を生み、アララギに新たな世界を開いた。近藤芳美は五味、吉田、落合、柴生田らに触れながら「特異な才能の歌人として早くから注目されていた関西の中島榮一の名もあげておかなければならぬ。多くがその日の、最もすぐれた知的青年層であったと思い返して今ではいえるのであろう」（『土屋文明論』）と述べ、杉浦明平も「われわれの世代でもっとも深い文学的天才をさずかった男は相沢正でも小暮政次でも近藤でもなく中島榮一であることを、中島の作品を知っているだれもがみとめるであろう」（『現代アララギ歌人論』）と記している。中島は昭和二十五年、「刈薦」二百首をもってアララギ新人歌集『自生地』に参加し頭角を現すとともに、自選歌集『風の色』の他『指紋』『花がたみ』『青い城』の三冊の歌集を編んだ。没後、子息により『中島榮一歌編』がまとめられている。

教養あるかの一群に会はむとすためらはずゆき道化の役をつとめむ　『指紋』

獣《けもの》類の如くあらぶるこころに慰まむ父も祖父も曽祖父も罪びととして囚はれぬ　同

君が鼻の汗だに吾は吸ひたきに白桃《しらもも》を食ふ草にこもりて　『花がたみ』

インテリ面《づら》聖人面《づら》ともにヘドが出るさう云ふ僕は猫撫でごゑで　『青い城』

五十年にもなるか怒りつつ言ひましき大学も出てないから駄目だ君の歌は　『中島榮一歌編』

中島は『指紋』の「あとがき」に「もともと私は心の優しい少年であり、あはれな女の子のやうに涙脆かつた。小鳥や蜜蜂の歌をこよなく愛し、ひとり居ても寂しくなく、いつも手毬をついて遊んでゐた」と記しているような感じやすい性格で、学歴のない自分と貧しい生い立ちが、青春の日の劣等感となって、やや灰汁の強い屈折した作品をなし、アララギのリアリズムに新たな世界を開いた。

『指紋』には、貧しい生い立ちとその家族のこと、それに青春の日の劣等感を背景とする感情と生活が歌いあげられ、『花がたみ』は終戦、帰還の歌から始まり、暗く罪深い恋に陥ち、やがて妻子のもとに戻っていく過程が詠まれている。更に『青い城』に至っては、パロディあり、ユーモアありのやや灰汁の強い、自由自在で奔放な中島の作品が展開されてくる。これら三歌集を通して読むと、まるで私小説とも言える文学の世界が拡がり、興味深い。

私はその晩年、中島に請われて「放水路」に入会、その人となりに接したが、すでに灰汁のとれた好々爺、眼こそ鋭かったが、仙人のように白い顎鬚を伸ばし、どこかなよなよした女性のような振る舞いで、作品にみられるような強い個性は感じられなかった。

昭和六十三年には文明を南青山の自宅に訪ね、その足で川戸を訪ねたりしたが、晩年は自ら主宰する「放水路」の他わずかに総合誌に歌を発表するだけで、平成二年末に文明を見送ると、四年九月、八十三歳で逝去した。寂しい最期を迎えた一人だった。

清水房雄

茂吉、文明という大歌人の人間性と業績を青年期から尊敬、摂取し、一世代前をゆく五味や吉田、落合、柴生田、小暮らの後を歩んだアララギ歌人に清水房雄、宮地伸一、小市巳世司がいる。そのうちの清水が、没後にまとめられた『朔総漫筆』で、インタビューに答えて、「「アララギ」は、五味（保義）、吉田（正俊）、僕らの前の世代でね、終わったということで、僕らはもう、お弔いを命じられ」、「小市（巳世司）君や宮地（伸一）と三人でアララギを見送った」と述懐しているが、この三人は一世代前の前掲の人らが高齢化するなかで、揃って昭和四十七（一九七二）年にアララギの編集委員、選者となった。小市は二十年余り遠離っていた作歌に復帰して間もなく、吉田没後の平成五年には、その後を受けてアララギの代表に就いた。又、清水と宮地は、吉田が出席できなくなった後の「東京アララギ歌会」を継ぐが、九年末にはアララギは終刊、清水が述懐するようにこの三人が中心になってその処理をすることになった。

さて、清水房雄（本名・渡辺弘一郎）は大正四（一九一五）年、現在の千葉県野田市に生れ、東京高等師範学校の学生時代、剣道部に入部（第三学年で主将、三段）、校内短歌会にも入会、同校の先輩で歌会の指導をしていた五味保義に師事した。昭和十二年には東京文理科大学文学科（漢文学専攻）に進み、在学中の十三年、アララギに入会、土屋文明選歌欄に出詠、文明に師事した。清水の生涯の歌集の中で圧巻は、何と言っても第一歌集『一去集』である。

リヤカーには汝《なれ》を焼くべき松薪を積みてわが行く疾風《はやかぜ》の中を
小さくなりし一つ乳房に触れにけり命終りてなほあたたかし

早逝した子と癌で逝った妻を露わに詠んだ二首、いずれも心をうつ作だ。「一首一首が妻の命をかすめ取つて出来て来た」（後記）と記すだけあって、病む妻とその死を詠んだ諸作は読む者の胸を熱くして止まない。

清水は『朔総漫筆』で、アララギの「歌集等著書はずっと上位の先進の指示があってから刊行の事、出版記念会は行わぬ事、歌壇の集まりには出ない事、といったような、今からするとまさに閉鎖的とも言うべき空気の中で私は育って来」て、「最初の歌集『一去集』（昭和三十八）の出たのは既に四十代の終りに近」く、現代歌人協会賞をもらって「先輩にずいぶん睨まれた」と述懐しているが、当時のアララギは清水の言う通り、この他にも「孫歌は作るな」「教え子とは詠むな」等、文明が嫌った歌材や禁句が作歌上のタブーとなって存在した。そのようなかで清水は、例えば「歌壇の驍将の一人」加藤克己を相知って、「私などの学び且つ作って来た写生・写実とは全く別様の世界」ながら「微妙な不思議な匂いを帯びて私の心の或る部分をゆさぶり続け」、「ある時期から、いかにして文明先生の歌と違おうかということもずいぶん考え」、結果、アララギの生命線を越えて「僕はね、フィクションも否定しない」とまで語るに至った。吉田のところで触れた座談会での清水の発言（「現実は事実に即してはとらへられず、別の方法によらなければ駄目なのだといふ考へもあるやうだ」との発言）は、清水の自説だったことになる。そして清水は更に、塚本邦雄や玉城徹らと積極的に交遊し、作品も文明後を見据えて自由度を増していく。このような清水の例を見ると、文明が長生きし、アララギに長く君臨してきたことが反面、交友の幅や歌の幅を狭め、皮肉にも文明をして「これがアララギの歌と言って世に出せますか」と言わしめ、アララギを終刊に追い込む結果になったとすら思えなくもない。

リヴィングウィルの事など少し話し合ひそれより寝にゆくそれぞれの部屋　『旻天何人吟』

テポドン・ノドン・スカット何なりとさつさと発射しさつさと失せろ　『已哉微吟』

これらは文明没後の清水の作である。前者の「リヴィングウィル」は緊急時に救命措置を拒否することで、後者は北朝鮮のことを詠んだものである。これらの作を見るだけでも、表現の自由度を増していることが窺われよう。

清水は「歌集を出さないと、歌壇にいないことになりますから」と言って、十九冊の歌集を出したが、ここに引用する作の歌集名を見るだけでも、さすが漢文学専攻だけあって、漢籍による漢語調の特異で凝った歌集名となっている。例えば第一歌集『一去集』は陶淵明の五言詩「帰二園田居一」の一句、「誤落二塵網中一、一去三十年」より採ったという(「後記」)。また長い変った歌集名についても、清水は「気の利いた短い題にすると誰かとダブってしまうから」「漢文から種を拾うようにしている」と語っている。『朔総漫筆』は「子規漢詩の周辺」に一章を割いている一方、清水には『斎藤茂吉と土屋文明』の著書もある。又、藤沢周平の名作で、長塚節の生涯を小説化した『白き瓶』の執筆に際していろいろ調べて助言し、深く関わったことでも知られる。

東北アララギ「群山」を主宰していた扇畑忠雄は「「或るもの」を基として「在らざるものを創造する」」と独自の写実論を展開したが、清水もまた、「写実の究極は抽象」だと述べつつ、小暮について「晩年の歌集は非常に抽象化された、その抽象的なものが完成した姿を見せる前に亡くなった」と言っている(『朔総漫筆』)。自らも「フイクションも否定しない」と語り、虚も写実と唱え、第一歌集『一去集』はおくとしても、その後の歌集ではフィクションの作もなしている。その晩年は、「いかにして文明先生の歌と違おうかと」考え、意識して、文明がアララギで求めてきた写実とはほど遠い世界の歌も詠んでいた。そして、「若い人たちに伝えておきたいことは」と三枝昻之に問われて「やりたいように勝手にやったらいいでしょうということですね。縛られないで」とも語っている（前掲書）。これらを踏まえても、すでにアララギが一つの集団として結束して歌を続けるには困難な時代に至っていたと言うべきであろうか。

清水はアララギ終刊に関するノートを四冊残している。没後に発見され、影山美知子夫人の手によって編集・発行された『朔総漫筆』に「アララギ終刊ノート」として収められたが、これはまた、後に詳しく触れることにする。

アララギ終刊後、清水は小市巳世司が創刊した「青南」に拠り、

全歌集遺歌集などもお断りきれいさつぱり忘れてほしい　『蹌踉途上吟』

漢学者にも剣客にも作歌者にも何にも吾の成りそこねたる　（「青南」平成二十八年三月号）

等の作を残して、二十八年三月三日、百一歳の生を閉じた。家族葬、散骨は本人の意思、最後まで清水らしく潔かった。私は「東京アララギ歌会」で指導を受けたが、漢文学を専攻し、剣道で鍛えたまさに謹厳実直の人で、見かけはとても近づき難かったが、三十数歳若い私にやさしかった。歌集を上梓するつど送り届け、それは結社を分かった後も止むことはなかったが、私が上梓した『吉田正俊の歌評』を、九十八歳の高齢にして「青風」や「うた新聞」に自ら紹介し、書評を書いてくれた。

宮地伸一

細川謙三によって、その「構えない人柄から滲み出る彼の真情が多くの会員たちの心の支えになって」おり、「最も若い文明の門下としてアララギの中枢作家としての責任を負うような立場をここ数十年背負わされて来た」(『夏の落葉』「解説」)と評された宮地伸一。昭和五十六年に書かれたものだが、小市や清水とともに四十七年にアララギ編集委員・選者となり、「東京アララギ歌会」を清水とともに吉田から引き継ぎ、吉田らの逝去後、小暮が巻頭作者でいるものの、実質的にこの三人がアララギを荷うこととなった。そして平成九年にアララギの終刊を迎えると、翌年、後継三誌の中で最も会員数の多い「新アララギ」を創刊、代表を務めた。

宮地は大正九年、東京に生れ、長野県の諏訪中学のころから万葉集やアララギ歌人の歌に親しみ、自らも作歌、東京の大泉師範学校に入学後、そこの教師をしていた五味保義の指導を受け、在学中の昭和十五年、アララギに入会した。そして入会直後の発行所の歌評会で、茂吉、文明の謦咳に接し、面会日では、文明が「うまいね」「うまいね」と二度三度言って、

息づきて登りし山のなだりなど夜半《よは》にぞ思ふ恋しかりけり

皆既食となりゆく月かひとところ細くつめたきひかりを放つ

等五首を採ってくれたと、『町かげの沼』「後記」に書いている。十六年四月からは小学校の教師になるとともに、発行所に通い、発行事務を手伝い、吉田、落合、柴生田、佐太郎らと接し、アララギにあって恵まれたスタートを切った。

十七年一月に入営、その壮行会で、文明から「吾は老い君は兵としていでたてば二度あはむ気をつけあひて」等の歌（それらは『少安集』の「宮地伸一君送別」に、一部改作の上収められている）を入れた「武運長久帖」が贈られた。入営後、北満の国境部隊に配属、更に暗号兵として濠北へ転属、各地を移動し、終戦翌年に引き上げた。

シベリヤの空かぎりなく夕焼せり遠くも来にしいのちとぞ思ふ
霞みつつ紀伊の国見ゆ日本見ゆいのちはつひに帰り来にけり
わが瘦せて来しをば言はす先生もいくらか白くなりぬみ髪は

『町かげの沼』

前線での歌、帰国時の歌、帰国後いち早く、川戸に疎開中の文明を訪ねた時の歌を掲げたが、その時文明は「遠き島に日本の水を恋ひにきと来りて直《すぐ》に頬ぬらし飲む」（『山下水』）と詠んでいる。そして宮地は戦後、葛飾区内の中学校に奉職、生涯に亘って教師を勤めあげた。

水ひたすうす暗き路地をめぐり行く脅喝せし少年をたづねむとして　『町かげの沼』

甘え寄る猫を蹴とばすいきほひは八十六歳の嫗ともなし　『葛飾』

老人に事故多しとてこの息子餅を呑み込むまでを見てをり

（『宮地伸一全歌集』続葛飾以後・第一部）

生徒や母や子を詠んだ作をあげたが、宮地の作品は、このように身近な人を詠んで魅力がある。特に晩年の作はペーソスやユーモアが漂い、自在で心ひかれる。

灯のもとに妻のひろぐる胸のへを医師《くすし》の後にわれも手に触る　『夏の落葉』

まざまざと息たゆるさまを見るものか堪へたへて長き苦しみのはて

とりわけ五十一年に夫人を肝臓癌で失ったその前後の作は哀切極りなく、宮地の作の中でも際立っている。

宮地には生前、五冊の歌集があり、それ以降の作品も含めて没後に『宮地伸一全歌集』が刊行されている。また宮地は、短歌用語について語法や解釈、表記や表現等に大変厳しく、それらについてまとめた『歌言葉雑記』『歌言葉考言学』を上梓した。更には、五十九年七月号から平成二十二年末まで「林泉」の選者をつとめるとともに、吉田の没後、その後を受けて平成五年九月号から十一年末まで「柊」の選者もした。又、アララギにあっては珍しく、NHK全国短歌大会の選者を平成十一年より十一年間つとめた。

二十二年、NHK短歌教室への途次、熱中症で倒れ、療養に努めたが、翌年、九十歳で逝去した。文明以後、特にアララギ終刊後、小暮や清水をはじめ多くのアララギ会員が文明と違った行き方を試行するなかで、宮地はぶれず、流されず、アララギの正道を守り続けた。この時期にあって、ある意味でアララギの正統派とも言え、惜しい人を亡くした。

私はアララギと柊、そして新アララギの会員として宮地の選を受けた。宮地は記憶力抜群で、アララギの選者になって初めて私の選をしたのは新婚の歌だったとか、私の個人的なことまで記憶していてよく話題にした。又、とても筆まめで、『土屋文明の跡を巡る』(正・続)二冊を上梓した時など「大著二冊、すさまじい気力に心を打たれました」とことあるごとに細やかにハガキをくれ、なにかと叱咤激励してくれた。その歌評や会話、仕草、ハガキ等々ユーモアにあふれ、とてもやさしい、人間的に魅力ある人だった。

小市巳世司

文明の長女草子を妻とし、南青山の文明の元の家、文明の手の届く地に住み、文明の万葉集研究の助手等をつとめたアララギ歌人に小市巳世司がいた。小市は、昭和二十五年にアララギ新人歌集『自生地』に参加して間もなく作歌より遠ざかっていたが、四十七年に作歌に復帰、同年に清水、宮地らとともにアララギの編集委員・選者となり、平成五年には吉田の逝去を受けてアララギの発行者となった。九年にはアララギを終刊に導いたが、吉田が押しつけたと清水が記しているように、まさにアララギ終刊のためにアララギに復帰し、発行者になったとも言える。

小市は大正六(一九一七)年に東京都に生れ、昭和十二年に旧制第一高等学校を卒業、東京大学文学部国文学科に入学、同年、アララギ発行所での文明の面会日に出席し、アララギに入会、文明の選を受けた。そして大戦末期の十八年に第一補充兵として応召、中支へ派遣、翌年には陸軍省報道部属託として大陸へ出張中の文明と南京で二回面会、その時文明に、

小市巳世司《こいちみよし》たづね来りぬ呂集団《ろしふだん》の相沢正《あいざはただし》われは会ひたし　『韮菁集』

と詠まれた。そして、敗戦翌年の二十一年三月に帰国した。

敵弾のしづまりゆけば藁の上にただねむる夜明けまでの二時間
一碗の早き夕食すめば帰る暗き冷たきわが莫蓙の中
乗り込みし引揚船の貯蔵水ああうまし日本の水はうましも　『南の風』

このように詠まれた戦争体験は小市のその後の人としての在り様を規定し、後々まで、
我に於て日の丸は戦争に直結す今もちらつく彼の日の日の丸　『ほやの実』

等と歌に詠み続けた。

小市はその後、二十二年に結婚、途中中学校や教科書会社等に勤めるが、二十八年から五十七年まで小石川高校の定時制に勤務し、
あれから二十六年移るなく一つ夜学に勤めてをります　『ほやの実』
かかる人が一人でも居る限り守りたし働きながら学ぶ定時制の灯を　『一つ灯を』

等と詠んでいる。この三十年にも及ぶ夜学勤務という人間味豊かな世界もまた、小市の人としての在り様を規定し、
平教員平社員ふたたび平教員長き一生《ひとよ》をひらひらひらと　『今あれば』

等と詠むことになる。又、小市は文明のことをこう詠んでいる。

鬼石町《おにしまち》に石見に行きし暑き日よ就中心こめ墨すりし日よ　『ほやの実』

連れ歩き下されし大和も三十年すぎて見し如く見ざりし如く　同

百歳は祝ふべしされど見るすらに聞くすらに此の百歳の日々　『狭き蔭に』

冒頭にも記したごとく、文明との縁は、何人にも変えがたい小市の人としての在り様を規定することとなり、アララギ終刊という重い役割を荷う因縁にもなった。終刊後の平成十年、アララギ後継誌の一つ「青南」を創刊、発行者となって、

ここに机を据ゑて囲まむ狭ければ少数なれば心ゆたかに　『今あれば』

「写生から出て写生まで」何ごとも至れば帰る元のところに

等と詠み、文明の精神を受け継いだ。

ひとりでは着替もかなはぬ身となりて老いたる妻の手を待つ我は　『今あれば以後』

息をしてをりやと目をばこらし見るかたへの妻を早く目ざめて

晩年は病気がちで、二十年九月に脳梗塞を発症、翌年十一月、九十二歳で逝去した。

小市には生前六冊の歌集があり、没後に『小市巳世司全歌集』が刊行されている。又、『土屋文明百首』『土屋文明全歌集』『土屋文明書簡集』等を編み、『うた土屋文明』の著書がある。小市はやや取っ付き難い人ではあったが、心根は温かい人で、当時まだ若い私を『土屋文明百首』の執筆者の一人に選んで下さり、文明の没後、私が『土屋文明の添削』を上梓するにあたっては、草子夫人とともにご遺族として心よく同意下さった。

ところで、清水は没後に夫人の手でまとめられた『朔総漫筆』に、吉田が代表の時の編集会で「落合さんが「もうアララギは終った」と」言った時、「吉田さんが「落合くんの言う通りだが、四千人が路頭に迷う、まあしばらく様子を見よう」と言った……それで小市くんの運命決まった」と明かし、「合資会社は吉田時代に処理すべきだったんだろうね。それをしないで、死にかけで小市に判子持って来いって、捺させてバトンタッチしちゃった」と語っている通り、小市はアララギ最後の代表となって、アララギの解散と終刊の手続きをとることになった。冒頭に触れたとおり、小市は二十一年余り短歌を離れ、アララギに戻ってすぐに編集委員と選者になっている。普通あり得ないような、見るからに急拵えの人事と言え、やがて吉田の逝去をもって発行者となっている。小市が何故短歌を離れたかは私の知るところではないが、なぜ戻って来たかは、この経緯を見るだけでも容易に察することができる。つまり、文明の娘婿として吉田の後の発行者候補として戻ってきたのであり、結果、アララギ終刊の役を荷うことになったと言える。

アララギ終刊

最後に、アララギの終焉について述べてゆくが、まずこの件が「アララギ」誌上でどのように取り上げられたかを概観しておきたい。文明没後、落合がアララギを止めよと言っていたことは、私の耳にも聞こえてきていたが、アララギの終刊について最初に誌面に載ったのは、平成六年二月号の「一千号記念特集」号で、そこに清水が「危機連続の八十六年」と題してこう記している。

「文明が百歳近い老体を励まして、毎月の東京歌会に出席指導の或日、「三十人位なら言ひたい事もあるんだが、これぢやあねー」と広い会場を埋める顔々を見渡して不機嫌に帰つて行つた事があるが、間も無く出席されなくなつた。またこれも今は亡き落合京太郎或時の「会員減らせ。アララギやめよ。地方紙無くせ」と言つた、肌寒くなるやうな激語やは、その視線が同じ方向を直指してゐたはずである。」

その後、発行者の小市が「三年前に、土屋文明が全ての活動を終へた時に、私はアララギはこれで終はつた、少くとも歴史的に見て、その使命は終はつたと言つてよいと思つた。ところが、その後間もなく開かれた編集会で、このまま、今しばらく続けて行かうといふことになつた」と記し、アララギ終刊の話はここまでとなり、会員らは一安心、これまで通りの活動をした。九年一月号も「編集所便」の「新年おめでたうございます。アララギはこの一月号より第九十巻に入ります。創刊以来九十歳を迎へるわけであります。会員諸氏の御健康と御発展をお祈りいたします」という小市の文で始まり、三月号には『土屋文明書簡集』の刊行について協力依頼の文が掲載されていた。

ところが四月号で一転、突然に、「「アララギ」終刊及び「あらかし」創刊の予告」と題した文が載り、アララギを十二月号をもって終刊にすることを一方的に通知したのであった。

アララギ終刊を通知する文には「土屋文明先生が平成二年に百歳で逝去し、それに続いて有力諸先進の逝去に次々に遭遇したことは「アララギ」の歴史の一つの区切りを象徴するもの」であり、アララギは「平成九年十二月、第九十巻第十二号をもつて終刊すること」とし、小谷稔を代表として「あらかし」を創刊、継承すること、地方誌等にも「アララギ」の名称を使わないようにすること等が記されている。このことは一般会員にとっては青天の霹靂で、衝撃が走り、扇畑忠雄をはじめ多くの会員から反対や納得出来ないとの声が寄せられた。

そして紆余曲折があり、八月号では「あらかし」の創刊を断念、三ないし四誌に分裂することが編集委員会で決まったことが記され、一般会員には事情がよくのみこめぬまま、アララギは九年十二月号を最終号として終刊となった。その十二月号を開くと、「其二」は小暮十首、小市五首、清水七首、宮地六首と続き、特段の特集もなく、続けられてきた「土屋文明短歌研究」は（七十二）「続青南集（十五）」で終っている。

ところで、このアララギ終刊に至る経緯は箝口令が敷かれたらしく、あまり世に出ず、そのことに言及した石井登喜夫が、遺憾な言動があったとして選者辞退に追い込まれたりした。しかし今では、何人かがこの経緯について触れた文を公にしており、特に清水は四冊のノートを残し、それが「アララギ終刊ノート」として没後、編者（夫人の影山美智子）の手で『朔総漫筆』（非売品）に収められた。又、同書には、三枝昻之、永田和宏らとの対談や、夫人の聞き書きによる「アララギの人々」等でもアララギの終焉について清水が語っている。清水は当時、小市の相談に乗り、小市の最も身辺にいた人物である。以下、それらに触れつつ、アララギ終刊について綴ることとしたい。

「アララギ終刊ノート」によれば、九年四月号で突然通知されたアララギ終刊については、八年十一月四日からその検討が始まり、最初は小市からの相談を受けて二人で話し合いがもたれた。編集会、選者会議に提案する案の解散理由として、「①文学的使命の終結（看板としても）②会社存続の困難性（法的に、経理的に）③大集団運営の困難性（誰が継承するのか？会社問題をどうするのか?)」等があげられている。これについて編者たる夫人は「実質的には会社が最大の問題であっても、旗印としては文学的使命が終っているという形を取りたいという意図が見える」とコメントしているが、そのことは別途、清水自身も語っている。

つまり、アララギ終刊といっても、二つの問題があり、一つはアララギが経営上、合資会社の形態をとっており、その組織をどうするかという問題、もう一つは文学集団としてのアララギをどうするかという問題、この二つがあって、このうち合資会社の措置が最大の問題としてあったことは疑いがない。清水は「アララギに合資会社を持ちこんだのは堀内さん(筆者注・堀内卓造か堀内通孝か)だってこと聞いた」「あれたいへんらしいね、税金が。中心人物が死んだあと、遺産問題とかね。その合資会社を背負ってる人が、アララギの代表ってことになっちゃうんだ、事実上ね」と語っている。

アララギ会員だけの購読であれば、別に会社組織にする必要もなかったが、一般書店等での販売を行い、利益をあげる意図で合資会社にしたのであろうが、合資会社となると無限責任社員と有限責任社員とで構成され、当然、アララギ代表ともなれば無限責任社員となって、大きな負担が生じたであろう。清水は「土屋家が全部背負ってた。五味家も全部背負ってた」と綴っている。また清水のメモには「平福、久保田等遺産相続税(貨幣価値の変化)吉田夫人の懇願の事」「継続するとして誰が無限責任社員になるのか、株の買取その他小市氏に「現状を続けよ」とは酷なり（病身、高齢）」等と記され、社員変更の登記手続きを怠っていたり、経理や納税問題等合資会社に求められる処理等がなされず、このままでは小市はもちろん、かつての社員の遺族等にも迷惑がかかると心配であったのであろう。当然、これは文明が代表者の時代からの懸案で、文明の娘婿の小市は、土屋家からそのことはことあるごとに聞かされ、自らも何としても合資会社は解散しておきたかったのであろう。

しかし、これだけであれば、アララギがさしたる利益をあげてきているはずもなく、専門家に委ねて合資会社の解散手続きだけとってもらえば、何も文学集団としてのアララギまで終焉に追いやる必要はなかったはずである。一方には、アララギの使命は終わった上、集団が大規模になり過ぎていて、終刊とすべきという強硬な意見があり、この際、すべてを解消するという方向で取り運ばれたと言える。そこで以下、文学集団としてのアララギの終焉に触れていきたい。

清水は、「『アララギ』も終わりだという最初の発言者は土屋先生です」と対談の中で語り、「短歌研究」昭和四十五年七月号に柴生田が発表した「僕が最後を見るのかねいやだねと言ひたまひしより三十何年」という一首の「言ひたまひし」は「土屋先生のことのような気がする」と述べ、文明がアララギの終刊を予言していた暗示的な歌として紹介している。そしてその上で、東京アララギ歌会での文明の言動があったと言う。それについて清水は「開成でやった歌会で、何かで土屋先生が「一つの文学運動が八十年、七十年も続くなんてのはねえ」って言った。アララギが起ったのが明治四十年ころだから、言われてみるともうアララギは終ったっていう意味にしか聞こえな」かったと語っている。更に文明が「三十人位なら言いたい事もあるんだが」と言って、「不機嫌に帰って行った」と回想し、また別途、「最後にお見えになった時などは、どの作品もが不満で、じれったそうに舌打ちして帰られるのを見て、ひそかに冷や汗を流した」とも綴っている。そう言えば「東京アララギ」終刊号の歌に「「アララギ歌会」で文明の傍らにあって、司会進行役をつとめていた吉村睦人の「アララギ」「アララギは僕までだな」今日のことを見通したまひしか土屋先生」という作があるが、これもこの頃のことであるまいか。

落合が「会員減らせ。アララギやめよ。地方誌無くせ」と言っていたことはすでに記したが、その落合の選が厳しい上によく添削していたことに触れて、「アララギのレベルってもの」を考えていたとの清永の言がある。四千人という数はそのレベルを保つには限界を超えていると落合は言いたかったのであろう。加えるに、アララギ地方誌は戦後の紙不足等の事情を受けて発足したが、すでにその事情も解消し、その役割を終え、アララギ未加入の会員も増えていたにもかかわらず、会や歌誌名にアララギという冠を被せ、発行責任者が地方の親分然としていて、落合にとってはのっぴきならぬ存在だったとも言えよう。

清水は別途、編集会で「落合さんが「もうアララギは終った」と」言ったことに触れ、その後の経緯をこうまとめている。

吉田時代ですよ。理由は簡単だ。歴史の古いこと、所帯の大きいこと、木だって古くなれば枯れる、と。（略）みんなもの言わなかったけどね。後で吉田さんが「そうなんだよ、落合くんの言う通りだよ。しかし四千人が路頭に迷うからなあ」って言った。小暮さんはみんなの前で意見を述べるとか文章を書くというタイプじゃない、ボソボソつぶやく。これがアララギが終ったってことつぶやいてたな。「だいたい歌なんてもう終りだよ。アララギも終りだよ、まあきみらのときは」って言ったよ。「きみらのときに終るだろうな」って。鋭い人だね、その通りになった。しかし、吉田時代はそのまま、あのとき吉田さんが「まあしばらく様子をみよう」と言った、これが吉田流なんだ。それで小市くんの運命決まったわけだけど。（略）最後にどうするかって会議を開成でやって、吉村くんが勤めてたからね、そのときに小暮さんが「自分は早くから終ったって言ってた」って言ったけどね、吉田さんと同じこと言いだしたな、最後には。「会員をどうするか、会員の行き場がなくなってどうするか」って。こういうことを小暮さん言い出した。最後に気が弱ったんだね。ぢゃだれかやるかとなったときに、ぼくと小市は終ったって言ってるんだから、小暮さん声掛けなかった。「宮地くん、きみやるか」「やりません」。片っ端から聞いて「やりません」。そのとき奈良にいる小谷稔くんが「何とか残さなくちゃいけないんじゃないですか」ってから、ぼくが「あんたやるか」ったら「やります」。

「アア、ぢゃ小谷に任せりゃいいぢゃないか」。で、すぐその席にいた編集委員と選者、合わせてそのための会議を開くことになった。

『朔総漫筆』所収「アララギの人々」

これが「あらかし」創刊の設立委員会の発足の経緯であったが、その後、頓挫し、「最初の設立委員会が成立しなかったという報告を受けた」と綴っている。そして、「新アララギ」「青南」「短歌二十一世紀」の三誌に別れ、再発足することになった。以上でアララギ終刊に至るあらましは理解できよう。小谷はその後、文庫版『秋篠』の自ら編んだ略年譜に、平成九年「十二月、アララギ終刊。アララギを維持するために新名称を『あらかし』として構想し尽力したが挫折する」と、その無念のこころを記し留めている。

ここで、その小谷について少し記しておきたい。**小谷稔**は昭和三（一九二八）年、現在の岡山県新見市の鄙びた山村の農家に生れ、岡山師範時代の二十一年にアララギに入会、岡山の歌会で出合った豪放な文明に魅了され、奉職先の新見中学の教職を退職、文明を慕って上京、本格的な歌人の道を歩んだ。四十七年、奈良の秋篠に転住、文明の高弟、上村孫作の指導を受け、平成三年にはアララギの選者となり、その後九年にアララギ終刊を迎えた。

牛の仔の乳吸ふ音の聞ゆるも寂しかりけりふるさとに寝て　『秋篠』

靄をつつみにほふ光のとこしへに耳成山の上に畝傍山見ゆ　同

とどろきて光を放つ那智の滝しぶきの奥に太々と落つ　『再誕』

一、二首目のふるさとと大和、とりわけ明日香は小谷が生涯詠み続けた世界だ。三首目は「熊野古道雲取越え」の中で詠まれた作で、小谷の代表作の一つと言ってよい。

ひとたびは上京し組織を守らむときほひしことも過ぎて十年　『黙坐』

アララギ終刊時を回想し、十年後に小谷の詠んだ作だ。清水が述べていたように、編集会の席上、続けるとして誰かやる者はいないかとなって、誰一人手をあげないなかで、小谷だけが手をあげ、新名称を「あらかし」として存続する構想を打ち出した。おそらく、第一歌集『秋篠』の選を受け、敬愛する吉田と同様に四千人の会員が路頭に迷うことを心配しての言動であったであろう。しかし果たせず挫折、アララギは終刊、平成十年、小谷は「新アララギ」の創刊に参加、選者並びに編集委員となった。

晩年、胸部大動脈瘤の手術と声帯甲状軟骨形成術等を受けたが、精力的に選歌や歌会等の活動をした。『秋篠』等五冊の歌集と二冊の自選歌集があり、三冊の著書があるが、小谷の活動として特筆すべきは、新アララギ発行所編として合同歌集『介護十人集　いのち支へて』をとりまとめ、高齢化社会での老々介護の実態を短歌作品として残したことである。文明選歌が『昭和萬葉集』に寄与したように、現実主義、写実主義、生活即短歌を標榜するアララギの作品は、阪神大震災、東日本大震災等時代状況を捉えた作を生み出し、歴史にその実態をあぶり出し、社会に貢献してきた。その一助を小谷が荷い、今ではＮＨＫテレビの介護短歌の番組は大好評を得るに至っている。

小谷は平成三十年十月十八日、満九十歳にて多発性骨髄腫のため逝去した。私は昭和五十六年に奈良に転住、先住の小谷と歌会等ご一緒し、傍らでその生きざまを見つめてきた。育ちも趣向も似ていて共感することも多く、「柊」で選歌を受け、歌集の校閲も受け、指導を仰いで来た。私が本編の執筆を受けた時、小谷は大変喜んでくれ、何かと助言や激励をいただいた。ご自身も深く関わられただけに、「問題はアララギ終刊についてどう書くかだ」と言っておられたが、その部分も含めて、稿了を待たずに逝ってしまわれた。

小谷は、アララギ終刊後に編んだ『アララギ歌人論』で、昭和二十四年のアララギ「其一」を巡っての近藤芳美と柴生田稔の論争について、「柴生田稔は最後に、「其一」を立ち直らせるには若い世代が活躍することである。現在の最大のわずらいは若い世代に見るべき進展がないことだという。小暮政次、近藤芳美のあとに一体誰が出たか。ここ数年間に成果が上がらなければアララギは亡びるだろう、とも言っている」と記し、又、アララギ終刊について、アララギ外部からの論に耳を傾けている。例えば「「アララギ」の終刊は戦後つくられた土屋文明の「アララギ」の終焉ということで、文明流民衆詩運動は、昭和二十年代終りごろには終っていたのだが、その形式的な終末として今回の「アララギ」終刊がある（短歌研究）」という岡井隆氏の論であり、「田井（安曇）氏後藤（直二）氏はともにアララギの権威主義、閉鎖主義、硬直した教条主義等が時代感覚を失ったというもので時代との齟齬を衝いたものである。沢口芙美氏は、戦後アララギから魅力的な歌人たちが独立したことで、若者を吸収する力を失ったのかも知れない（短歌）と言う」等の見解である。これらから見えてくることは、文明時代からの硬直した時代感覚のズレが齟齬を来し、柴生田が昭和二十四年当時すでに言っていたように、若い世代が入らないばかりか、若い世代に見るべき進展や成果が上がらなかった結果ということを、率直に認めざるを得ないのではなかろうか。

アララギ終刊より二十年を経た今振り返ると、四千人を擁し「世帯が大きい」と言っていた時代は実に贅沢で、その後、時代は拡大の時代から少子高齢化等縮小の時代に突入、組織の細分化によって更に負のスパイラルが働き、後継三誌合わせての会員数は、現在多く見積もっても千二百人、重複会員もいることから二、三〇パーセントにまで減っている。この程度なら純粋一途だった落合も「世帯が大きい」とは言うまい。アララギは文学的使命を終えたと言うが、他の歌誌がどれほど崇高な文学理念を持っていると言うのか。小谷の介護歌集への関わりでも触れたように、時代状況を捉えたアララギの歌は今なお社会に十分貢献しているし、刹那的で奇をてらった軽い、内容のない歌が横行し、とめどもなく崩れてゆく日本語で詠まれている現代短歌にあって、他誌と一線を画して未だに文学的使命を荷い続けていると言ってよい。そのようなことを考えると、小市を悩ませた合資会社としてのアララギは、法律に則って解散手続きをとり、短歌誌としての「アララギ」とその組織は、残しておいた方が良かったのではないかと考えたくなる。しかし、終刊前、文明に「これがアララギの詠草」かと言われたような生活報告的なただごと短歌では話にならないし、小暮や清水等が晩年腐心し、試行錯誤して果たせなかったような努力を怠ることなく続け、若者を取り込むことに注力しなければなるまい。そう思っても今や覆水盆に返らずで、詮無い。

文明からの宿題にどれだけ答え得たか心もとないが、以上をもって稿了としたい。

あとがき

本書は、「現代短歌」に平成二十五（二〇一三）年九月創刊号から令和元（二〇一九）年九月号まで、六年一ヶ月にわたって連載した「アララギの系譜」を一冊にまとめたものである。アララギの前身根岸派の正岡子規から、アララギを創刊した伊藤左千夫、それを継承した斎藤茂吉や土屋文明を経てアララギ終刊に至るまでを取り上げた。その発端は二十五年五月、当時ご担当の今泉洋子氏より内々に、月刊「現代短歌」を創刊することになりましたが何か連載ものをお書きになりませんかとの投げかけがあったことで、私はアララギ通史を書いてみたいと即答した。同氏は初め、それでは長くなるので「文明以後」に限って書かれませんかとのことであったが、私は同じ書くならとこだわり、了承いただいた。本書の「序」にも記したが、東京アララギ歌会での文明の問いかけを文明から与えられた私への宿題と受け止め、アララギを築き継承してきた足跡を辿りつつ、その宿題に応えたいと思っていたからである。ちょうどその頃、大島史洋氏から頂いた『近藤芳美論』（現代短歌社）の「インタビュー近藤芳美に聞く」の中で、近藤が「正岡子規がおり、長塚節がおり、斎藤茂吉がおり、島木赤彦がおり、土屋文明がおりというなかで考えられ、相互作用として共同作業として深められ、継がれてきた文学の考え方、あるいは短歌というもの自体の考え方をぼくは受け継いできたと思っているし、それを誰かに継いでもらいたい」と語っていることを知り、まさに私が書きたいと思っていたことで、意を強くして取り組むことができた。

ところで、この話を受けて、「現代短歌」創刊の挨拶状を受け取ってから、日頃歌会や歌集の校閲等でお世話になっていた小谷稔先生にご報告したところ、先生は大変喜んで下さり、参考にしたらと新開進一著『近代短歌史』（塙新書）を貸して下さり、書き始めてからも、今回は力が入っていてとてもよく書けていると言っていただいたり、何かと相談に乗っていただき、励ましていただいた。特に、ご自身がアララギ終刊時の「あらかし」立ち上げに関わられただけあって、問題はアララギ終刊をどう取り扱うかだと言って大変気にされていたが、その件を執筆する前に亡くなられ、この本も見届けずに逝ってしまわれた。ここに先生に厚く感謝し、お礼申し上げるとともに、ご冥福をお祈りしたい。

それにしても、アララギの終刊は大変残念であった。確かに文明が問いかけた時のアララギ会員の歌は、文明の求める生活の歌とは程遠い報告的な「ただごと短歌」が多く、問題なくもなかった。しかし、本文でも触れたが、現代短歌を代表する歌人の岡井隆氏が、今の歌には「『明星』系の人たちも、ロマン主義、それから自然主義だって生活的なものが入ってい」て、結局自身も行き着くところ「自分なりにデフォルメして来ているけれども、「アララギ」で学んだ生活、あるいは事実に立脚したリアリズムしかない」（『私の戦後短歌史』）と語っているように、アララギの歌はまだまだ影響力をもっていた。その後の動きを見ても、ＮＨＫの介護短歌や「平成万葉集」の番組や、令和を迎えての万葉集ブームの到来等々、万葉集を重んじ、現実主義と生活に根ざした写実主義を信条にそれぞれの生きざま、つまり人間を詠んできたアララギの文学的使命は決して終ってはいない。むしろ、未熟な若者の歌や言葉遊びに終始した歌が横行する歌壇にあって、今こそアララギ的な歌が求められているとも言える。当時四千人いた会員が多すぎるというのも終刊の理由とされたが、少子高齢化時代の到来を控え、短歌人口の減少、会員の減少は容易に予測できたはずだ。まして、終刊の最たる理由とされた合資会社がらみの問題も、法律実務の専門家に相談さえしておれば、合資会社としてのアララギだけを解散し、短歌結社としてのアララギは存続しえたはずだ。そのようなことを考えると、かえすがえすも残念でならないが、今となってはいたしかたないことだ。このままでは歌壇も総崩れしかねないが、アララギ地方誌の「関西アララギ」に入会して五十二年、アララギに入会して五十年を経た今、文明の謦咳に接した最後の世代の一人としてアララギの文学的使命を守り、伝えていくしかない。この一冊がそのような役割を果たせば有難く、一人でも多くの人に読んでいただければ幸いである。

なお、本書を執筆するにあたっては、アララギの系譜に連なる人々の一人ひとりを証言者として、できるかぎり客観的に伝えるべく、多くの本を参照した。その多くは残念ながら絶版になっているが、感謝とともに参考文献に掲げるものである。
本書は、真野少氏のすすめもあって現代短歌社より上梓することにした。連載当時からお世話になった現代短歌社の皆様を含め厚くお礼申し上げたい。

令和二年二月

奈良西大和の自宅にて

横山季由

参考文献

文中で書名の記述にとどめたもの、また、全集等に未収録の「アララギ」はじめ雑誌や新聞の記事等は膨大な数にのぼるため多くは割愛し、主要なもののみを掲げた。

伊藤左千夫『伊藤左千夫全短歌』岩波書店、一九八六年

伊藤左千夫「春の潮」　左千夫全集第二巻、岩波書店、一九七六年

伊藤左千夫「新歌論」　左千夫全集第五巻、岩波書店、一九七六年

伊藤左千夫「続新歌論」　左千夫全集第五巻、岩波書店、一九七六年

伊藤左千夫「歌譚抄」　左千夫全集第五巻、岩波書店、一九七六年

伊藤左千夫「再び歌之連作趣味を論ず」　左千夫全集第五巻、岩波書店、一九七六年

伊藤左千夫「田安宗武の歌と僧良寛の歌」　左千夫全集第六巻、岩波書店、一九七六年

伊藤左千夫「短歌研究　九」　左千夫全集第七巻、岩波書店、一九七六年

伊藤左千夫「叫びと話　上」　左千夫全集第七巻、岩波書店、一九七六年

伊藤左千夫「長塚節「炭焼くひま」草稿書入」　左千夫全集第八巻、岩波書店、一九七六年

上村孫作『高野原』白玉書房、一九七一年

上村孫作『疋田の道』石川書房、一九八五年

上村孫作『上村孫作遺歌集』石川書房、一九九〇年

大島史洋『近藤芳美論』現代短歌社、二〇一三年
大島史洋『短歌こぼれ話』ながらみ書房、二〇一七年
太田行藏『人間土屋文明論』短歌新聞社、一九七一年
大辻隆弘『近代短歌の範型』六花書林、二〇一五年
大辻隆弘講演集『子規から相良宏まで』青磁社、二〇一七年
大村呉樓『猪名野以後』初音書房、一九七四年
大山敏夫「土屋文明の歌（6）」「冬雷」二〇一六年四月
岡井隆・小高賢『私の戦後短歌史』角川書店、二〇〇九年
岡田眞『岡田眞歌集』石川書房、一九八五年
岡麓『岡麓全歌集』中央公論社、一九五二年
落合京太郎『落合京太郎歌集』石川書房、一九九二年
鹿児島壽藏『鹿児島壽藏全歌集』新星書房、一九八八年
鹿児島壽藏『随想　人形と歌と』朝日新聞社、一九八五年
片山貞美編『歌あり人あり 土屋文明座談』角川書店、一九七九年
金石淳彦『金石淳彦歌集』白玉書房、一九六〇年
雁部貞夫『『韮青集』をたどる 大陸の文明と楸邨』青磁社、二〇一五年
川端康成「「伊豆の踊子」の作者」川西政明編『川端康成随筆集』岩波文庫、二〇一三年
古泉千樫『定本　古泉千樫全歌集』現代短歌社、二〇一八年
小市巳世司『小市巳世司全歌集』短歌新聞社、二〇一一年

小市巳世司編『土屋文明書簡集』石川書房、二〇〇一年
小暮政次『小暮政次全歌集』短歌新聞社、二〇〇三年
小谷稔『秋篠』現代短歌社（第一歌集文庫）、二〇一三年
小谷稔『再誕』短歌新聞社、二〇一〇年
小谷稔『黙坐』現代短歌社、二〇一六年
小谷稔『土屋文明短歌の展開』短歌新聞社、一九九一年
小谷稔『アララギ歌人論』短歌新聞社、一九九九年
小谷稔『明日香に来た歌人』文芸社、二〇一七年
近藤芳美『鑑賞土屋文明の秀歌』短歌新聞社、一九七五年
近藤芳美『早春歌』近藤芳美集第一巻、岩波書店、二〇〇〇年
近藤芳美『埃吹く街』近藤芳美集第一巻、岩波書店、二〇〇〇年
近藤芳美『黒豹』近藤芳美集第一巻、岩波書店、二〇〇〇年
近藤芳美『新しき短歌の規定』近藤芳美集第六巻、岩波書店、二〇〇〇年
近藤芳美『土屋文明論』近藤芳美集第七巻、岩波書店、二〇〇〇年
近藤芳美『無名者の歌』新塔社、一九七四年
五味保義『五味保義全歌集』短歌新聞社、一九八九年
斎藤茂太『茂吉の体臭』岩波書店、一九六四年
斎藤茂吉『赤光』齋藤茂吉全集第一巻、岩波書店、一九七三年
斎藤茂吉『あらたま』齋藤茂吉全集第一巻、岩波書店、一九七三年

斎藤茂吉『ともしび』齋藤茂吉全集第二巻、岩波書店、一九七三年
斎藤茂吉『たかはら』齋藤茂吉全集第二巻、岩波書店、一九七三年
斎藤茂吉『石泉』齋藤茂吉全集第二巻、岩波書店、一九七三年
斎藤茂吉『白桃』齋藤茂吉全集第二巻、岩波書店、一九七三年
斎藤茂吉『暁紅』齋藤茂吉全集第二巻、岩波書店、一九七三年
斎藤茂吉『寒雲』齋藤茂吉全集第三巻、岩波書店、一九七三年
斎藤茂吉『白き山』齋藤茂吉全集第三巻、岩波書店、一九七三年
斎藤茂吉『万軍』紅書房、一九八八年
斎藤茂吉「短歌に於ける写生の説」齋藤茂吉全集第九巻、岩波書店、一九七三年
斎藤茂吉『作歌四十年』齋藤茂吉全集第十巻、岩波書店、一九七三年
斎藤茂吉「写生といふ事」齋藤茂吉全集第十一巻、岩波書店、一九七三年
斎藤茂吉「新時代の短歌」齋藤茂吉全集第十一巻、岩波書店、一九七三年
斎藤茂吉「万葉調」齋藤茂吉全集第十一巻、岩波書店、一九七三年
斎藤茂吉『柿本人麿』齋藤茂吉全集第十五巻〜十八巻、岩波書店、一九七三年
斎藤茂吉「長塚節の歌」齋藤茂吉全集第二十三巻、岩波書店、一九七三年
斎藤茂吉『万葉秀歌』上・下巻、岩波書店（岩波新書）、一九六八年
斎藤茂吉『短歌入門』弘文堂書房（アテネ新書）、一九七〇年
佐藤佐太郎『完本　佐藤佐太郎全歌集』現代短歌社、一九八九年
佐藤佐太郎『純粋短歌』佐藤佐太郎集第四巻、岩波書店、二〇〇二年

柴生田稔『柴生田稔全歌集』短歌新聞社、一九九三年
島木赤彦『馬鈴薯の花以前』赤彦全集第一巻、岩波書店、一九六九年
島木赤彦『馬鈴薯の花』赤彦全集第一巻、岩波書店、一九六九年
島木赤彦『切火』赤彦全集第一巻、岩波書店、一九六九年
島木赤彦『氷魚』赤彦全集第一巻、岩波書店、一九六九年
島木赤彦『太虚集』赤彦全集第一巻、岩波書店、一九六九年
島木赤彦『柹蔭集』赤彦全集第一巻、岩波書店、一九六九年
島木赤彦『歌道小見』赤彦全集第三巻、岩波書店、一九六九年
島木赤彦「万葉集の鑑賞及び其批評」赤彦全集第三巻、岩波書店、一九六九年
清水房雄『一去集』白玉書房、一九六三年
清水房雄『旻天何人吟』不識書院、一九九七年
清水房雄『已哉微吟』角川書店、二〇〇七年
清水房雄『蹌踉途上吟』不識書院、二〇〇九年
清水房雄『朔総漫筆』非売品、二〇一八年
菅野匡夫『短歌で読む昭和感情史　日本人は戦争をどう生きたのか』平凡社（平凡社新書）、二〇一一年
杉浦明平『明平、歌と人に逢う』筑摩書房、一九八九年
杉浦明平『現代アララギ歌人論』ペリカン書房、一九五五年
鈴江幸太郎『雅歌』林泉短歌会、一九五三年
関川夏央『子規、最後の八年』講談社、二〇一一年

高橋睦郎『歳時記百話』中央公論社（中公新書）、二〇一三年
高安國世『高安国世全歌集』沖積舎、一九八七年
塚本邦雄『秀吟百趣』毎日新聞社、一九七八年
土田耕平『青杉』古今書院、一九二二年
土屋文明『土屋文明全歌集』石川書房、一九九三年
土屋文明『新編短歌入門』角川書店（角川文庫）、一九五五年
土屋文明『万葉名歌』社会思想研究会出版部（教養文庫）、一九五六年
土屋文明『伊藤左千夫』白玉書房、一九六二年
土屋文明『万葉紀行』白玉書房、一九六九年
土屋文明『万葉集私注』筑摩書房、一九七七年
土屋文明『自伝抄Ⅲ』読売新聞社、一九七七年
土屋文明『萬葉集入門』筑摩書房、一九八一年
土屋文明『羊歯の芽』筑摩書房、一九八四年
土屋文明『新作歌入門　アララギ選歌後記』筑摩書房、一九八九年
土屋文明『読売歌壇秀作選』読売新聞社、一九八七年
永井ふさ子『あんずの花』短歌新聞社、一九九三年
中川一政『画にもかけない』講談社（講談社文芸文庫）、一九九二年
中島榮一『中島榮一歌編』木犀園刊行所、二〇一一年
長塚節「歌集」長塚節全集第三巻、春陽堂、一九七七年

長塚節「写生の歌に就いて」長塚節全集第四巻、春陽堂、一九七七年
長塚節「写生断片」長塚節全集第五巻、春陽堂、一九七七年
中村憲吉『馬鈴薯の花』中村憲吉全集第一巻、岩波書店、一九三八年
中村憲吉『林泉集』中村憲吉全集第一巻、岩波書店、一九三八年
中村憲吉『しがらみ』中村憲吉全集第一巻、岩波書店、一九三八年
中村憲吉『軽雷集』中村憲吉全集第一巻、岩波書店、一九三八年
中村憲吉『軽雷集以後』中村憲吉全集第一巻、岩波書店、一九三八年
中村憲吉「『中村憲吉集』巻末記」中村憲吉全集第一巻、岩波書店、一九三八年
平福百穂『寒竹』現代短歌全集第六巻、筑摩書房、一九八一年
藤岡武雄『斎藤茂吉伝』沖積舎、一九八二年
藤沢周平『白き瓶』文藝春秋（文春文庫）、二〇一〇年
細川謙三「「未来」創刊前後のこと」『近藤芳美集　第六巻』「月報2」二〇〇〇年五月
穂村弘『短歌という爆弾』小学館（小学館文庫）、二〇一三年
正岡子規『子規歌集』岩波書店（岩波文庫）、一九五九年
正岡子規『歌よみに与ふる書』岩波書店（岩波文庫）、一九五五年
正岡子規『病牀六尺』岩波書店（岩波文庫）、一九二七年
正岡子規「文学漫言」子規全集第十四巻、講談社
正岡子規「叙事文」子規全集第十四巻、講談社
三宅奈緒子『アララギ女性歌人十人』短歌新聞社、二〇一五年

宮地伸一『宮地伸一全歌集』現代短歌社、二〇一五年
宮地伸一『歌言葉雑記』短歌新聞社、一九九二年
宮地伸一「万葉散策」　土屋文明記念文学館編『歌人　土屋文明』はなわ新書、一九九六年
結城哀草果『結城哀草果全歌集』中央企画社、一九七二年
山口茂吉『山口茂吉全歌集』短歌新聞社、一九八六年
吉田正俊『吉田正俊全歌集』石川書房、一九九五年
横山季由『土屋文明の跡を巡る』短歌新聞社、二〇〇四年
横山季由『土屋文明の添削』短歌新聞社、二〇〇七年
横山季由『続　土屋文明の跡を巡る』短歌新聞社、二〇〇九年
横山季由『吉田正俊の歌評』短歌新聞社、二〇一三年
吉村睦人「斎藤茂吉と土屋文明の歌風」茂吉記念館だより第十七号、二〇一四年十二月

著者略歴

横山季由（よこやま・きよし）

昭和23年５月15日京都府綾部市に生る。綾部高校を経て、昭和46年大阪大学法学部を卒業、日本生命に入社、平成21年定年退職。

昭和42年関西アララギ、昭和44年アララギに入会、現在新アララギ編集委員、北陸アララギ（柊）其一選者、林泉、あるごの各会員。大阪歌人クラブ理事、現代歌人協会会員。

毎日新聞「やまと歌壇」選者、毎日短歌教室講師。

歌集に『峯の上』『合歓の木蔭』『谷かげの道』『風通ふ坂』『峠』『定年』（ともに短歌新聞社）、『源流』『縦走』（ともに現代短歌社）、『昭和萬葉集（巻16・37頁）』（講談社）に掲載。

著書に『土屋文明の跡を巡る』（正・続）、『土屋文明の添削』（ともに短歌新聞社）、『吉田正俊の歌評』『人と歌—土屋文明からの宿題』『アララギの系譜』（ともに現代短歌社）、小市巳世司編『土屋文明百首』（短歌新聞社）62頁63頁を執筆。

アララギの系譜

発行日　二〇二〇年三月二十六日

著　者　横山季由
〒六三六—〇〇七一
奈良県北葛城郡河合町高塚台
二—一七—一一

発行人　真野　少

発　行　現代短歌社
〒一七一—〇〇三一
東京都豊島区目白二—八—二
電話　〇三—六九〇三—一四〇〇

発　売　三本木書院
〒六〇二—〇八六二
京都市上京区河原町通丸太町上る
出水町二八四

装　幀　田宮俊和

印　刷　創栄図書印刷

ISBN978-4-86534-310-6 C0092 ¥2600E